Kadokawa Fantastic Novels

魔王學院的不適任者4〈下〉

—MAOH GAKUIN NO FUTEKIGOUSHA—

～史上最強的魔王始祖，轉生就讀子孫們的學校～

作者†秋
Illustration†しずまよしのり

Keyword

MAOH GAKUIN NO FUTEKIGOUSHA

精靈

深植在世上的傳承、軼聞所形成的存在。只要作為根本的傳聞未遭人遺忘就不會毀滅，唯有違背自身軼聞會導致其存在消滅。

淚花

吸收精靈之母大精靈眼淚的花朵。只要能不枯萎地結出果實，就能讓存在於世界某處的傳聞與傳承成為新的精靈。會誕生什麼樣的精靈，就連大精靈本身也不得而知。

劍的祕奧

藉由激發魔劍或聖劍的根源，喚醒隱藏之力的奧義。會根據不同的劍，存在著各式各樣的「祕奧」，但這股力量只會在真正與劍合為一體時顯現。

轉生

泛指使用根源魔法「轉生（shirika）」轉生成另一種生物一事。倘若由不擅長根源魔法之人施展，將無法完全繼承力量與記憶。此外，也會有本人在記憶覺醒之前毫無自覺的情況。

魔王城德魯佐蓋多

魔王於神話時代居住的城堡。整座城堡是一個立體魔法陣，構成了理滅劍。如今的魔王學院是利用魔王城建校營運。

理滅劍

劍名為貝努茲多諾亞。能毀滅構成這個世界的「道理」本身，乃暴虐魔王最大、最強的王牌。就連在兩千年前都很少拔出，而見過這把魔劍的人照理說應該全都毀滅了──？

魔王學院的不適任者

MAOH GAKUIN NO FUTEKIGOUSHA

～史上最強的魔王始祖，轉生就讀子孫們的學校～

作者 † 秋
Illustration † しずまよしのり

4
〈下〉

Kadokawa Fantastic Novels

§ 39 【逃離阿哈魯特海倫】

視野染成一片鮮紅，漸漸遭到黑暗吞沒。

飛往德魯佐蓋多的魔法體澈底燃燒殆盡後，我的視野只剩下眼前的精靈王城堡。

「被張設結界了。」

米夏說道。

當我將魔眼（視線）望向遠方的德魯佐蓋多之後，就看到密德海斯一帶籠罩在黑暗之中。儘管是我不曾見過的魔法，但大概就如米夏所說的是一種結界。現在密德海斯的內部情況，就連我的魔眼也窺看不了。方才還能輕易飛去的魔法體，也受到反魔法反制的樣子。

「唔，該說真不愧是我的傳聞與傳承吧。魔力還挺厲害的。」

「阿諾斯大人！」

朝聲音的方向看去，粉絲社的少女們剛好從城門處跑過來。既然全員都在，那就表示隱狼杰奴盧並沒有對她們施加試煉吧。

「剛剛以『意念通訊』（Leaksu）看到的影像是……」

她們也有看到以「意念通訊」傳來的魔法轉播影像，因此應該明白大致的情況。

「米莎……變成虛假魔王了嗎……？」

愛蓮擔心地說道。

「不是變成。而是米莎的另一半，本來就是根據阿伯斯・迪魯黑比亞的傳聞與傳承所創造出來的。」

少女們露出不可思議的表情。

雷伊說道：

「……要是傳聞消失了，米莎就會死去。要是不消去傳聞，她就注定會變成阿伯斯・迪魯黑比亞——作為毀滅你的神子。」

這次，就連他的臉上也沒有笑容。

「都因為我……創造出虛構的魔王，所以她才會……」

雷伊緊咬著牙關。他的眼神嚴峻，彷彿心中縈繞著某種難以表露的感情。

「都過去了。現在該考慮的不是過去。」

聽到我這麼說，雷伊便把頭抬起。在與我視線相交後，他明確地點了點頭。

「必須儘早打倒阿伯斯・迪魯黑比亞。暴虐魔王的傳聞與傳承之中，也包含許多人類那方的傳聞與傳承。當然也有皇族派的。如果是以那些傳聞與傳承形成人格，那麼她就絕對不會是一個溫柔的王。」

就從阿伯斯・迪魯黑比亞的發言來看，也能輕易想像得到這點。首先會受到迫害的，大概是混血的魔族吧。

「……靈神人劍肯定會成為打倒阿伯斯・迪魯黑比亞的王牌吧……」

雷伊陰鬱地說道。勇者加隆以靈神人劍打倒了暴虐魔王。人類所流傳的這則傳聞與傳承，應該會成為大精靈阿伯斯・迪魯黑比亞的弱點。

「可是，要是打倒了阿伯斯・迪魯黑比亞，米莎妹妹可是會死掉喔？」

聽到艾蓮歐諾露這麼說，潔西雅露出悲傷的表情。

「……太可憐……了……」

莎夏把手放在頭上，一臉認真地思考。

「……米莎是半靈半魔吧？至少，她的另一半毫無疑問是阿伯斯・迪魯黑比亞，要是消滅掉的話，米莎就沒辦法存活……」

「會罹患精靈病。」

米夏低聲說道。

「這沒什麼，只要想一個只將阿伯斯・迪魯黑比亞打倒的方法就好。這確實是不可能的事，不過僅是這種程度的不可能，可沒辦法讓我說出辦不到的喪氣話。」

我邊說邊朝雷伊看去。

「兩千年前我老是在放棄。」

他以充滿決心的眼神說道：

「這次，我什麼也不會放棄。」

就在這時，轟隆轟隆地響起有如地鳴的巨大聲響，精靈王的城堡搖動起來。不對，搖動的不是城堡，而是這棵教育大樹。

無數的樹枝伸進室內，如同結繭一般逐漸包覆這個場所。

「唔，看來是不打算放我們走啊，艾尼悠尼安。」

「真是抱歉呢。但老朽不能放你們去襲擊我等精靈之母的孩子。各位就請繼續待在阿哈魯特海倫吧。」

教育大樹響起沙啞的聲音。我試著施展「轉移」魔法，卻沒辦法順利連結空間。

「很遺憾呢。這是補習之繭。是教育大樹讓考不及格的學生專心讀書的殺手鐧呢。在完成補習之前，是絕對離不開的。」

精靈們全是大精靈蕾諾的同伴，所以也當然會是她的親生女兒阿伯斯・迪魯黑比亞的同伴啊……

「我也並非不懂你的心情，但沒辦法乖乖照你的話去做。」

我在眼前畫起魔法陣，注入魔力。發射出去的漆黑太陽拖曳著閃耀的尾巴直擊繭壁。

「沒用的。在這個教育之繭裡，是禁止一切暴力的。」

如同艾尼悠尼安所述，儘管有點焦黑，但繭看起來沒有出現太大的損傷。

「喔，但我的暴力可不只有這種程度喔。」

我再度畫起魔法陣，化為一百道砲門。發射出去的「獄炎殲滅砲」，全都分毫不差地集中在牆壁的一點上。

轟隆隆隆隆隆隆隆——刺耳的聲響不斷傳來，補習之繭劇烈地搖晃起來。

「沒用的……沒用的……！即使你這麼做……！」

轟隆隆隆隆隆隆隆隆隆隆隆隆隆——漆黑火焰捲起漩渦，繭燃燒起來。

「怎……怎麼會……！」

漆黑太陽打穿繭壁，在上頭開出一個巨大的洞口。

「你的力量，尤其在教育上確實很強大。甚至連魔力強於自己之人都能關住。」

新的樹枝再度伸展，準備要封住繭上的洞口；但周邊的漆黑火焰不斷延燒，眼看出口變得愈來愈大。

「但是，艾尼悠尼安，強迫沒有考不及格的人補習，可稱不上是教育。」

我針對他的傳聞與傳承毅然說道：

「這是體罰。如果是暴力與暴力的對決，我是不會輸的。」

「……唔……嗚…………」

就算是為了大精靈蕾諾，精靈們也無法偏離傳聞與傳承。趁著他害怕方才的話語，停止伸展樹枝的空隙，我朝著繭上的洞口跨出一步。

「走吧。」

聽到我的話，雷伊與米夏等人也跑了起來，一起衝出精靈王的城堡。周邊飄浮的雲朵立刻湧來，阻擋我們的去路。

「別怕，跳下去。」

我從雲層的裂縫之間跳下。

接著，雷伊、米夏和莎夏也跟著跳下。潔西雅與艾蓮歐諾露尾隨在後，最後是粉絲社的

少女們跳了下來。景色高速流逝，我們眼看著從登頂的大樹上逐漸墜落。就在即將撞上試煉之間時，我對粉絲社的少女們施展「飛行」，讓她們緩緩降落。其他人也都平安落地。

「……是誰？」

米夏用魔眼看過去的方向上，有著數十名魔族。他們全都有著這個時代的魔族所無法相提並論的魔力，是我兩千年前的部下們。大概是冥王成功救出了他們吧。

只不過，他們的樣子不太對勁。

「阿諾斯·波魯迪戈烏多。」

一名魔族走上前來，然後拔出魔劍。他名為尼基特，是我的部下之中，劍術僅次於辛的男人。

「我要奉吾君之命，取下你的根源。」

呼應著尼基特的發言，魔族們一齊衝向我方。剎那間，紅槍憑空出現，刺向尼基特的身體。他連忙用魔劍擋下，大幅跳開。

魔族們停止前進。

「演變成麻煩事態了啊。所以就要你別小看神族了。」

現身擋在我們之間的是冥王伊杰司。

「那個神子看來奪走了你兩千年前的部下。已有半數人馬轉移到德魯佐蓋多了，就跟奪走熾死王肉體的神族一起。」

既然梅魯黑斯追隨了阿伯斯·迪魯黑比亞的陣營，那麼諾司加里亞也能以行政命令中斷遠征測驗了吧。

大精靈阿伯斯・迪魯黑比亞是誕生自暴虐魔王的傳聞，而且還帶有神子的秩序。就算成為諾司加里亞的同伴，也沒有不自然之處。

「這不是袖手旁觀的時候，你快走吧。」

冥王壓低重心，將魔槍指向魔族部下們。

「這裡由余擋下。看在天真的你的情面上，余不會消滅他們。」

「看來經過了兩千年，你也變得稍微圓滑一點了啊，冥王。」

伊杰司頭也不回地說：

「余方才也說過了，就只是事態發展成這樣，目的剛好與你一致罷了。」

伊杰司將紅魔槍朝地板刺下。穿越次元的長槍沒有貫穿伊杰司的腳下，而是貫穿了我的正下方。地板開出缺口，能看到下一層。

「你要小心，我的部下可是很強的。」

「無須擔心。余這兩千年也不是在混的。」

不理會魔法光芒與魔槍的你來我往，我們跳下缺口，來到下一層。正打算朝來時的通道走去時，我停下腳步。

「……唔，通道改變了啊……」

我們是經過有如迷宮般複雜的通道來到這裡的。路徑我當然還記得，但要是迷宮改變形狀的話，就算記得也派不上用場了。

「阿諾斯！」

我朝聲音傳來的方向看去，發現莉娜就在那裡。

「你要離開吧？我知道路唷！」

應該是伊杰司把她從神隱之中救出，要她待在這裡幫我們帶路的吧。雖然號稱冥王，但他在這種細節上意外地細心啊。

「抱歉，我趕時間，想儘早離開這裡。」

「嗯，我大致理解情況。往這裡走唷。」

莉娜這麼說完，人就跑了起來。她就像熟門熟路似的，在錯綜複雜的迷宮之中勇往直前，而我們就追在她身後。

「……等等，這是怎樣啊……？」

走到半途，就能看到眼前的迷宮正在變形。新的通道與死路不斷出現，令人眼花撩亂地變化著。

「放心，我知道路。」

儘管迷宮時時刻刻都在變化，莉娜依舊毫不遲疑地勇往直前。最後地面還開始上下起伏，讓我們寸步難行。

「……呀……！」

莉娜一個沒站穩，一朵白花自她的懷中掉落，被迷宮的牆壁所吞沒。

「啊……！」

莉娜把手伸向那面牆壁，卻遲了一步，白花已消失在牆壁之中。莉娜停下腳步，直盯著那面牆壁看。

「不快點走，似乎會被關起來喔！」

聽到艾蓮歐諾露這麼說，莉娜就像拋開迷惘似的點了點頭。

「是、是啊。抱歉。」

當她正要跑開時，我抓住她的肩膀。

「咦……？」

我伸出指尖碰觸方才那片牆壁並且送出魔力，剛才扭曲變形的牆壁後方能看到一朵白花。我用指尖招了招，伸手接住飛來的那朵白花。

「這是很重要的東西吧？」

「……大概吧。謝謝你……」

莉娜收下白花，再度收入懷中。接著，她立刻跑了起來。她沿著眼花撩亂變化著的迷宮前進，在某扇門前停下腳步。在莉娜推開門後，門後能看到垂掛藤蔓的大樹入口。

陽光灑落在周邊的樹林上。雖然走出了艾尼悠尼安大樹，但在離開這片森林之前都無法施展「轉移」的樣子。

「能離開森林嗎？」

「現在阿哈魯特海倫封住了出口，我想用尋常方法是離不開的。」

莉娜環顧起四周。

「蒂蒂，在嗎？」

莉娜叫喚著妖精們，但沒有得到回應。

「拜託了，我想從這裡出去。我必須去見一個人。」

「……雖然她們的個性很隨便，但蒂蒂不也是精靈嗎？她們應該不會協助阿諾斯離開森林吧？」

莎夏露出不知該怎麼辦的表情。

不過，聲音就在下一瞬間傳來。

「很困擾？」

「誰很困擾？」

「是莉娜。」

「莉娜很困擾。」

妖精蒂蒂們伴隨著白霧現出身影。

「太好了，蒂蒂。我想離開這裡，可以嗎？」

蒂蒂在莉娜的周圍飛來飛去。

「被吩咐說不能放你們離開。」

「魔王和魔王的同伴都不能離開。」

「因為阿伯斯·迪魯黑比亞覺醒了。」

「必須保護蕾諾的孩子。」

看來蒂蒂們是不打算幫忙。不過，莉娜卻以認真的表情再次向她們求助。

「拜託了，蒂蒂。幫幫我。這是我最後的願望。」

隨後，蒂蒂們就聚在一塊看著莉娜的臉。

「那就偷偷地喔。」

「偷偷來的話可以唷。」

「要對任何人保密。」

「不可以說喔。」

莉娜笑容滿面地點頭。

「嗯，我保證。」

妖精們往森林的內部飛去。

「往這走唷。」

「這裡、這裡。」

在追隨著蒂蒂前進後，周邊就開始飄起白霧。這片白霧愈來愈深，逐漸掩蓋住森林裡的花草樹木。

「白霧的對面，有看到什麼嗎？」

「有看到什麼。」

「看得到草原？」

「是草原耶～」

眼前出現一個熟悉的場所。

「拜拜，莉娜。」

「再見了。」

「再見了，莉娜。」

「下次再見唷。」

蒂蒂們的身影消失後，白霧就漸漸散去，讓眾人離開大精靈之森。

周邊變成了里夏林斯草原。

§ 40 【潛入密德海斯】

「唔，似乎能轉移到離密德海斯有點距離的位置了。從那裡徒步進城是最快的。」

我將視線望向遠方，用魔眼環視著密德海斯附近。黑暗結界的影響也開始波及到城外，但到底還是無法在短時間內覆蓋這麼廣的範圍。

雷伊說道：

「恐怕大部分的魔族都無法違抗阿伯斯．迪魯黑比亞的命令。我想他們會嚴陣等待你的到來。」

「也是呢。」

「就算打倒他們也無濟於事，最好是盡可能地避免戰鬥。」

對付阿伯斯・迪魯黑比亞、諾司加里亞以及精靈王以外的對手，應該只是在白費功夫，畢竟也不可能殺掉他們。倘若只有皇族，對付起來倒是輕而易舉，但我兩千年前的部下也在城內。

「話雖如此，對方應該也很清楚我想避免交戰。也不能給他們太多時間，視情況就只能正面突破了。」

「……那個！」

莉娜下定決心似的向我問話。

「我也能跟去嗎？」

她露出殷切的神情。如果精靈王就是辛，那這名想見他一面的失憶少女會是何人？大精靈蕾諾……應該會是最好理解的答案。

根據書本妖精利藍的記述，精靈就算根源毀滅，只要傳聞與傳承沒有破滅的話就會再度復活。然而，我沒印象有提到會喪失記憶。看不見長相這點也很啟人疑竇。

而且，蒂蒂曾說過再也見不到蕾諾了。這難道不是指她作為精靈已經完全消滅了嗎？

雖然已經查明阿伯斯・迪魯黑比亞的真實身分，但還留有諸多疑點。兩千年前，圍繞著阿伯斯・迪魯黑比亞的誕生，當時究竟發生了什麼事？要認為這名少女與事件無關，情況又太過巧合了。她或許是被精靈王，或是諾司加里亞給封住記憶的。

「一塊走吧。妳肯定也跟我們一樣吧？」

「一樣？」

「來為兩千年前的末了之事作一個了結。」

莉娜在露出彷彿想起什麼似的表情後點了點頭。

「……是有這種感覺……」

莉娜抓住我伸出的手。我與雷伊、米夏，還有艾蓮歐諾露等人全員牽起手施展「轉移」魔法。

視野染成純白一片並隨即恢復色彩之後，我們眼前能看到一條道路。那是通往密德海斯的幹道。雖然能再轉移到稍微靠近一點的地方，但轉移位置要是被發現的話，就會讓他們加強戒備。轉移到這附近算是比較妥當的吧。

我們沿著幹道前進，為了避免被敵人察覺，還在前往目的地的途中多費了一點時間。不久，我們看到了城牆。城牆後方籠罩著黑暗，形成一道結界。只要穿過城門就能進入密德海斯市內，但城門卻關上了。

「要怎麼進去？」

雷伊問道。

「趁沒人守備的時候強行突破是最快的吧？」

莎夏這麼說後，她身旁的米夏搖了搖頭。

「有人來了。」

米夏將魔眼（視線）朝向城門。雖然因為黑暗結界的關係看不到城內的情況，不過在來到這麼近的距離後，儘管朦朧也還是能掌握到魔力的流向。確實是有相當數量的魔族朝這裡來了。

「就躲起來吧。」

我施展「幻影擬態(raineru)」與「隱匿魔力(najira)」的魔法，讓我們與這附近的風景同化。

一會兒後，城門開啟，以鎧甲與魔劍武裝自己的魔族們來到城外。很眼熟呢。這群人是在與亞傑希翁交戰時，擔任先遣隊的密德海斯軍。

其中一人走到前方大聲叫喊。那個人是魔皇艾里奧。

「違抗阿伯斯·迪魯黑比亞大人的不適任者與其部下正朝著密德海斯而來。在阿伯斯·迪魯黑比亞大人的『闇域(demera)』魔法下，密德海斯一帶已無法施展『轉移』。他們應該會在城門的某處現身！」

艾里奧下達命令。

「全員在外圍搜索，第一隊與第四隊往西門，第二隊與第三隊往東門，第五隊往北門！連隻螞蟻都不准放進密德海斯！」

「遵命！」

艾里奧的部隊兵分三路，沿著城牆離去。留在原地的就只有艾里歐，以及恐怕是親信的兩名魔族。艾里奧沒有關上城門，佇立在原地不動。

唔，舉止有些奇怪啊。

「米夏，妳有看出什麼嗎？」

「堅強的心。」

米夏在我耳邊低語。

「看得到信念。」

信念啊？

「我去確認一下，你們先躲好。」

我解除施加在自己身上的「幻影擬態」魔法現身，然後堂而皇之地朝艾里奧走去。

「艾、艾里奧大人……！」

他的一名親信喊道。隨後，艾里奧將視線朝我望來。

「居然開著大門捉賊，你也太粗心了吧，艾里奧。」

我向他搭話。隨後他就端正姿勢，當場向我低頭下跪。他的兩名親信也立刻照做。

「在吾君歸來時，小的怎麼能封鎖城門呢。」

「唔，你沒受到阿伯斯．迪魯黑比亞的支配嗎？」

「是的。但我軍除了在場這兩名外，全都篤信那傢伙是真正的暴虐魔王了。看來愈是不熟悉阿諾斯大人，對阿諾斯大人的忠誠心愈是薄弱之人，就愈容易受到影響的樣子。」

至於我在兩千年前的部下，則是明確留下了他們是暴虐魔王部下的傳聞與傳承。尤其是在這個時代也很有名的七魔皇老，應該無法擺脫阿伯斯．迪魯黑比亞的支配。畢竟對她來說，梅魯黑斯他們的反魔法並不算什麼。

不過，世上並沒有這個時代的魔族受到我支配的傳聞與傳承。由於這個原因，使得我支配他們的強制力也減弱了。只要跟雷伊與米夏他們一樣，具備堅強的心靈，應該就能抵抗這股強制力。

「市內的狀況怎麼樣？」

「結界魔法『闇域』覆蓋著整座密德海斯。這似乎是一種會將阿伯斯・迪魯黑比亞的意志灌輸給魔族的魔法。大概就跟過去的『聖域』相同吧。對相信阿伯斯・迪魯黑比亞就是暴虐魔王之人有著強烈影響的樣子。」

跟過去的「聖域」相同啊？就像傑魯凱的聲音會灌輸憎恨一樣，使人由衷崇拜起阿伯斯・迪魯黑比亞吧。

她使出了相當麻煩的魔法。既然是我所不知道的術式，也就是說她是當場創造的吧？的確，倘若是暴虐魔王，這並不是辦不到的事。

「小的在前來此地時，已經看過市內的情況了。已有一部分的皇族派在對混血魔族暴力相向，為所欲為。再這樣下去很可能會發展成暴動，但既然這是阿伯斯・迪魯黑比亞的命令，小的也無法出動軍隊……」

就跟皇族派所相信的傳聞與傳承一樣，她大概是打算建立一個皇族至上主義的國家。反對皇族派之人，如今大都相信暴虐魔王是阿諾斯・波魯迪戈烏多，而不是阿伯斯・迪魯黑比亞——畢竟梅魯黑斯曾告訴統一派真相。因此，這世上沒有多少能對抗皇族至上主義的傳聞與傳承。

「別擔心，只要我打倒阿伯斯・迪魯黑比亞就沒事了。」

我一解除米夏等人的「幻影擬態」魔法，他們就立刻跑了過來。

「等我們通過後，就把城門關上，假裝是在搜尋不適任者。」

「遵命。」

不過一旦進到市內，就不免還是會被阿伯斯·迪魯黑比亞發現。但至少，這樣就不用與艾里奧的軍隊交戰了。

「走吧。」

我跟雷伊他們一起穿過城門。

「祝吾王武運昌隆。」

艾里奧朝我的背影這樣說道後，便把城門關上。

我們在密德海斯的市內奔馳著。

「那個，現在是要去哪裡啊？」

艾蓮歐諾露問道。

「先去我家。」

「……對喔。如果魔族們奉命要殺害阿諾斯弟弟，令尊和令堂也會很危險……」

「只要不出門，應該就沒有問題了吧。」

「為什麼？」

「因為這趟是要出遠門啊。我事先讓家中只要鎖上門，就會形成結界，尋常的魔族是突破不了的。如果媽媽他們也看過魔法轉播，應該會提早關店，在家裡閉門不出。」

雖說是在「闇域」之中，但我家的結界內部可是我的地盤。爸媽的魔力都沒有出現紊亂的狀況。只要來到這裡，就能看到這附近的情況。我將意識集中在魔眼上，隨後便看到家中的模樣。

我看到了媽媽。她一臉憂心忡忡的樣子，緊抿著嘴唇；爸爸站在她身旁抱著她的肩膀。

「……放心吧。雖然不知道發生了什麼事，但這肯定有什麼誤會。阿諾斯沒有做任何壞事，我們是最為清楚的人。沒錯吧？」

爸爸溫柔地說道。

「……嗯……」

「那孩子會平安回來的。絕對不會有事。」

就在這時，店外傳來沉重的聲響。

響起女性的悲鳴聲。

「怎麼了……？」

媽媽走近店內的窗戶，從窗簾的隙縫偷偷往外瞧。

一名褐髮褐眼的少女倒在地上，身旁圍繞著一群魔族。他們是穿著魔王學院制服的皇族派學生們。

「我說啊，喂？不過就是個混血，別隨便往我們身上瞧啊！」

男子狠狠踢向少女。

「……呀啊……！」

少女趴在地上，抬起頭來。我看過她。

「……住……住手……我是皇族啊。」

那個人是艾米莉亞。

「啥？皇族？呀哈哈哈哈哈！妳在說什麼蠢話啊？妳的魔力怎麼看都是個混血吧！」

「我明白妳很憧憬皇族啦。不過很遺憾，妳的血並不尊貴。在阿伯斯・迪魯黑比亞大人所統治的這個國家裡，就形同奴隸啊！」

學生們一面笑著，一面踢著艾米莉亞。

隨後，發生了奇妙的事情。黑暗纏繞上艾米莉亞與那群學生們，然後她的魔力就不斷地被學生們所吸收。這也是「闇域」的效果啊？能藉由傷害混血，吸收對方的魔力。就如同阿伯斯・迪魯黑比亞所宣稱的，混血會成為皇族們的糧食。

「住手！」

學生們朝聲音的方向望去。是媽媽從店裡衝了出來。

「嗄？怎麼，妳也是混血嗎？不對，別說是混血，就連魔族也不是啊。」

「喂，等等，這女的……是阿諾斯的？」

一名學生咧起下流的笑容。

「啊啊，真的呢。」

男子一臉猥褻的表情，上下打量著媽媽。

「哈哈！什麼嘛，看來我似乎很走運啊！彷彿現在就能看到那個不適任者的哭喪表情。嘿！這真是太棒了啊！」

男子無視艾米莉亞，朝媽媽逐步逼近；媽媽則一步一步向後退。接著，男子突然向她飛撲而去。

「嘻哈哈哈！別想給我逃！」

「喔啊！」

被人從一旁絆倒，皇族派的學生一臉撞在地上。

是爸爸。

「……呃呃……」

「伊莎貝拉，趁現在！」

媽媽衝到艾米莉亞身旁。

「站得起來嗎？外頭很危險，快跟我到屋裡來。」

媽媽拉起艾米莉亞的手，準備將她帶返家中。

「……為什麼……？」

艾米莉亞停下腳步，甩開媽媽拉住她的手。

「為什麼要救我！」

「為什麼？」

媽媽一副搞不清楚狀況的樣子歪頭困惑。

「……我已經……不是皇族了……」

朝著垂頭的艾米莉亞，媽媽吟吟微笑起來。

「放心吧。我是妳的同伴。混血並不是可以踢人的理由吧？我會救妳也是理所當然的事情呀。」

媽媽再度向艾米莉亞伸出手。

「好啦，到屋裡來吧。我幫妳療傷。」

艾米莉亞戰戰兢兢地正要牽起媽媽的手，下一瞬間，她驚訝地瞪圓了眼，緊接著展開反魔法。

「快躲開……！」

漆黑火焰的球體朝著媽媽飛來。那是「魔炎（guresude）」。大概是倉促之舉吧，艾米莉亞就像是要保護媽媽似的將她推開，讓漆黑火焰在背上燃燒起來。

「……啊……呀啊啊啊啊…………！」

艾米莉亞跪倒在地。

「哎呀，打偏了啊？不過，就算妳想逃也逃不了唷。」

其中一名學生邊說邊從手中發出漆黑火焰，腳下還踩著倒在地面上、被打得遍體鱗傷的爸爸。

「……快逃……伊莎貝拉……待在家裡的話……」

「給我閉嘴！」

學生用力踢在爸爸臉上。

「好啦，給我安分一點啊。要是敢輕舉妄動，知道會變成怎麼樣吧？」

「唔，會怎樣？」

「嘻哈哈哈哈，這還用說嗎？當然是把妳打得破破爛爛、血肉模糊，一點也看不出人樣，接著再大卸八塊，把七零八落的遺體丟到那個不適任者面前啊。然後，在一臉絕望的那傢伙面前嘲笑他。阿伯斯．迪魯黑比亞是真的存在啊！嘻哈哈……哈哈——哈……？」

男子閉上嘴，全身僵硬起來。他就像個生鏽的鐵人偶發出「喀、喀、喀」的聲響，生硬地轉頭看向後方。

「……阿……阿諾斯………？」

男子臉上浮現一張典型的絕望表情。

「原來如此。你希望大卸八塊啊？我記得這是將四肢與牛馬相連在一塊，驅使牠們奔跑的一種死刑。」

我施展「森羅萬掌（iguneasu）」抓住所有學生的身體，將他們舉到半空中。

「……喂、喂……你想做什麼……」

「住、住手……你該不會、該不會……是真的想殺了我們吧……？」

「……騙人的吧……喂……你是在騙人吧？喂……難道真的要將我們大卸八塊……？」

我施展「魔絲（gireru）」魔法，在他們的全身上下綁上魔力線，並用「森羅萬掌」抓住所有線頭，接著再對他們施展某種魔法。為了不讓媽媽看到不堪入目的畫面，我將他們提到天上更高的位置。

「安心吧。我不會將你們大卸八塊。」

我綁在他們每個人身上的魔力線是八百八十八條，並將這每一條線同時用「森羅萬掌」往不同方向拉扯。

緊接著，全員的身體就像炸開似的粉碎。

「是大卸八百八十八塊。」

他們的肉體化為碎塊。

「你們的心靈脆弱到讓我傻眼，但一切的元凶是阿伯斯・迪魯黑比亞。我不怪你們，也不會殺掉你們。」

我在學生們的根源上，預先施展「假死（indoru）」魔法，使他們就算受到致命傷害，也能具備得以陷入假死狀態的效果。這個魔法相當優秀，不僅能保有意識，就連五感都會保留，所以也能事後施展復活魔法。

唉，雖然多少會有點痛，但這在兩千年前是常有的事。

「你們就暫時以碎塊的模樣勉強活下去吧。」

§ 41 【在皇族與混血之間】

「小諾！」

媽媽大聲喊道，將我用力抱入懷中。

「太好了，小諾！你平安無事……因為是在那種魔法轉播之後，所以媽媽很擔心……擔心小諾該不會是怎麼了……」

熱淚盈眶的媽媽緊緊擁抱著我。

「……我問你，小諾。你知道魔王大人為什麼要殺你嗎？」

媽媽一臉認真地問道。

「那只是個誤會，但我很難跟妳說明清楚。」

坦白說，要讓媽媽理解現在的狀況大概極其困難。正想說該怎麼辦時，媽媽就面帶笑容地點頭。

「也是呢。嗯，媽媽也這麼覺得。肯定是有什麼誤會，所以魔王大人才會要殺掉小諾。既然小諾說是誤會，那媽媽就完全相信你。」

魔法轉播時應該也有拍到我的魔法體。我與阿伯斯．迪魯黑比亞之間的對話，大概都是些媽媽聽不懂的內容。但既然七魔皇老站在對方那邊，就算認為我發動謀反也不足為奇才對……不過卻相信我了啊？

雖然平常老是誤解，但在這種時候卻肯相信我呢。

「媽媽，妳放心。誤會馬上就會解開了。我正在為此而努力。」

「這樣啊？也是呢。太好了。」

媽媽緊緊擁抱著我，怎麼樣也不肯放開。

「阿諾斯，我相信你。不論發生了什麼事，你都一定會回到我們身邊。只不過，該怎麼說好……」

爸爸忽然笑道，同時說：

「去了一趟遠征測驗，你又有哪裡更加成長了吧？」

這是錯覺啊，爸爸。

「爸爸，想要帥的話，還是別趴在地上說話比較好。」

「哈哈，這是光榮的負傷。如果是為了保護媽媽，被打得遍體鱗傷也不算什麼。」

爸爸邊說邊倏地站起。

「咦？意外地沒怎樣呢。」

「我在出門前對你施展了『加護』。就算會痛，也不會造成致命傷。」

「加護」是保護施加者生命的魔法。術式本身會自律性地作出判斷，施展反魔法、魔法屏障、肉體強化與治療等魔法。方便的反面，是魔法術式極為複雜。

而且「加護」的維持會使用到施法對象的魔力，所以被施展魔法的人要是想自行操控魔力，就會破壞術式，使術式失去效果。在神話時代，就算是弱者也無人不會操控魔力。這是我在媽媽被艾米莉亞襲擊之後所開發的魔法。

「是這樣啊？爸爸還以為自己相當厲害呢。」

會讓施加者跟常人一樣感受到疼痛，就是為了不讓爸爸像現在這樣得意忘形起來。

「啊，對了。」

媽媽就像忽然想起似的跑到艾米莉亞身旁。

「抱歉呢。謝謝妳保護我。外頭很危險，跟我到屋裡來吧。」
「……不了……我沒事……」
「不行啦。而且妳看，妳被魔法弄傷了背吧？我會幫妳療傷的，就聽我的吧？」
媽媽沒發現她就是我之前的班導艾米莉亞。外表與年齡都不一樣了，所以這也是沒辦法的事。
「……可是……」
艾米莉亞很害怕似的朝我看來。
「妳就到家裡好好休息。市內的混亂大概這幾天內就會平息了吧。」
「妳看，就別客氣了。我們走吧。」
媽媽拉住艾米莉亞的手，強硬地把人帶走。
「話說回來，妳的名字是？」
「…………我叫艾米莉亞……」
「是艾米妹妹啊？我叫做伊莎貝拉，還請多指教。」
爸媽帶著艾米莉亞返回家中。
「看來是趕上了呢。」
回過頭後，我看到雷伊站在身後。
「因為我事先施展了『加護』啊。那種程度的傢伙，是不可能傷害到爸媽的。」
「不過，他們並不知道自己被施加了那個魔法吧？真沒想到他們居然敢在這種狀況下離開家裡。」

伴隨著這句話，莎夏與米夏以「飛行」飛了過來。

「有種真不愧是伯母的感覺呢。」

「很溫柔。」

米夏微笑說道。

「啊……終於追上了喔。」

「大家好快……潔西雅明明……很會跑……」

遲了一會兒，艾蓮歐諾露與潔西雅也抵達了。

「莉娜與其他人呢？」

莎夏回頭問道。雖說是在「闇域」的影響之下，但由於我跟所有人都連接著魔法線，所以能與部下共享視野。粉絲社的少女們與莉娜正在拚命奔跑，但還離得很遠的樣子。

「唔。」

我用食指招了一下。不久後，粉絲社的少女們就發出「呀啊啊啊啊啊啊——！」的欣喜尖叫聲，與莉娜一起從空中飛來。

「不、不好意思！」

「我很拚命在跑了。」

「勞您費心了。」

她們不斷向我低頭賠罪。

「無妨。」

莉娜看著鐵匠、鑑定鋪「太陽之風」。

「這裡是阿諾斯的家？」

「是啊，進來吧。」

我一推開家門，就響起喀啷喀啷的門鈴聲。媽媽他們不在店內，大概是在屋內幫艾米莉亞療傷。

雖然只要我施展魔法就能立刻治好，但既然媽媽沒有拜託我這麼做，就是想要一個能把艾米莉亞藏在家裡的藉口吧。哎，就算是那副不容易流通魔力的身體，那種程度的傷也能勉強自行恢復。只不過得多少花上一點時間就是了。

「這個家是我建立的結界。哪怕是阿伯斯·迪魯黑比亞的魔眼（眼睛）也看不到。」

話雖如此，她已經知道我來到這附近了吧。也應該預想到我會把家裡化為結界。

「問題就在於，要怎樣侵入德魯佐蓋多吧？」

莎夏邊說邊沉思起來。

「要想從大門進去，就絕對會遇到阿諾斯弟弟兩千年前的部下還有皇族們在那裡守株待兔喔。」

艾蓮歐諾露以認真的語調說道。

「因為阿伯斯·迪魯黑比亞也很清楚，我們不得不對他們手下留情呢。他們的目的大概是想盡可能消耗阿諾斯的魔力吧？」

雷伊這麼說完，米夏就微微歪著頭問道：

「如果同是暴虐魔王，保留魔力的一方比較有利？」

「至少，我認為她是這麼想的唷。」

「還有，為了爭取搶奪理滅劍的時間喔。」

艾蓮歐諾露豎起食指說道。

「明明是暴虐魔王，為什麼她無法立刻奪走理滅劍啊？」

莎夏向我提出疑問。

「因為沒有關於理滅劍的傳聞與傳承啊。」

不僅是我很少拔出的魔劍，看過此劍的人也盡數消滅了。儘管如今這個時代還是有人知曉此劍，但人數屈指可數，無法構成暴虐魔王的傳聞與傳承。

「不過，德魯佐蓋多具有暴虐魔王城堡的傳承。她大概是打算藉由此傳承之力與自身的魔力取得貝努茲多諾亞。」

或者，假如諾司加里亞也有參與其中，他們的目的就會是將破壞神阿貝魯猊攸從理滅劍的束縛之中解放，藉此取回世界的秩序嗎？

「雖說能從正面堂堂正正地擊敗他們，但我有件事想要先去調查。我們不如就從其他場所侵入吧。」

「你說其他場所，是要從哪裡侵入啊？」

「德魯佐蓋多有阿伯斯・迪魯黑比亞的傳聞與傳承之中沒有提及的擴建之處吧？如果是

那裡，她的魔眼就看不到。」

我在腳邊畫起一個大型魔法陣。緊接著，店內的地板變得透明，能看到一道通往地底的階梯。

「啊！對耶。是潔西雅她們居住的地底城市！」

艾蓮歐諾露如此大聲叫道。我在密德海斯的地底下建造了一座地底城市，供一萬名潔西雅們生活。由於這是我在轉生之後建造的，所以並不在暴虐魔王的傳聞與傳承之中。而這座城市，就位在德魯佐蓋多地城的最下層。

「不過，對面有梅魯黑斯，他應該也知道這件事吧？」

莎夏朝我看來。

「我沒有連地底城市的構造都告訴他。要是他派魔族們前往最下層，那樣正好。畢竟那裡可是我方的地盤啊。」

「……姊姊們……很強……」

潔西雅這麼說完，艾蓮歐諾露點頭附和。

「嗯嗯，一下子就會被趕走喔。」

那裡是跟密德海斯有著相同規模的地底城市。要是她把士兵派到未受「闇域」影響的場所，就正合我意。不過她也不是會特意打草驚蛇的笨蛋。

「全員一起去？」

米夏抬頭直盯著我。

「不。」

我邊說邊將視線朝粉絲社少女看去。

「妳們留在這裡。我爸媽就拜託妳們了。」

少女們頷首答應。

「知道了！」

「我們會保護好他們的！」

「也會向令尊令堂好好說明的！」

少女們如此異口同聲地回答後，便往屋內的房間裡走去。

「其餘的人，全都跟我前往德魯佐蓋多吧。大家作好覺悟了嗎？」

雷伊等人明確地點了點頭。看來不用我多問，眾人全都一臉下定決心的表情。

「走吧。」

就在我正準備走下階梯時，聽到了開門的聲響。走出房間的人是艾米莉亞。她低垂著頭，不時朝我偷偷望來。

唔，一副欲言又止的表情。

「你們先下去。艾蓮歐諾露，就交給妳帶路了。」

「我知道了喔！」

在艾蓮歐諾露的帶領下，雷伊等人走下階梯。

這裡就只剩我跟艾米莉亞兩人。即使朝她看去，她也依舊低頭不發一語。經過一分多鐘

後，還是什麼話也沒說。

「很不巧，我正在趕時間。如果有話想說，就趕快說吧。」

在我這麼說後，艾米莉亞就朝我看來。

「……已……經……」

聲音抖得不成話語。她儘管一臉畏懼的表情，但還是猛然下定決心，再度向我說道：

「……你……已經滿意了吧？請解除轉生的詛咒，殺了我吧……求求你……」

艾米莉亞在變成混血之後，經過了多少時間啊？從她的要求來看，能輕易想像得到她肯定飽嘗了各種辛酸，就連對我的憎恨都早已枯竭了。她的眼中不僅沒有敵意，甚至還帶著懇求的神色。

「唔，不要求恢復成皇族嗎？」

她瞬間陷入遲疑，並且無力地問道：

「……能恢復嗎……？」

「即使能恢復，時間也不會倒回。」

她就像聽不明白似的蹙起眉頭。

「阿伯斯·迪魯黑比亞現身了。只要我不出手干預，這座密德海斯就會漸漸變成過去妳所期望的皇族們的理想城市。」

艾米莉亞苦著臉聽我說話。

「妳覺得這很美麗嗎？」

「……你是在指什麼……？」

「倘若身為支配者、身為皇族，妳還能認為這座城市很美麗，並在這裡生活下去嗎？在經歷過作為混血度過的生活後，就算妳恢復成皇族，也仍然能相信自己很尊貴嗎？」

她沒有回答，直盯著我的眼睛。

「要是妳現在仍然真心這麼覺得，我就讓妳恢復原狀吧。妳就過去阿伯斯・迪魯黑比亞那邊。」

艾米莉亞開口想說些什麼，卻發不出聲音，只能緊緊咬住嘴唇。她垂著頭，直盯著地板。眼中浮現淡淡淚光，滴溼了地面。

不論我等多久，她依舊不發一語。因為她說不出口。因為她回答不出來。作為混血度過的生活，已經刻劃在她的記憶之中。要是她恢復成皇族再度凌虐混血的話，她應該不論如何都會回想起這段生活。

回想起自己被凌虐的事，回想起自己被不斷歧視的事。然而，她也沒有勇氣作為混血活下去，所以才會懇求我殺了她。

她以身為皇族為榮的價值觀，就在作為混血生活的日子裡粉碎，讓她完全迷失了自我。這也難怪。因為身為皇族，本來就不會帶來任何力量。

她總算開始注意到這一切全是虛構的。不是以皇族、混血作為藉口，只要艾米莉亞不能作為一名魔族確立堅定的自我，她大概就沒辦法向前邁進。

畢竟我可沒有溫柔到會對她伸出援手。她只能煩惱、痛苦，靠著自己尋得答案。

「艾米莉亞。」

聽到我的呼喊，她稍微抬起頭來。

「妳保護了媽媽。」

艾米莉亞就像覺得很可恥似的別開了目光。

「謝謝妳。」

我緩緩邁步，走下階梯。過了一會兒，大概是認為我已經離開了吧，我身後傳來迷惘的顫抖低語。

「……你是要我……怎麼做啊……」

不久後，耳邊傳來微弱的哽咽聲。

§42 【他所相信的魔王】

地底城市的頂端很高，而且設置了一顆球形魔法水晶。魔法水晶會將地面上的陽光聚集起來，就像模擬太陽似的照亮地底。

大街上有著櫛比鱗次的各種店家，全是貓頭鷹使魔在看店。

麵包店裡，一隻貓頭鷹抓住一顆小碑石丟到魔法窯裡。接著魔法窯開始畫起魔法陣，稍待片刻後，店內就飄起香噴噴的味道。打開魔法窯，裡頭放著剛烤好的麵包，貓頭鷹將這些麵包搬到店面排放。

一名十五歲左右的潔西雅快步走來，然後向貓頭鷹低頭鞠躬。她握住貓頭鷹遞來的碑石，在上頭注入魔力。當她將碑石還給貓頭鷹後，潔西雅就從剛烤好的麵包中挑喜歡的裝進袋裡，接著便開開心心地離開。

「……真的蓋了一座城市耶……」

參觀著地底城市的風貌，莎夏半是傻眼、半是驚訝地脫口說道。

「大家都過得很開心的樣子，真是太好了喔。」

艾蓮歐諾露悠悠哉哉地笑著，米夏則好奇地環顧著街景。

「阿諾斯想的建築物？」

「兩千年前的就是了。」

說完，米夏歪頭不解。

「我重現了兩千年前的迪魯海德街景。」

屋頂、牆壁以及窗戶上有著魔法文字形成的圖樣，櫛比鱗次的建築物圍成一個廣大的圓形。只要從上方觀看這座地底城市，就會發現這裡的建築物、街道、樹木與岩石等，構成了一個巨大魔法陣。這裡兼具防備敵人來襲的結界效果。

「兩千年前……」

米夏低喃著，直直地望向街景。

「不可思議。」

「這座城市嗎？」

米夏忙不迭地搖頭。

「總覺得似曾相識。」

唔，這樣確實是很不可思議。

「這個時代的某處，或許還留有我所建造的城市痕跡吧。」

米夏沉思起來，接著再度歪頭困惑起來。

「想不起來。」

對記憶力很好的米夏來說，這還真是罕見。

「要是想起來了，就跟我說吧。」

「嗯。」

我在城市中央的塔前停下腳步。這座塔高得需要抬頭仰望，一路連接到頂端，是通往德魯佐蓋多本來地城的唯一入口。

「開門。」

在我開口後，塔門開啟，裡頭能看到一座螺旋梯，我們就踏著這座階梯往上走。當全員都走進塔內後，響起門扉關閉的聲響。

不久，我們走到螺旋梯的頂端。這裡是個很殺風景的房間，就只有一道固定魔法陣。我站在魔法陣中央，雷伊與米夏等人也走到魔法陣上。

「這個魔法陣的轉移地點，是通往魔王城本來的地城，也就是通往阿伯斯・迪魯黑比亞的地盤。她應該會防備我們從那裡出現的可能性。」

儘管她不知道我們會從地城的何處出現，但在踏入地城的瞬間，她應該就會知曉我們的所在位置，屆時魔族們肯定會接踵而來。

「我們在這裡稍待片刻。」

「嗯～？」

艾蓮歐諾露豎起食指，一臉不可思議地歪著頭說：

「可是不快一點的話，理滅劍會被搶走喔？」

「她還沒對理滅劍出手。」

「你感受得到嗎？」

雷伊問道。

「要支配理滅劍極為困難，就連我也無法在分心之餘做到；很難一面用魔眼監視城內一面進行。」

對於從我的傳聞與傳承之中誕生的阿伯斯·迪魯黑比亞，這點應該也一樣。

「她如果要奪取理滅劍，就必須用魔眼專心窺看魔王城德魯佐蓋多的深淵。也就是說，她會放緩對我們的監視。我們等到那時再潛入就好。」

目前阿伯斯·迪魯黑比亞正在持續監視著迪魯海德一帶。因為不知道我們會從地底過來，還是從地上過來，抑或是兵分兩路過來。她應該會警戒著所有路徑，不論我們怎麼過去都能對付。

「如果可以，她應該想等我們先出招。只要經歷一段時間，我在阿哈魯特海倫消耗的魔力就會恢復，因此對方應該會先按捺不住。」

我當場坐下，用魔眼直盯著地城內部，慢慢等待時間過去。

然後，經過了十小時左右。

「──唔，總算有動靜了啊。」

阿伯斯．迪魯黑比亞監視迪魯海德一帶的魔眼消失了。大概是領悟到再等下去會沒完沒了，所以開始奪取理滅劍了吧。

「提高警覺，我們走吧。」

一面休息，一面吃著地底城市麵包的雷伊等人倏地站起。我對全員施展「幻影擬態」的魔法讓眾人透明化，然後再用「隱匿魔力」隱藏全員的魔力。

我把手伸向地面，啟動固定魔法陣。這時周圍的風景忽然改變；天花板變高，眼前出現綠意盎然的樹木，另外還有水道，水面閃亮亮地反射著光源。這是有著自然魔法陣的房間。

「阿諾斯。」

米夏用手指的方向上有面牆壁，而牆上有一條通道。

「這邊以前是隱藏通道吧？阿諾斯用身體撞破的那個。」

「大概是預先弄成誰都可以通過的狀態了吧。」

既然阿伯斯．迪魯黑比亞沒辦法再繼續監視城內，就必須讓部下的魔族擔任警備。繼續讓牆壁堵住通道，也很不利於讓部下搜索我們。

「總之，只要到阿伯斯．迪魯黑比亞所在的位置就行了吧？我是不知道你打算怎樣讓米莎變回來——」

莎夏話說到一半，我就用手堵住她的嘴巴，隨後立刻收到「意念通訊」。

『……阿……阿、阿諾斯……？那個……怎、怎麼了……？』

『冷靜點。好像有人來了。』

米夏方才所指著的通道上傳來腳步聲。以劍與鎧甲武裝自己的魔族們走進這個房間，全員共計十名。大概是在巡邏吧，他們一面環顧四周，一面踏著規律的步伐前進。

一名魔族畫起魔法陣。她是我在兩千年前的部下，一名叫做蘆雪的女性。她發動魔法「風波」，控制風呈現微風程度的一陣風吹過室內一帶。蘆雪仔細地用魔眼看了過來。就算施展「幻影擬態」與「隱匿魔力」，也無法改變這裡有人的事實。她或許是想藉由風，來看穿隱形的存在吧。

『……沒、沒問題吧……？』

莎夏問道。

『別擔心。我會用「風波」與「幻影擬態」重現風在我們不存在時的流向。』

只要施展「隱匿魔力」，應該就不會被她察覺。

蘆雪認為這裡沒有問題，便離開這間房間。假如她的認知被竄改成阿伯斯．迪魯黑比亞才是暴虐魔王，就會變得不清楚我的實力，不會認為我有辦法做到這種事。

其他魔族也跟著蘆雪離開房間，這時我發現隊伍裡有著熟面孔，他們是梅諾與里貝斯

特。里貝斯特在鎧甲底下穿著平時的制服，不過能隱約看到他別著帶有十字烙印的校徽。

唔，這說不定是陷阱。

『放心。』

米夏用「意念通訊」低聲說道。

『他很憤怒。』

是指對阿伯斯．迪魯黑比亞吧？我用指尖輕輕戳了一下里貝斯特的肩膀。他停下腳步，不可思議地轉過頭來。

他直盯著我的方向看。

「怎麼了？」

蘆雪問道；里貝斯特則回答：

「我想再搜索一下這裡。」

「我調查過了。賊人不在此處。」

「要是賊人已經入侵，就算不見身影，也說不定會留下痕跡。如果他們待過這裡，我想也會留下腳印。」

蘆雪想了一會兒後說道：

「我知道了。有事就向我回報。」

「能請老師幫忙嗎？」

里貝斯特用眼神向她述說著。像是注意到了什麼，梅諾神情凝重地頷首答應。

「其餘人員跟我去搜索下一層。走吧。」

蘆雪帶領其他魔族離去。

「……是阿諾斯嗎？」

里貝斯特問道。我解除「幻影擬態」當場現身，他稍微瞠圓了眼，然後露出笑容。

「我就覺得你會注意到。」

里貝斯特用指尖戳了戳十字校徽，接著梅諾立刻凝重地說道：

「幾乎所有學生都受到『闇域』的影響。就連梅魯黑斯大人他們也是。白制服的學生們則遭到幽禁，被當作魔力的糧食。」

她露出已經走投無路的表情。這大概是指學生們有生命危險吧。

「得趕快設法對付阿伯斯．迪魯黑比亞……」

「在那之前得先去做兩件事。」

「什麼？」

「精靈王，也就是戴著面具的魔族，還有奪走耶魯多梅朵肉體的諾司加里亞，他們兩人應該都在這座城裡才對。包含阿伯斯．迪魯黑比亞在內，我想知道他們三人的所在位置。妳知道嗎？」

梅諾點了點頭。

「我立刻去調查看看。我在學院裡能一定程度地自由行動。」

「另一件事是什麼？」

里貝斯特問道。

「我接下來要在藏寶庫施展某個大魔法。即便施展『隱匿魔力』，到底還是無法完全隱藏魔力。為了避免被人發現，我想盡可能地讓魔族們遠離藏寶庫。」

梅諾低頭沉思起來。

「……以我現在的立場，沒辦法下達這種命令……阿伯斯．迪魯黑比亞將權限給了兩千年前的魔族了……」

「……不對，有一個辦法。」

里貝斯特說道。撇頭看去，可以看到他臉上帶著覺悟。

「唔，似乎不是個簡單的方法？」

他點了點頭。

「……請你對我施展攻擊魔法……盡可能誇張一點，即便使用恢復魔法也無法治好的那一種……」

原來如此。真是令人敬佩的覺悟。

「你會受到前所未有的痛苦喔。」

里貝斯特點點頭。

「……要是沒有這種程度，是騙不過他們的……」

我朝梅諾看去。

「沒問題，我會把事情辦好，不會枉費他的覺悟。」

「說得好。」

我在開口的同時，用指尖碰觸里貝斯特的左胸，並將魔力灌注其中。

「……啊，呃……」

「『魔咒壞死滅（deguzuzegudo）』。」

在體內畫完魔法陣後，里貝斯特的脖子上就浮現一道蛇形黑痣，為了啃食他而激烈暴動起來。

「嗚……啊……呃，啊啊啊啊啊………！」

「我有手下留情，你是不會死的。」

我繼續畫起魔法陣，然後注入魔力。魔法陣中發出的漆黑太陽把里貝斯特轟成焦炭，不斷焚燒著他的身體。

「嗚啊啊啊！」

他當場倒下。儘管外表燒得很誇張，但勉強還活著。本來使用這種魔法，可是會連骨頭都不剩地燒成炭渣。

接著立刻傳來匆匆忙忙的腳步聲。我施展「幻影擬態」，再度藏起我們的身影。房間裡能看到的，就只有瀕死的里貝斯特與梅諾。

「怎麼了！」

折返回來的蘆雪問道。梅諾一面對里貝斯特施展恢復魔法一面說道：

「……是侵入者阿諾斯・波魯迪戈烏多……！他和部下們一起往上層去了……！」

蘆雪衝了過來，將魔眼朝里貝斯特看去。

「……無法用恢復魔法治療的詛咒啊……看來是不會錯了……」

她向部下們發出「意念通訊」。

「通告全隊。不適任者阿諾斯・波魯迪戈烏多已從地城潛入。他的目標是阿伯斯・迪魯黑比亞大人，恐怕是往上層移動了。就算翻遍這裡也要把人找出來！」

蘆雪立刻跑了起來。

「妳也過來。那傢伙等之後再復活就好！」

「……遵命……！」

梅諾跟在蘆雪等人後面離開了房間。大概是打算就這樣去確認阿伯斯・迪魯黑比亞等人的所在位置吧。

「我暫時無法幫你療傷。」

我解除「幻影擬態」對里貝斯特說道。他要是接受了治療，萬一蘆雪返回這裡，就會激起她的懷疑。

「……呃……啊……好的……」

里貝斯特一副連開口都很勉強的樣子說道。

「想不到皇族派的你，居然沒有受到『闇域』的影響。」

里貝斯特應該還不知道我是真正的暴虐魔王。儘管如此，他卻拒絕向阿伯斯・迪魯黑比亞效忠。

「你不是信奉著暴虐魔王嗎？」

我在他身旁跪下，並且向他問道。

「……所以我才這麼做……阿伯斯．迪魯黑比亞洗腦我的組員們、同班同學們，或是將魔力作為糧食……」

里貝斯特抱持著確實的信念說道：

「……我所相信的暴虐魔王，是為了守護弱者，取得力量的人……是會將力量分給弱者的人……以混血為由將同胞作為糧食，這種傢伙，沒有自稱魔王的資格……他是最為尊貴，而且一直都是站在弱者這邊的人……」

伴隨著急促的呼吸，他以失焦的眼瞳注視著我。

「……阿伯斯．迪魯黑比亞……做出這種殘酷行徑的傢伙，不可能會是……我們的……始祖……！」

靠著破爛不堪的身軀，里貝斯特彷彿嘔血般地述說。他的眼中，確實充滿著對阿伯斯．迪魯黑比亞的憤怒。

「……我有說錯嗎……？」

「你說得沒錯。阿伯斯．迪魯黑比亞就連不適任者的我都比不上。我會向你證明那傢伙是冒充者的。」

里貝斯特泛起一道淺淺的微笑。不過隨即就發出苦悶呻吟，全身僵硬起來。

「……呃……啊……」

他在猛烈地、強勁地讓全身緊繃之後，就像喪失意識般地癱倒在地。這是強力的詛咒，就算昏厥過去，也會持續受到惡夢折磨。但我現在沒辦法救他。

我起身朝藏寶庫的方向走去。

「……魔王……大人……」

里貝斯特的口中發出如夢囈般的話語。這是對他所相信的暴虐魔王說話，還是——

「……請打倒……冒充者……請拯救……我的組員…………同班同學們……」

我背對著他回應道：

「交給我吧。我會實現你的願望的。」

§43　【兩千年前的調查】

用力推著會讓人誤以為是巨人家門的門扉，我無聲無息地把門推開。眼前能看到一個設有地城祭壇的寬廣房間。

「唔，人全都走光的樣子。」

就連過來這裡的途中，也沒有遇到看守的魔族。他們應該全都往上層搜索了。既然知道我的目標是阿伯斯．迪魯黑比亞，就沒道理會往比我出現的階層還要低層的方向搜索。

我推開祭壇房間側面的門走入其中，那裡頭是藏寶庫。

「雖然你說要施展大魔法，但到底是要做什麼啊？」

莎夏不可思議地詢問。

「沒什麼，只是有事想要先去調查。」

「雖然在來之前你也是這麼說，但在這種地方是要調查什麼啊？」

「第一件事，是調查大精靈蕾諾為什麼會死。」

莉娜本來在環顧空無一物的藏寶庫，這時她朝我看來。

「第二件事，是調查精靈王。我想他恐怕是辛，但那個男人究竟發生了什麼事。」

就像對這句話產生反應般，莉娜緊握拳頭。

「而最後一件事，是調查米莎是怎樣誕生的。」

艾蓮歐諾露就像在思考似的望著上方。

「嗯～說得再清楚一點，這是什麼意思啊？」

「這一切恐怕都是兩千年前發生的事。半靈半魔在誕生時，會將剛產生的傳聞與傳承作為一半的根源。暴虐魔王的傳聞與傳承是在兩千年前產生，是在我轉生之後由勇者加隆開始傳開的。」

雷伊露出沉重的表情。

「既然如此，米莎就應該是在兩千年前誕生的——作為大精靈蕾諾的親生女兒。」

精靈是根據傳聞與傳承而誕生的。但是半靈半魔有著魔族的根源與肉體，所以只有傳聞

與傳承是不可能誕生的。而且，精靈們說米莎是蕾諾的親生女兒。精靈全都是蕾諾的孩子，會特別說是親生女兒，就表示出生方式和其他精靈不同。也就是說，蕾諾是親自懷胎生下了米莎。

如此一來，米莎就會有一個父親。

「……應該是在兩千年前出生的她，卻只有這十五年來的記憶……」

雷伊說道。

「而且還對神話時代一無所知。我認為她是在這個魔法時代長大的。」

我點頭同意他的意見。

「這當中應該有著某種理由。辛的情況也是。我過去命令那個男人擔任大精靈蕾諾的護衛。我想他應該是在我轉生之後發生了什麼事，進而成為精靈王的吧。我想知道他與我為敵的理由。」

米夏微微低頭，脫口說出一句話。

「為了保護米莎？」

「或許有這個可能。要是阿伯斯・迪魯黑比亞的傳聞與傳承消失，米莎就會罹患精靈病，在不久之後消滅。」

精靈王說不定是想阻止這件事。

「所以才會在魔劍大會時威脅雷伊，讓我不會去發現到他就是加隆，同時也是虛假的魔王阿伯斯・迪魯黑比亞；讓他像阿伯斯・迪魯黑比亞真的存在似的行動著。」

在與亞傑希翁戰爭時，儘管我得知阿伯斯・迪魯黑比亞的真實身分就是雷伊，但同時也讓這個傳聞與傳承在人類之間廣為流傳。因此讓大精靈阿伯斯・迪魯黑比亞覺醒的條件充分準備好了。

恐怕就一如精靈王，以及諾司加里亞的意圖。

「不過，米莎雖是大精靈蕾諾的孩子，卻不是辛的孩子吧？對你如此忠心耿耿的男人，會為了保護米莎而背叛你嗎？」

雷伊說道。如果米莎是辛的小孩，那也能理解他想作為父親保護孩子的心情。但從跟齊格較量智慧的結果來看，米莎並不是辛的孩子。

齊格對關於米莎的事情就只能說謊。既然如此，米莎是辛與蕾諾的孩子這句話就應該是謊話。

「他或許不是為了保護米莎，但事情還不明朗。兩千年前應該是發生了什麼事，導致現在的他不得不做出這些行為。」

他是個沒有野心的男人，而我也不認為他會中神族的奸計。就我所知，辛是不可能策劃這種事的。讓他改變的事情，肯定就發生在兩千年前。

「不論是辛還是米莎，都跟大精靈蕾諾有著深刻的關係。她的死，恐怕就是這一切事件的開端。」

儘管不知道發生了什麼事，但肯定不是什麼好事。恐怕是發生了一起就連大精靈蕾諾與人稱我的右臂的辛，這兩個人也無法抵抗的巨大悲劇。

這種事情在那個時代，絕對不是什麼罕事。而這個悲劇，至今也還在持續著。

必須知道真相才行。

「嗯～我很清楚了喔。可是要怎麼調查啊？不論是大精靈蕾諾的事、精靈王的事情，還是米莎妹妹的事，全都是兩千年前發生的事吧？」

艾蓮歐諾露發出疑問。

「以最上級的時間魔法『時間溯航（rebuaron）』，將時間回溯到兩千年前。」

聽到我這句話，全員都露出訝異的表情。

「……要是辦得到的話，阿諾斯打從一開始就不用這麼辛苦了吧？」

雷伊這麼說完，莎夏也接著說道：

「就算以『時間操作（rebaido）』回溯時間，頂多也只能回溯一百年左右吧？」

米夏點了點頭。

「對象也有限。」

「沒錯，『時間操作』是以施法對象作為起源，就算竭盡全力也只能回溯局部性的時間，而能回溯的時間大概也以一百年為限。儘管根據條件的不同也有漏洞可鑽，但這次並不適用。」

米夏微歪著頭。

「『時間溯航』能回溯到更久遠以前？」

「不。由於是以整個世界作為起源，能回溯的時間會更短——只靠我的魔力的話。」

我在藏寶庫畫起「時間溯航」的魔法陣，接著施展「魔王軍」，用魔法線連結起全員的根源。

「也用我們的魔力？」

我點頭回應米夏的詢問。

「只要聚集全員的魔力，就能飛越到比一百年更遠的過去。」

「就算加上靈神人劍的力量，我也不覺得能回到兩千年前耶？而且說到底，要以整個世界作為起源不會很勉強嗎？」

「沒錯，是沒辦法。」

我緩緩踏出一步，在喃喃喊道「現身吧」之後，就彷彿魔法帷幕被揭開一般，收藏在藏寶庫裡的諸多魔法具陸陸續續現出身影。我用指尖招了招，某樣魔法具就飛到我手中。那是一把像是長槍的大鐮。

「要使用這個。」

米夏直眨著眼睛。

「……『時神大鐮』……」

這是之前打倒時間守護神猶格．拉．拉比阿茲時取得的魔法具。

「這是時間守護神所持有，能操控時間的魔法具。只要用我們的魔力加上這把大鐮的力量，說不定就能勉強飛越到兩千年前。」

「那麼，要是能回到兩千年前，就只要在那裡改變過去就好了？」

我搖頭否定艾蓮歐諾露的話語。

「很遺憾，改變過去並不是件簡單的事。要是目前所處的過去與現在產生了嚴重矛盾，改變的過去就會無法成立。阿伯斯・迪魯黑比亞的傳聞影響太大，而且還是兩千年前的事，根本不可能干涉。」

隨後，米夏將視線朝我看來。

「就只是看？」

「沒錯，我們回到兩千年前，確認米莎、辛，還有蕾諾到底發生了什麼事。我想這應該就是極限了吧。」

「……那個，我也……」

莉娜戰戰兢兢地說道：

「我也能去……嗎？」

她儘管見外，卻很明確地說：

「……現在迪魯海德發生了嚴重事態，我肯定就只是個局外人，一點忙都幫不上……」

她向我投以懇求的眼神。

「……可是，被我遺忘的事情，就在那裡……我覺得就在兩千年前……」

在阿伯斯・迪魯黑比亞覺醒之後，蒂蒂們照理說會服從身為蕾諾親生女兒的她，但不知為何只願意協助莉娜。

我不認為這只是她們一時興起。

「別擔心。我們要全員一起飛往過去。」

莉娜鬆了一口氣似的笑了笑。

「謝謝你！」

「好啦。」

我伸出手，將魔力送入「時間溯航」的魔法陣。

在雷伊畫好魔法陣後，靈神人劍就伴隨著光芒現身。他將這把聖劍刺在我所畫的魔法陣中心。

就連注定的宿命都能斬斷的聖劍，將龐大的魔力送入「時間溯航」之中。

潔西雅拔出光之聖劍焉哈雷，就像要與靈神人劍疊合似的刺在魔法陣的中心。她也同樣將魔力注入魔法陣之中。

艾蓮歐諾露的周圍出現魔法文字，就這樣浮游在空中形成球狀的線條，在她周圍飄浮起來。魔法文字才剛湧出聖水，這些聖水就形成一顆水球，將艾蓮歐諾露包覆起來。她施展「根源母胎（艾蓮歐諾露）」的魔法，並在身上纏繞起「聖域」，將產生出來的意念轉換成魔力。

「我連上魔法線了。現在也能收集到位在地底的潔西雅們的意念。」

「好喔。」

在艾蓮歐諾露閉上眼睛後，位在地底城市的一萬名潔西雅也傳來意念。她將這些意念轉換成「聖域」的魔力，注入「時間溯航」之中。

米夏與莎夏牽起手，將彼此的魔力以融合魔法相乘之後送入魔法陣之中。

「這畢竟是首次嘗試。要是不小心掉到其他時代，就只能在那裡等到時間恢復了。」

「別說這麼可怕的話啦……」

「會成功的。」

莎夏與米夏說出形成對比的話語。

我將魔力注入「時神大鐮」，強行支配它。我揮動發出白銀光輝的大鐮，斬斷「時間溯航」的魔法陣。

房間內化為白銀的世界。就彷彿斬斷了世界的帷幕，大鐮揮過的空間出現裂痕。世界翻轉過來，就如同萬物倒流一般，染上白銀光輝的各種景象自眼前流過。

時間，倒轉了──

§ 44 【精靈之母大精靈與魔王的右臂】

那裡是廣大的湖泊中心。

反射著朦朧月光的湖面具有自然魔法陣的效果，形成一道驅魔結界。這是聖明湖。在這座清澈湖泊的中心處，有著人類的要塞都市──王都蓋拉帝提。

這座都市與在魔法時代時的模樣有點不同。圍繞城市的堅固城牆破爛不堪，出現好幾道缺口。在城門前看到的住家也有點破爛，外牆與屋頂都損壞了。

還有好幾處以「創造建築(airisu)」製造的白石臨時修補過的痕跡。

「哇！是蓋拉帝提耶！」

「……跟平時……不一樣……」

艾蓮歐諾露與潔西雅望著城門後方的景象，看起來很愉快地參觀著。

「唔，看來是順利過來的樣子。」

我手中的「時神大鐮」粉碎風化，米夏直盯著風化的大鐮。

「別在意，只要能回溯時間，要回到原本的時間是輕而易舉。」

「太好了。」

雷伊走到我身旁。

「就城市的樣子來看，這裡似乎確實是兩千年前，不過是什麼時候啊？」

「建造牆壁，我轉生之後沒多久。」

米夏與莎夏將魔眼(視線)朝迪魯海德的方向望去。

「……話說回來，你建造的牆壁也太不尋常了吧……」

莎夏感到戰慄地說道：

「魔力的餘波甚至達到這裡。」

米夏感到驚訝似的直眨著眼睛。

「有那種東西在，就連想去國境的念頭都不會有吧？」

「要是不做到這種程度，就無法隔離這個時代的人們。畢竟，有人就連那道牆壁都能穿越啊。」

就像梅魯黑斯曾經做過的那樣，擁有強大魔力的人能夠穿越「四界牆壁(beno ieben)」。只不過不付出任何代價就能做到這件事的人，可說是屈指可數。

「為什麼要來蓋拉帝提？」

望向國境方向的莎夏輕輕搖曳著綁成雙馬尾的金髮，轉頭過來問道。

「我在德魯佐蓋多建造牆壁後，大精靈蕾諾應該會返回阿哈魯特海倫，而辛也會奉我的命令隨行。」

「啊，原來如此。這麼說來，你曾說過這個時代的阿哈魯特海倫是位在聖明湖呢。」

莎夏理解似的說道。

「在建造牆壁時，蕾諾耗盡了魔力。由於沒辦法以那種狀態穿越『四界牆壁』，應該要等一段時間才會回來，而時間應該剛好就是現在。」

不是已經回來了，就是還在回來的路上。

「就到阿哈魯特海倫走一趟確認吧。」

「就連阿諾斯的魔眼(眼睛)，也沒辦法確認她在哪裡嗎？」

「這個時代有各式各樣的魔族與人類在用魔眼監視著所有地點，然後也有許多干擾監視的魔法。當然，如果我想看的話是看得到，不過恐怕會被人察覺到我的魔力。」

莎夏恍然大悟地倒抽一口氣。

「因為暴虐魔王應該已經死去轉生了……？」

「一旦有人察覺到我還活著，這個過去就會變成與本來截然不同的過去。」

「那個，這次的魔法，不論我們在過去做了什麼，都不會改變我們現在的歷史吧？」

莎夏確認似的問道。

「沒錯。掌管時間的神族，擁有讓過去作為過去確定的秩序。在『時間溯航』的魔法效果結束、我們返回現代之際，時間的秩序就會生效，讓改變的過去恢復原狀。如果是小事，說不定就會保留下來。所以，不論我們打算在兩千年前做什麼，都不會對現代造成影響。」

只不過，要是在這個過去產生了暴虐魔王還活著的可能性，就會引發跟本來的過去截然不同的發展。如此一來，恐怕就無法確認蕾諾、辛，還有米莎到底發生了什麼事。

「話雖如此，但這一切並非偶然，而是神族的陰謀吧？只要不是太誇張的事，祂們應該都會採取促使大精靈阿伯斯·迪魯黑比亞誕生的行動。」

「避免大幅改變過去就好？」

我點頭回應米夏的詢問。

「這樣的話，最大的問題就是阿諾斯了吧？」

雷伊說道。

「我是魔族的肉體，艾蓮歐諾露還沒誕生。雖然很理所當然，但米夏、莎夏和潔西雅在這個時代都還默默無聞。就算做出誇張的行徑，也不會對過去造成影響。」

「啊～確實是呢。如果是阿諾斯弟弟的魔力，知道的人就是會知道喔。」

艾蓮歐諾露豎起食指說。然後雷伊接著說道：

「而且你的模樣跟兩千年前幾乎沒什麼變。跟暴虐魔王長得很像，也會是個問題吧？」

由於容貌能用魔法隨意改變，本來是無法成為依據的；但是這個時代可沒有多少人敢不要命地模仿我的長相。照這樣下去，不免還是會引人注目。

「總之，先用你的魔法幫我偽裝根源吧。」

說完，雷伊就用兩根手指碰觸我的脖子展開魔法陣。這是「根源偽裝」的魔法，可以藉由這個魔法偽裝我的根源。擅長根源魔法的勇者加隆所施展的「根源偽裝」，能看穿的人可是寥寥可數。

「之後再用『幻影擬態』隱藏起來就好了吧？」

「我想只要別亂跑就沒問題，但要是在附近施展魔力的話，就會被這個時代的我發現，所以還是小心一點比較好。我記得我應該就快回來了。」

原來這是傑魯凱要設立勇者學院，而加隆反對這麼做的時期啊？要是讓勇者加隆認為魔王阿諾斯還活著，過去就會截然不同。

「我就小心吧。此外，我還要奉勸你們一件事。在『時間溯航』的魔法效果消失後，過去就會恢復原狀。也就是說，我們回到兩千年前的過去就會消失；但我們不會失去這段期間的記憶。而關於記憶以外的部分也一樣。要是在這個兩千年前受傷的話，傷勢在回到原本的時代就會保留下來，也說不定會喪命，因此可別大意了。」

也就是現代的我們無法改變過去，但過去的人卻能干涉我們，對我們造成影響。

再說這裡可是人類的領土。要是被發現我們是魔族，人類會不由分說地襲擊過來吧。

「我知道了喔。總之就是要儘量注意不要改變過去，然後努力不要死掉就好了！」

艾蓮歐諾露簡潔扼要地歸納出重點。

「今晚是月色朦朧的夜晚。」

米夏注視著天上的月亮。

「創造淺藍色的糖果？」

阿哈魯特海倫現在的傳聞就跟我以前說過的一樣，在月色朦朧的深夜裡，聖明湖畔會瀰漫起白霧。這時只要將淺藍色的糖果投入湖中，喜歡惡作劇的妖精就會現身，帶領你前往森林之中。

也不可能在我轉生之後就立刻改變。

「很不巧地，蒂蒂對喜好很挑剔的樣子。兩千年前我就試過了，她們對魔法創造的糖果是不屑一顧。」

「淺藍色的糖果，是指聖明糖嗎？我記得應該是從這個時代開始有的喔？」

艾蓮歐諾露歪頭說完，潔西雅就開心地微笑起來。

「我最喜歡的……東西之一。」

「或許就是那個。應該有攤販在賣，我們去買吧。」

我施展「幻影擬態」的魔法，將艾蓮歐諾露與潔西雅以外的人透明化。接著雷伊再對米夏、莎夏還有自己施展「根源偽裝」，讓魔力看起來像是人類一般進行偽裝。

莉娜是精靈所以沒有問題。

我們穿過城牆上的城門，踏入蓋拉帝提。

「加——啊。」

差點喊出加隆名字的艾蓮歐諾露連忙改口。

「雷伊同學，你記得哪邊的攤販有在賣嗎？」

「應該就在這條大街直走下去的地方。」

這附近人來人往。承受過無數次魔族襲擊的城市儘管荒廢，但人們笑容滿面，充滿著活力。明明是晚上卻有許多店家營業，陳列著大量的攤販。

「……看樣子，果然是回來了呢……」

雷伊警戒地喃喃低語。

「唔，也就是勇者打倒魔王的凱旋慶祝啊？」

這樣也就能理解為何人類們會露出開朗的表情了。在這個時代，我看到的盡是些悲傷、恐懼和憎恨之類的表情，不過他們現在看起來還挺快樂的。

「看到因為打倒自己而歡天喜地的人們表情，有什麼好開心的啊？」

莎夏說道。

當我回頭看向她，米夏為我說明道：

「笑了。」

「我嗎？」

「嗯。」

唔，我有這麼開心啊？

「覺得也不枉我被打倒了呢。」

「這樣啊。哼～我倒是有點不太高興就是了……」

隨後，莎夏就朝開心笑著的人類投以凌厲的眼神。儘管是我捨命建造牆壁，人類卻宣稱打倒了魔王而歡天喜地，這點似乎讓她看得很不順眼。

「啊，聖明糖的攤販就在那裡喔。」

「……有潔西雅的份嗎……？」

「嗯嗯，我會買給妳喔。」

艾蓮歐諾露正要前往攤販，卻突然停下腳步。

「話說回來，我沒有錢喔？」

我用魔力將幾枚金幣拋給轉頭的艾蓮歐諾露。

「我從藏寶庫帶了一些過來，是這個時代的貨幣。」

「哇！可以奢侈一下了喔！」

艾蓮歐諾露牽著潔西雅的手一起走向攤販。

「晚安，大叔。我想買聖明糖喔。」

「好的，謝謝惠顧。請問要幾根啊？」

艾蓮歐諾露屈指數了數。

「我想想，阿諾斯弟弟、米夏妹妹、莎夏妹妹……有十根嗎？」

「好喔。這剛好是最後一根，就送給小姐吧。」
「哇！大叔你真慷慨，謝謝你！」
艾蓮歐諾露交出金幣，收下找零與十一根聖明糖。木棒前端插著球狀的糖果，而且相當大一顆。儘管宣稱是用聖水製成的神聖糖果，但聖水當然不能作成食物，所以實際上並沒有使用聖水。
「你看，就在那裡！找到聖明糖了唷。」
耳邊傳來欣喜的聲音。
轉頭看去，只見一名身穿翡翠色禮服的女性跑了過來。她有著一頭如清澄湖水般的秀髮以及琥珀般的眼瞳。
這個人是大精靈蕾諾。也許是因為沒有現出真體，看不見她背上的六片翅膀。而在她的背後，跟著一名眼露凶光的魔族。他戴著一張眼熟的面具。
「蕾諾，請不要離開我身邊五公尺以上。不然在敵人來襲之際，我恐怕會無法對應。」
蕾諾轉了一圈，朝著面具男說道：
「那就跟我一起跑啊。要是賣完的話，就全是辛害的唷。」
「要是跑動，注意力就會相對分散。為了能對應任何敵人，要維持適當的步行速度。」
「已經到蓋拉帝提了喔。來到這裡的話，是不會有敵人的。」
「不能掉以輕心。」
男人微微挪開面具，朝周圍投以凶惡的眼神。從底下露出的白髮與沒有色素的眼瞳，最

重要的是那股魔力，那個人毫無疑問就是辛・雷谷利亞。

「這附近有個魔力超乎常理的人潛伏在此的氣息。就從魔眼感應不到任何反應來看，應該是位相當厲害的高手。」

唔，魔力應該已經藉由「隱匿魔力」完全隱藏起來了才對。居然不是靠魔眼，而是靠氣息感受到魔力，該說真不愧是辛吧。不過，他並沒有察覺到具體的位置。

「不要拿下面具。要是被人發現你是魔族的話，事情就嚴重了。」

「請放心。在對我發出敵意的瞬間，敵人的腦袋就會永遠與身體分離。」

蕾諾發出「唉」的一聲，重重地嘆了口氣。

「伊揚，在辛臉上貼得更緊一點。」

隨後，面具眼睛的部分亮起，緊緊貼在辛的臉上。他的魔力被完全隱藏起來了。那個被稱為伊揚的，恐怕是面具的精靈。

「不要砍人類啦。敵人就只剩神族了吧？而且就連祂們，說不定也不會再出現了。」

「只要對您無害，我就不砍。」

「……真是的。不過，好吧。反正就快到阿哈魯特海倫了。」

蕾諾來到攤販前，向老闆說道：

「晚安，我要買聖明糖。」

「啊～小姐，抱歉啦。今天已經全部賣完了。」

「咦……騙人……」

「不好意思喔，請明天再來吧。」

蕾諾一臉失落的表情，就這樣佇在原地。

「蒂蒂明明很期待耶……」

「既然沒有也沒辦法，走吧。」

蕾諾就像生氣似的瞪著辛。

「要是辛肯跑的話，或許就能買到了耶。」

「真是非常抱歉，我是以護衛任務為重。」

「……明明就只要跑一下……」

「真是非常抱歉，我是以護衛任務為重。」

完全無法溝通。蕾諾咬著下唇把臉別開。然後，就像在宣洩無處可去的怒氣般，她輕輕踢著地面。

「笨蛋，辛這個笨蛋……！」

大概是在煩惱要怎麼回話吧，辛想了一會兒後說道：

「真是非常抱歉，我是以護衛任務為重。」

辛就像壞掉的魔法人偶一樣重複著這句話。

「看來他們在路上變得挺要好的呢。」

「哪裡啊？」

莎夏在一旁露出莫名其妙的表情。

「要是答案沒變的話，同一句話他是不會說第二遍的。這是第三遍了喔？他可是只要說明過一遍，就再也不會說第二遍的男人。」

「哪裡啊？」

莎夏依舊是一副莫名其妙的表情。

「……那個……請……收下……」

潔西雅踏著小碎步走到兩人身旁，向蕾諾遞出兩根聖明糖。

「咦……？可是，這是小妹妹的吧？」

「……潔西雅……有很多……」

艾蓮歐諾露來到潔西雅身旁，悠哉地笑了笑。

「沒關係喔。這是老闆多送的，但我們吃不了這麼多。」

「啊，那麼，這個。這是我在米扎萊伊都買來的餅乾，送給妳。很好吃唷。」

蕾諾將一包餅乾放在潔西雅的手掌上。

「……謝謝……妳……」

「我才要謝謝小妹妹呢。」

「不會……吵架了吧……？」

「咦？」

潔西雅來回看著蕾諾與辛。

「不是的，我們沒有吵架唷。大姊姊和大哥哥的感情很好喔。」

蕾諾笑著說道。
「是這樣嗎？」
辛冷淡的發言，讓蕾諾的笑容抽搐了一下。
「辛，你和我感情很好。這可是命令喔。想護衛我的話，就要好好遵守這一點。」
「遵命。我跟她的感情很好。」
隨後，潔西雅就安心地笑了。
「感情很好……太好了……」
「嗯，拜拜。謝謝妳的糖果。」
蕾諾揮了揮手，朝蓋拉帝提的城門走去。而辛則是帶著警戒的眼神跟在她身後。

§45 【被盯上的阿哈魯特海倫】

「潔西雅好棒喔。妳說得很好呢。很了不起喔。」
艾蓮歐諾露蹲下來抱住潔西雅，撫摸著她的頭，讓她開心地害羞起來。
「我……很努力……」
「沒錯、沒錯。來，這是給好孩子的獎賞喔。」
艾蓮歐諾露遞出聖明糖。潔西雅握住木棒，把糖果一口塞進嘴裡。

「不過話說回來，這個時代的人果然很厲害呢。雖然澈底抑制住魔力，但方才那兩個人非常強喔。」

「……非行……強……」

潔西雅邊舔著糖果邊說。

「他們是蕾諾與辛。就連在這個時代，也沒有多少人能跟他們相提並論。」

我走到艾蓮歐諾露身旁如此說道。

「哇……他們就是辛與蕾諾啊……這麼說來，她好像罵了辛，而且說他是笨蛋呢……？我嚇了一跳喔……」

艾蓮歐諾露一臉驚訝地注視著兩人離去的方向。雖說面具的造型不同，不過她應該認得出來。

「他們打算回阿哈魯特海倫吧？我們追上去。不過別追得太緊，不然腦袋可是會被辛砍掉的。」

我留下這句話，朝城門的方向走去，眾人尾隨在我身後。

「你的部下全都是那副德性嗎？」

莎夏問道。

「那副德性？」

「雖然很強，但感覺有點無法溝通的樣子……」

「辛是個怪人沒錯。哎，但他可不是個壞人。就只是有點不知變通。」

「有點……嗎……？」

莎夏側眼看著我，一副實在不這麼覺得的樣子。

「莉娜。」

我回頭看向無精打采但默默跟上的她。

「方才的面具男子是辛。他應該就是妳想見到的精靈王，有回想起什麼事嗎？」

「……還不太清楚……」

莉娜垂著頭。

「可是，總覺得接下來會發生什麼事。」

她在沉默了一會兒後，抬起頭來說：

「不太好的事。」

語氣彷彿是在預言未來一般。或許她曾經看過接下來所會發生的事。

「這樣啊。」

我也向潔西雅與艾蓮歐諾露施展「幻影擬態」的魔法，讓她們隱藏起來，然後就這樣穿過蓋拉帝提的城門來到聖明湖。

在走到無人之處後，耳邊傳來細微的聲響。

「蒂蒂，我回來了。我有買禮物唷。」

遠方能看到蕾諾與辛的身影。

這一帶瀰漫起白霧，其中出現一群小妖精。不過，她們的樣子異於往常。蒂蒂們一副非

常混亂的樣子，胡亂地飛來飛去。

「蕾諾，蕾諾回來了！」

「不好了、不好了。」

「阿哈魯特海倫不好了！」

「里尼悠被打倒了！」

蕾諾的表情顯得凝重。八頭水龍里尼悠也是阿哈魯特海倫的守護神。既然牠被打倒了，就表示有人襲擊了精靈們的森林。

「是誰下的手？」

對於蕾諾的問題，蒂蒂們回答：

「銀色的野獸。」

「神明大人的獵犬。」

「神獸古彥。」

「被吃掉了。」

「大家都被吃掉了！」

蕾諾一將手伸向白霧，大精靈之森阿哈魯特海倫就出現在眼前。

接著，能看到一道漆黑極光有如牆壁般圍繞著那個場所。那是「四界牆壁」。蒂蒂們待在牆壁的後面，隔離精靈界的牆壁有發揮作用。儘管如此，神獸古彥卻侵入了森林裡。

她與辛在身上纏繞起反魔法。辛拔出魔劍，就像是用上全部魔力似的斬向牆壁。

不過一秒，牆上形成一條狹窄通道，兩人趁機穿越了「四界牆壁」。牆壁立刻就恢復原狀。雖然看起來輕而易舉，但他們兩人可是消耗了相當龐大的魔力，神獸真的有辦法通過嗎？

「該怎麼做？」

米夏向我問道。

「只能去了。要是不進到森林裡，就無從得知到底發生了什麼事。」

「……那個，我們要穿越這東西？」

莎夏茫然望著眼前的漆黑極光。

「別這麼擔心，這可是我的魔法啊。」

我向「四界牆壁」送出魔力，控制住牆壁。接著在漆黑極光上製造出一個無法一眼看出的缺口，讓我們悠然地通過牆壁。

在穿過濃霧後，眼前出現一副面目全非的景象。原本綠意盎然的阿哈魯特海倫，此時所有的植物都盡數枯萎，還能聽到精靈們抱頭鼠竄的悲鳴。

在大精靈之森裡到處奔馳的，是有著銀色毛皮與銳利巨牙的野獸，而且還不是只有一、兩頭。這些野獸張牙舞爪地咬向阿哈魯特海倫的樹木，隨後綠樹就在轉眼間枯萎。牠們在啃食精靈。

「小心！」

「傳聞與傳承會被吃掉！」

「會死翹翹！」

「就算是精靈也會死翹翹！」

蒂蒂們在蕾諾身旁飛來飛去。她狠狠地瞪著那群神獸。

「過來吧，基加底亞斯、杰奴盧！」

身形巨大的隱狼杰奴盧突然出現在蕾諾身旁，背上還站著手持小槌的巴掌大妖精基加底亞斯。

「去拯救大家吧！」

蕾諾在手掌上畫起魔法陣。

「精靈魔法——」

在基加底亞斯揮下小槌後，閃電就朝著神獸古彥劈下。杰奴盧的身影消失無蹤，然後變化成無數的雷狼。

「『靈風雷矢（gigadearu）』。」

基加底亞斯劈下的閃電使得蕾諾發出的無數雷矢獲得強化，伴隨著雷狼們一起襲向神獸古彥。

雷矢絡繹不絕地直擊銀色野獸。然而，牠們卻一點也不以為懼。不僅如此，每當遭到雷矢擊中，神獸的體積就會增加，使牠們變得愈來愈巨大。

「……居然將『靈風雷矢』……吃掉了……？」

神獸古彥張牙舞爪地撲向雷狼。每當雷狼被吃掉時，神獸就會變得更巨大。

「救命啊……！」

「要被吃掉了……！」

「好可怕啊～」

「好可怕！」

蒂蒂們被神獸古彥追得到處亂竄。蕾諾連忙準備發出精靈魔法，卻在動手前打消念頭。精靈魔法只會讓神獸們強化。

「……這該怎麼辦……？」

蕾諾朝站在一旁的面具魔族看去。

「真是非常抱歉，讓您久等了。」

說完，辛就把手伸進自己畫出的魔法陣中心。

魔法陣中辛散發出不祥的魔力。當他用力抽出手後，一把生鏽的魔劍從中出現。那是辛所持有的千劍之一，斬神劍古涅歐多羅斯。

這是一把只能斬神的弒神魔劍。神獸是擁有接近神明力量的神之使者，無法靠半吊子的力量毀滅牠們。因此，他拿出自己持有的魔劍之中，對神最為有效的武器。

「我這就處理。」

就在辛說出這句話的瞬間，將近一百頭左右的神獸古彥被一刀兩斷。那是有如閃光般的高超劍技。

「得救了～」

「謝謝你！」

「謝謝你，使劍的大叔！」

「好強耶，使劍的大叔！」

辛摘下面具，向前踏出一步。

「你們可知自己做了什麼嗎？」

辛露出譴責般的眼神朝神獸古彥說道。在他前進一步後，神獸古彥的遺體便倒下。

「吾君追求著和平。」

冰冷的語調中充滿殺氣。

「區區野獸竟敢玷汙如此宏願，根本等同於仰天吐痰。」

辛在轉眼間便盡數斬殺咬住雷狼的神獸，以及聚集在倒下的八頭水龍里尼悠身上的銀色野獸。

「罪該萬死。」

辛緩步走在精靈之森。每當他踏出一步，就會倒下一百頭神獸古彥的遺體。抱頭鼠竄的精靈們，陸續被他的劍所拯救。

儘管如此，神獸的數量還是太多了。要盡數斬殺，想必得花上一段時間。

「……阿諾斯……」

米夏喃喃說道。

「看到了。」

她的魔眼（視線）注視的方向上有幾頭神獸古彥。牠們弓起猙獰的肌肉，一副要立刻撲向我們的模樣瞪著我們。

「……怎麼突然這樣？明明直到剛才都還在追捕精靈們……？」

「唔，不愧是神的獵犬，鼻子還真靈。看來是把我們當成敵人了。」

在我開口的瞬間，神獸們撲了過來。

「……該、該怎麼辦……？」

「即使殺掉一、兩頭也不成問題，反正就只是會遭到辛斬殺的雜兵。但是，不准用太過醒目的魔法，暗中消滅掉吧。」

「就算你說要暗中消滅……但說到底，不用醒目的魔法是要怎麼打倒牠們啊……？」

我用施展「根源死殺」的手刺向撲來的神獸古彥，直接打敗牠們。我就這樣直接捏碎根源，連具遺體也沒留下地消滅掉。

「像這樣。」

「……辦不到啦……」

莎夏這樣抱怨，而我握住她的手。

「……咦……？怎、怎麼了……？」

莎夏滿臉飛紅，用魔眼（雙眼）朝我看來。

「我教妳親自施展一次。就連在兩千年前都只有我才能施展『根源死殺』，不過這個魔法跟妳很合吧？憑妳現在的魔力，應該有辦法控制住術式。」

我配合著莎夏的魔力波長，就像在教導她似的構築起「根源死殺」的魔法術式。

「配合我的呼吸，去窺看更深的深淵。」

莎夏仿效我畫出的魔法陣，以自己的魔力畫出一道相同的魔法陣。

「唔，以第一次來說做得很好。妳就試看看吧。」

莎夏把指尖輕輕穿過浮在眼前的魔法陣。雖然不到整個手掌，但她的食指染成黑色。

「去試看看吧。」

我把撲來的神獸古彥推向莎夏。

「……嘿……！」

與可愛的吶喊相反，「根源死殺」的指尖漂亮地貫穿神獸古彥的根源，讓牠當場斃命。

「……啊……成功了……！」

莎夏笑逐顏開，同時用「根源死殺」挖著神獸身軀，將牠消滅掉。

「呵呵……！」

她開心注視著漆黑的指尖。

「湊成一對？」

米夏冷不防地從背後冒出來，注視著莎夏的臉。

「因、因為是相同的魔法，這是當然的吧……」

她當場把臉別開，就像在逃避米夏的視線似的。

「……劍……不見了……」

潔西雅說道。

「這麼說來，我也取不出靈神人劍與一意劍呢。」

「對了，我剛才忘記說，魔法具之類的東西無法帶到過去。哎，就算打不倒，只要逃過攻擊，辛應該就會幫我們收拾掉。」

莎夏用「破滅魔眼」瞪向神獸。儘管牠們有些畏懼，不過神之使者不會因為這種程度就毀滅。

雷伊等人立刻散開，與神獸拉開距離。大概是打算逃到牠們聞不到味道的距離吧。

「唔，這是最後一頭了吧。」

我暗中將襲擊過來的數頭神獸盡數消滅。環顧四周，附近已經沒有神獸的樣子。

「……咦？雷伊弟弟呢？」

艾蓮歐諾露問道。米夏、莎夏、潔西雅以及莉娜都在身旁。

「他手無寸鐵，要甩開神獸會很辛苦吧？」

哎，雷伊的話是不用擔心。只要他認真起來，就算是赤手空拳也有辦法應付的吧。

「是誰在哪裡？」

耳邊傳來嚴厲的詢問聲。

「這裡可是大精靈之森，你們是瞞不過我的眼睛的。」

唔，到底是太吵了一點啊。不過，蕾諾應該還沒有明確掌握到我們的下落。

在屏息潛藏一會兒後，她的表情就顯得嚴厲起來。她大概有一半是在試探吧。不過，就這樣繼續潛伏，旁觀事態發展，能在關鍵時刻待在他們兩人身旁嗎？要是我們被認為是神族的手下，就會持續遭到警戒。

既然如此——

『唔，我想到一個好主意。』

我向眾人發出這句「意念通訊」。

『好主意？』

莎夏問道。

『躲躲藏藏會讓他們起疑心。畢竟要不被發現地靠近辛與蕾諾，也是件非常困難的事。與其躲起來，還不如光明正大地現身對話會比較容易靠近他們。』

『你、你說要對話……是要怎麼說啊……？你要是現身的話，身為暴虐魔王的事就會完全曝光耶。』

『別擔心，我靠雷伊的魔法隱藏住根源了，只要再改變外表就不成問題。如果是作為剛好路過的一名尋常魔族，我們就算見面也不會讓過去有太大的改變。』

蕾諾再度喊道：

「……我限你三秒內現身，報上你的名字與目的。否則，我會將你視為敵人唷。」

「我沒有敵意，這就過去。」

我解除全員的「幻影擬態」走到蕾諾面前。

「咦……你是……？」

蕾諾一臉驚訝地將視線往下瞧。我現在的身高遠比她低上許多，因為我施展「逆成長」的魔法，將身體縮小到六歲左右。

「我叫阿諾蘇。阿諾蘇・波魯迪柯烏羅。我是對精靈感興趣才來到這裡的。」

§ 46 【精靈之森的旅行藝人】

蕾諾以琥珀眼瞳看向我們。

會露出一臉不可思議的表情，大概是因為我是個小孩子吧。雖說能施展「逆成長」的魔法返老還童，但到底是沒多少魔族會變成身體尚未成熟的六歲小孩。畢竟在紛爭不斷的神話時代裡，很有可能會因此喪命。

「……阿諾蘇是魔族吧？」

「是啊。」

蕾諾以充滿警戒心的眼神直盯著我。

「你們是魔王阿諾斯的部下嗎？」

「不，我們不屬於任何陣營。我們是稍微環遊各地的旅行藝人，是一個劇團。」

「旅行藝人……？」

蕾諾低聲嘀咕，同時朝米夏她們望去。潔西雅揮揮小手，她在回以微笑之後，再度朝我看來。

「是真的嗎？」

「是啊，莎夏，就讓她見識一下吧。」

「見識什麼啊！」

莎夏就像嚇到似的驚叫起來。蕾諾的警戒心變得更加強烈。

「妳的招牌段子確實很多，會想問要表演什麼也是在所難免啊。」

我一面這麼唬弄，一面給莎夏思考的時間。在這個時代，有一個只有莎夏能做到的壓箱絕活。

「就是那個啊。上個月在迪魯海德讓觀眾爆笑的那個段子。」

如果是她，應該會知道我不是在強人所難，而會注意到我這麼說的目的。

「是、是那個啊？我、我知道了啦。」

唔，莎夏那傢伙，一副擺明不知道的表情。

「就讓妳見識一下吧！」

莎夏就像自暴自棄似的大喊一聲，將雙手高舉向天。她這是在爭取時間。她將雙手緩緩放下，做出段子開頭的演出，表情還十分認真。大概是想不到要表演什麼吧，莎夏一分一秒地被逼入絕境，就在醒悟到沒辦法再拖延下去時，彷彿恍然大悟似的朝蕾諾看去。

「模仿秀！暴虐魔王的魔眼（眼睛）！」

「……噗哧！」

莎夏所展現的「破滅魔眼」，讓蕾諾嗤嗤發笑。「破滅魔眼」本來就不是魔族會有的魔眼；是要有我的特異體質才有辦法掌握的魔眼。所以在這個沒有繼承我血脈子孫的神話時代，就算說是模仿，也根本沒有魔族能做到。

儘管如此，由於莎夏的「破滅魔眼」還不完全，所以怎麼看都不像是真的。以模仿秀來說不會太過逼真，而且還十分相似，這是其他人所難以做到，有著絕妙效果的演出。

「逗、逗笑了耶……」

莎夏偷偷握拳高興了一下。

蕾諾邊笑邊說：

「真是太好笑了，妳的模仿跟魔王阿諾斯超像的耶。雖然很微弱，但那個若無其事向周圍散發破壞之力的部分，水準莫名地高。在迪魯海德表演這種段子，不會因為不尊重魔王遭到斥罵嗎？」

「魔王阿諾斯意外地喜歡開玩笑，能理解什麼是搞笑表演。」

「啊……這麼說來，我好像也聽過這種傳聞，但還以為就只是傳聞呢。」

蕾諾邊說邊朝我看來。

「我方才就在想，總覺得阿諾蘇看起來有點像魔王阿諾斯耶……？」

「真虧妳能注意到。」

我誇張地盤起雙手，毫不客氣地向她展現魔王的站姿。

「這就是暴虐魔王小時候的模樣，阿諾蘇．波魯迪柯烏羅！」

「噗哧……！」

「雖說是小孩子，難道妳以為我就不會是魔王嗎？」

「啊哈哈……！超像的，這種語調超像的。魔王阿諾斯要是變成小孩子的話，好像真的會這麼說……！」

蕾諾搗嘴笑了起來。

「……真是的……讓我很普通地被逗笑了……你模仿得非常像呢。魔王小的時候，或許確實就是這種感覺……」

唔，看來很順利呢。若是想隱瞞，反而會遭到懷疑。既然如此，那就主動說出真相，讓他們覺得不可能有這種事情就好。

「可是，你們是怎麼進來的？尋常魔族應該是跨越不了入口牆壁的啊？」

「要在這種時代靠旅行藝人維生，就要有這點本事才行。牆壁是由她突破的。」

我朝米夏看去。

「……我是……」

她想了一下，然後說道：

「……比四邪王族還強的旅行藝人……」

蕾諾疑惑地歪著頭。

「……唔～嗯，這麼說來，阿諾斯好像曾經說過，魔族活得愈是隨心所欲就愈是強大的樣子呢……？等一下來問看看辛吧……」

要在這種時代作為旅行藝人維生，只有半吊子的力量是辦不到的。倘若是辛，他應該會這樣回答。

「不過，阿諾蘇的劇團還真是奇怪的組合呢。魔族、人類和精靈居然會待在一起。因為是旅行藝人嗎？」

或許是解除警戒了吧，她以和緩的語調問道。

「搞笑是不分國界的。種族差異只是枝微末節的小事。」

聞言，蕾諾溫和地微笑起來。

「這樣啊……總覺得……這樣真好呢。要是能迎來這種事情是理所當然的世界，那就更好了呢……」

蕾諾不自覺地說出這句話，然後向我問道：

「你剛才說對精靈有興趣吧？」

「是啊，莉娜。」

在我呼喚後，莉娜走到我身旁來。

「她是劇團的成員，而我們正在找尋她的記憶。她喪失記憶的情況好像很特殊的樣子。我聽聞大精靈蕾諾是一切精靈的母親，所以想請教妳是否知道些什麼？」

蕾諾直盯著莉娜看了一會兒。

「我沒見過這孩子呢。妳沒有記憶嗎？」

莉娜點點頭。

「唔～嗯，我不清楚耶。」

蕾諾歪頭說道。

「就連妳也不知道嗎？」

「雖說是一切精靈的母親，但也不是所有精靈的事情都知道唷。也有一些事情是我不知道的。」

唔。哎，也是有這種情況的吧。

「莉娜好像對阿哈魯特海倫有某種印象。要是可以的話，我希望能讓我們暫時待在這裡一段時間。」

「這雖然沒問題，不過阿諾蘇，你稍微來一下。」

蕾諾牽起我的手，邁步走了開來。等來到夠遠的地方後，她停下腳步。

「怎麼了？」

「剛才那個叫莉娜的孩子，是愛情妖精芙蘭唷。」

記得有記載在綠書上。不過頁面被人撕走，最終無法得知詳細的內容。

「是讓得不到回報的愛情化為形體，與其結合的精靈嗎？」

「……嗯。你雖然是魔族，卻知道精靈的事呢……？」

蕾諾一臉不可思議地說道。畢竟這個時代的魔族與精靈的關係很薄弱嘛。

「這沒什麼，我以前曾在精靈底下學習過。」

雖然是兩千年後的事。

「但妳既然知道，剛才為何要故作不知？」

「愛情妖精芙蘭會追尋著記憶四處流浪。然而一旦發現到自己是愛情妖精就會消失，所以絕對不能告訴她喔。」

所以才會說謊啊？

「必須先讓她回想起愛。」

要讓她回想起愛嗎？不過，還是搞不懂啊。

「我能再詳細請教一下芙蘭的事嗎？」

當我這樣問完，地面劇烈地搖晃起來。伴隨著地鳴聲現身的，是體型恐怕有一座小型城堡巨大的神獸古彥。

「……這麼大隻，是藏在哪裡啊……？」

「沒什麼，只有體型變大的話，根本不成問題。辛應該會立刻斬殺吧。」

就在這時，古彥張大嘴巴，一口咬住地面上的某樣東西。「幻影擬態」的魔法被解除，讓那樣東西現出原形。那個是雷伊。

他用雙手雙腳撐開神獸古彥的嘴巴，支撐著不讓自己被吞下去。要是有劍的話，他應該就能立刻逃脫吧，偏偏他現在是赤手空拳。

「他也是你的同伴？」

「是啊。哎，妳無須在意……」

雷伊就算被吞下去也應該能生還，但有可能會因此被發現到有七個根源。哎，倘若是

辛，應該會立刻斬殺吧。我轉頭望去，便看到他舉起斬神劍古涅歐多羅斯。

「辛，不行啦，那個快被吃掉的人是魔族唷。他是你的同胞吧？」

不顧雷伊的安危，辛打算直接犧牲他；但蕾諾撲上去抱住他的手腕。

「……護衛您才是首要任務。要是遭到波及而死去，就表示他只有這種程度的力量。剛好待在此處是他的不幸，弱者死去乃是天理。」

「我討厭這種天理唷！給我想想辦法。」

辛微微蹙眉。大概是在傷腦筋吧。他的劍不適合用來救助他人。

「辛，取出一意劍吧。」

在我這麼說後，辛瞬間轉過頭來。當他無視我，再度將視線望向神獸古彥後，隨即就像恍然大悟似的重新朝我看來。

他就這樣不發一語地直盯著我。

「……你……該不會是……？」

「我叫阿諾蘇．波魯迪柯烏羅。就只是個旅行藝人。」

辛沉默不語。要不讓他發現自己的真實身分，並非什麼難事。

有一個瞬間，辛說不定會懷疑阿諾蘇該不會就是魔王阿諾斯。但既然我自稱是阿諾蘇．波魯迪柯烏羅，那個男人就不會再追究下去。如果我是魔王阿諾斯，這就是要他別注意到是我的命令。而如果我不是魔王阿諾斯，就根本沒必要在意。

所以不論我是不是魔王阿諾斯，他都只會把我當成阿諾蘇．波魯迪柯烏羅對待。不論我是魔王阿諾斯的可能性有多大，他應該都會頑固地遵守這一點。

「他是我的客人唷！比起這個，得趕快救出那個人才行！」

蕾諾在對辛這麼說後，轉頭朝我看來。

「阿諾蘇，只要有一意劍的話，就能設法救出那個人嗎？」

「是啊，雷伊只要手上有劍，即便是神獸之牙也不足掛齒。」

聞言，蕾諾就朝辛伸手。

「拿出來。一意劍席格什麼的？」

「是席格謝斯塔。」

辛邊說邊畫起魔法陣，從中取出席格謝斯塔。

「除了我與吾君之外，還不曾見過有人能運用此劍……？」

「這樣的話，那個男人就是第三人了。」

我收下席格謝斯塔，朝著雷伊使勁投出。

「雷伊，劍送過去了。趕快從裡頭出來。」

「謝啦。」

雷伊朝著飛來的席格謝斯塔伸手。只不過，神獸古彥踏出地鳴聲，就像要躲避投來的魔劍似的當場跳開。

「啊……！」

看到魔劍朝著錯誤的方向飛去，蕾諾驚叫出聲。

「……不對，看來他能運用一意劍是確有其事。」

辛在一旁喃喃說道。

「……我在這裡，席格謝斯塔……！」

在雷伊的呼喊下，席格謝斯塔的飛行軌道彎曲了。宛如被他的手吸引過去似的，魔劍在空中畫了一個大弧飛進他手裡。隨即劍光一閃。

「呼……！」

四根獠牙被斬斷，神獸古彥發出痛苦呻吟。與此同時，雷伊自古彥的口中跳出。

「真是令人驚訝。」

辛微微揚起嘴角。他的手晃了一下，眼前的神獸古彥就在下一瞬間被一刀兩斷。神獸古彥巨大的身軀倒下，發出轟隆的地鳴聲。

「迪魯海德還真廣大。我從未想過民間竟有能夠運用席格謝斯塔的魔族在。」

辛不知何時已站在雷伊面前。

「既然有如此本領，你為何沒參與大戰？憑你的能耐，說不定連四邪王族都能斬下。」

只展露一劍就能當場看穿雷伊的實力，該說真不愧是辛吧。

「我喜歡舞劍，但討厭戰爭。」

「你的回答很有趣。」

「辛，這些人是旅行藝人的劇團唷！」

蕾諾在辛的背後向他說道。雷伊遞出席格謝斯塔打算還劍，但是辛沒有收下，而是向他問道：

「我名叫辛・雷谷利亞。能否請教您的大名？」

猶豫了片刻，雷伊說道：

「雷伊。」

「就我所見，你好像沒有佩帶魔劍在身？」

雷伊爽朗地微笑說：

「很不巧地放在遠處了呢。」

聞言，辛就轉身背對著他。

「你待在這裡的期間，那把魔劍就借給你吧。租借費是在我身上留下擦傷。」

雷伊愣了一下。

唔，辛這傢伙，目睹到劍術本領逼近自己的魔族，看來讓他相當興奮啊。現在回想起來，他在與加隆交手時，看起來也相當快樂的樣子。要是雙方同為魔族，他們兩個應該會有不同的未來。

「是要我與你交手，來償還這筆租借費嗎？」

辛沒有回答。也就是用不著回答的意思吧。

「我不覺得我這個尋常魔族，會有辦法跟魔王的右臂較量耶？」

「就憑你那只靠蠻力的劍技的話，現在說不定是這樣。」

辛將斬神劍古涅歐多羅斯收回魔法陣之中。

「你隨時都能找我還劍。」

留下這句話，他再度走回蕾諾身旁。

§ 47 【大戰樹木】

「過來，賽涅提羅。」

在蕾諾開口呼喚後，冒出無數閃爍的綠光。這些螢火蟲又被稱為精靈的醫生，微微照亮著夜晚的森林。

她將雙手往前伸出，畫起魔法陣。

「『治癒綠光(seneteru)』。」

治癒螢賽涅提羅發出的光芒增強。他們在森林裡四處飛翔，治療著受傷的精靈們。在朝著枯萎的花草樹木撒下鱗粉般的光芒後，植物們就在轉眼間恢復原本的盎然綠意。

「受傷的孩子們過來，我幫你們治療唷。」

當出現在背上的六片翅膀發出魔力後，蕾諾的身體就微微飄起，而她就這樣在森林裡到處巡視著。受傷的精靈們紛紛前來，在她所發出的「治癒綠光」的光芒下立刻治好傷勢。她向走在身旁的辛問道：

「阿諾斯明明建造了牆壁，那些神獸是怎麼侵入森林的啊？」

「應該不可能是從外部侵入的吧。那道牆壁對神族有著強大的詛咒。」

辛說道。雖然「四界牆壁」只要有相應的力量就能突破，但對神族來說卻是更高一階的強固結界。

如果以對人類與魔族的「四界牆壁」作為基準來看，本來只要是神族的話，大抵上就連低階的神都能穿越牆壁。為了阻擋擁有強大力量的神族干涉，勇者、魔王、創造神和大精靈才會集結四人的魔力，對牆壁施加會侵蝕神性的詛咒。

在這道詛咒之下，神獸與守護神級別的神族根本不可能穿越牆壁。即使是天父神諾司加里亞，要突破這道牆壁也必須有付出相應代價的覺悟。

「數量如此龐大的神獸穿越吾君所建造的牆壁，即使天地逆轉也是不可能的事。」

辛無比冷靜地分析狀況。我捨命建造的「四界牆壁」，神獸古彥是不可能穿越的。這對清楚魔王阿諾斯力量的他來說，是太過於自然的結論。

「可是，實際上就是出現在這裡了唷？是跟蒂蒂一樣有著不可思議的力量，就算魔力很弱也一樣能穿越牆壁……？」

「不，即使有這種力量，在會侵蝕神性的『四界牆壁』之前也毫無幫助——就憑神獸這種程度。」

辛一面環顧周遭，一面厲聲說道：

「或許該認為是在牆壁建立之前侵入的吧。在我們前往迪魯海德之後，便侵入阿哈魯特海倫潛伏至今，這麼想才比較自然。」

「……該不會，是那個叫諾司加里亞的神族？」

辛稍微想了一會兒後說道：

「神獸是神之使者，沒有主人的命令不可能擅自行動。儘管無法確定主使者是否就是諾司加里亞，但這座大精靈之森說不定還有神潛伏其中，不能掉以輕心。」

在他這麼警告後，蕾諾一臉苦悶地垂下頭。

「請放心。吾君的命令是要我將大精靈蕾諾平安送回阿哈魯特海倫。在斬殺那名神族之前，我都會待在您的身旁。」

蕾諾不可思議地看著辛。他一如往常，板著一張冰冷的表情。

「這裡已經是阿哈魯特海倫了唷？」

「精靈們的樂園才是阿哈魯特海倫——吾君想必會這麼說吧。我還未將您送回那裡。」

聽到他這句話，蕾諾嫣然微笑起來。

「辛雖然頑固，但也有溫柔之處呢。」

「會讓您這麼想，全是吾君的慈悲。因為此身乃是魔王的劍，魔王的右臂。」

在煩惱該怎麼回話後，蕾諾說道：

「我從未想過暴虐魔王會是個溫柔的人呢。」

辛看起來很自豪地點點頭。蕾諾再度望向前方，在森林裡前進著。

「辛在這件事結束之後，有什麼打算嗎？」

「在侍奉的主君不在的時代裡，即使苟活下去也毫無意義。我會追隨吾君，轉生到兩千年後。」

「這樣啊。看來神族藏在這座森林裡，也並非全是壞事呢。」

停頓瞬間後，辛問道：

「這是為何？」

「因為能再和辛玩一陣子啊。」

他一臉認真地注視走在身旁的少女笑容。

「我只是在遵守吾君的命令。」

「是啊。不過，謝謝你。將我送回這裡，一直保護我到現在。」

「如要感謝，請向光榮捐軀，我偉大的魔王道謝。」

蕾諾呵呵笑起。

「我道謝過了。然後他說，如果要道謝的話，就直接跟辛講。聽說除了阿諾斯以外，你平時不會擔任其他人的護衛？必須聽從像我這種精靈的命令，被我頤指氣使，你其實很不願意吧？」

「不，此乃吾君的命令。」

「騙人，都寫在你臉上了。」

辛就跟往常一樣，板著一張冰冷的表情。居然能看出他微妙的感情，不愧是跟他相處了一段時間。

「蕾諾～！」

耳邊傳來尖細的聲音。蒂蒂們從樹林後方出現，在蕾諾的周圍飛來飛去。

「婆婆出事了。」

「婆婆要消失了。」

「不好了～」

「要凋零了～」

有別於騷動起來的妖精們，蕾諾帶著作好覺悟的表情點了點頭。那個人似乎不是被神獸古彥殺掉的樣子。

「大家一起去送別吧。」

蕾諾前往森林深處，我們也尾隨在後。

不久後，能在樹林圍繞的道路前方看到一個廣場，那裡長著一棵古老的大樹。在大樹粗壯的樹幹延伸出來的無數樹枝上，長著許多綠意盎然的樹葉。

隱狼杰奴盧、風與雷的精靈基加底亞斯、水之大精靈里尼悠等許許多多的精靈們聚集在這個廣場上。

蕾諾雙腳著地，伸手輕輕碰觸著大樹。

「……婆婆……」

她如此呼喊後，大樹上浮現出一個像臉一樣的東西。

「很高興妳回來呢，蕾諾。」

周邊響起沙啞的聲音。蕾諾一臉哀傷地點點頭。

「看樣子，今天還有可愛的客人在呢。你的名字是？」

「我叫阿諾蘇·波魯迪柯烏羅。」

「阿諾蘇，這是個好名字呢。我是米凱羅諾夫，大戰樹木米凱羅諾夫。是傳授人類智慧，讓他們在大戰之中生存下去的精靈唷。」

米凱羅諾夫將她的魔眼（視線）朝向我。

「阿諾蘇，到我這邊來。同伴們也將名字告訴我吧。只要碰觸我就行了。」

我走到米凱羅諾夫大樹前面，用指尖碰觸大樹。雷伊和米夏他們也報上名字，同樣碰觸著那棵大樹。

閃閃發光的樹葉從樹枝上翩翩落下，纏繞在我們身上。

大樹首先向米夏與莎夏說道：

「米夏、莎夏，妳們身上只帶有本來一半的力量。要恢復成一體。這樣妳們本來的魔力應該就會覺醒。」

接著，她向艾蓮歐諾露說：

「艾蓮歐諾露，妳要學會新的魔法。比起親自戰鬥，妳說不定更擅長支援他人呢。自己到底適合什麼，妳要好好想想唷。」

隨後，她將魔眼（視線）望向潔西雅。

「潔西雅，妳有很棒的素質，是勇者的素質喔。還有，妳好像很擅長鏡子的魔法呢。」

米凱羅諾夫也向雷伊說道：

「雷伊，你的榜樣，就是在那裡的小伙子辛唷。他的劍將會引導你，而你遲早會抵達不同的境界。」

接著，她向莉娜說道：

「莉娜，妳不適合戰鬥。去尋找自己該做的事。就照妳想做的去做吧。」

最後，米凱羅諾夫將魔力集中在我身上。不過和其他人不同，她沒有立刻說出建言。

不久後，她說道：

「啊啊……沒有呢。阿諾蘇，我沒有能傳授給你的智慧。偶爾也會有呢，這種我什麼也看不到的人。但我知道你有很出色的力量唷。真是了不起。或許我的智慧對你來說是沒有必要的東西呢。」

米凱羅諾夫有點寂寞地說道。

「我聽說妳要凋零了？」

「啊啊，是啊。我要凋零了。將再也不會復活了吧。」

「是因為傳聞與傳承斷絕了嗎？」

「呵呵呵。」她的溫柔笑聲在森林裡響起。

「看來戰鬥以外的事，我還有辦法教導你的樣子。」

米凱羅諾夫開心地說道：

「只要傳聞與傳承斷絕，精靈就會消滅。不過，精靈還有另一個會消滅的時候。那就是違背自身傳聞與傳承的時候喔。」

精靈是誕生自傳聞與傳承，依照傳聞與傳承而生的生物。

就像隱狼杰奴盧是神隱的精靈，艾尼悠尼安是教育大樹一樣，他們會依照自己的傳聞與傳承行動。

「大戰樹木米凱羅諾夫，是傳授人類智慧，讓他們在大戰之中生存下去的精靈——為了打倒魔族呢。然而，我卻協助了魔族，協助了暴虐魔王。不是為了打倒魔族，而是為了讓人類與他們和睦相處絞盡腦汁。」

也就是為了打倒魔族而生的米凱羅諾夫，因為協助魔族而違背了自己的傳聞與傳承啊？

「阿諾蘇，沒關係的，你不用露出這種表情。你雖是魔族，但沒有任何不對。而且，我已經活得夠久了。也已經厭倦了傳授大家殺害某人的智慧這種事呢。」

樹葉凋零，翩翩落下。

「我很感謝魔王唷。因為他讓這樣的我，能為了和平絞盡腦汁呢……沒有比這還令人高興的最後啊……」

「……婆婆……」

蕾諾緊緊抱住米凱羅諾夫的樹幹。

「抱歉……都怪我說了任性的話。」

「蕾諾，這不是妳的錯唷。而且，反正大戰樹木的傳聞，只要戰爭結束之後就會遭到遺忘。我是遲早都會凋零的命運啊。」

就像在摸著蕾諾的頭，米凱羅諾夫的樹枝輕輕碰觸著她。

「妳總有一天或許也會迎來必須作出抉擇的時候吧。這是精靈的宿命唷。是要作為精靈遵守傳聞與傳承，還是要違背傳聞與傳承，守護自己重要的事物。」

「……我該怎麼做才好？」

「蕾諾，迷惘的時候，就問自己的心吧。精靈是根據傳聞與傳承而生，並在傳聞與傳承的擺布之下度過半生。就連自己遭到擺布這點，都沒能注意到。然而，心不論何時都是自己的唷。妳是個聰明的孩子，也差不多注意到了吧？」

米凱羅諾夫大樹散發出淡淡光芒。就像存在倏地消失般，她的身影漸漸透明起來。

「蕾諾，要守護妳想守護的事物唷。我很滿足。因為，肯定很快就能迎來和平。」

光芒變得格外強烈，照亮整個廣場。

在光芒緩緩消去後，剛才還在眼前的樹木身影澈底消失。人稱大戰樹木的精靈，就在現在，確實凋零了。

蕾諾注視著米凱羅諾夫方才還在的位置，茫然地佇立在原地。不知就這樣過了多久，最後辛走到她的身旁。

「我很困擾。」

聽到這句話，蕾諾朝他轉頭看去。

「我想止住妳的淚水，卻不知道該怎麼說。」

聞言，蕾諾就以泫然欲泣的表情露出微笑。

「喂，辛，魔王有要你安慰我嗎？」

這句詢問，讓辛一時語塞。蕾諾嫣然笑起。

「謝謝你，我很高興唷。」

蕾諾直盯著辛。

「放心，我不會在悲傷時哭泣唷。我的眼淚會成為精靈。」

從她開心笑著的眼瞳中，一滴淚珠落下，一下子就被吸入地面之中。隨後漸漸發出閃亮光芒，從大地中長出一株新芽。

「畢竟這樣出生的孩子未免太可憐了。小孩子誕生的時候，果然還是要流下高興的眼淚才好呀。」

從大地長出的新芽立刻成長，開出了花朵。花朵在發光之後再度變回新芽，然後迅速地成長茁壯，在不久後長成一棵樹幹。那棵樹幹展開枝條，長出茂密樹葉。即使長得比米凱羅諾夫大樹還要高大也沒有停止成長，以要突破雲霄的氣勢不停伸展。

「我發現一則很棒的傳聞喔。在和平的時代，讓各式各樣的人學習各種知識的學舍。由一個有點頑固、沒有繪畫天分的老爺爺擔任教師，教導著我們許許多多的事情。」

眼前聳立著一棵眼熟的大樹。

「各位，讓我來介紹吧。他是我們的新家人，教育大樹艾尼悠尼安唷。」

在艾尼悠尼安大樹誕生後，蕾諾帶領我們參觀內部。教室、古尼艾爾階梯與雲的迴廊等魔法時代存在的場所，現在就已經大致具備。

在大樹最頂端的小城堡，好像是要作為蕾諾的住所使用。兩千年後的精靈王就待在這裡，所以說不定是統治這座阿哈魯特海倫之人所居住的城堡。

在回到排列著樹椿的教室後，蕾諾開口說道：

「總之，這樣就大略參觀過一遍了吧？因為空間很大，雖然還有其他各式各樣的房間，但等之後再去請教艾尼悠尼安吧。艾尼悠尼安姑且會用魔眼（雙眼）進行監視，讓人無法在這棵大樹的內部施展暴力，就算神獸來襲也不用擔心唷。」

也就是艾尼悠尼安大樹是為了防備神族襲擊而誕生的精靈啊？

「大精靈蕾諾能自由地讓精靈誕生啊？」

在我這麼說後，蕾諾就蹲下來配合我的視線高度。

「並不是自由唷。就跟你剛剛看到的一樣，我的眼淚會將傳聞與傳承化為精靈呢。如果不是我由衷希望他誕生的精靈就不會誕生，所以有時會誕生出跟我想像不同的精靈，也會在無意間誕生出精靈唷。」

「嗯～？如果能讓由衷希望的精靈誕生，就能自由地讓精靈誕生了吧？」

艾蓮歐諾露不可思議地說道。

「啊，嗯。雖然是這樣，但也不是這樣唷。因為我的希望，是來自於眾人的傳聞與傳承。所以我會作為精靈之母，誕生出適合的孩子。」

就連自身的願望，都會受到傳聞與傳承左右啊？精靈也很不自由呢。

「而且，跟我的眼淚無關，自然而然地突然誕生的精靈還比較多喔。莉娜也肯定是這樣的唷。」

確實，要是精靈只會因為大精靈蕾諾的眼淚而誕生，也會出現蕾諾是怎樣誕生的問題。畢竟她應該不是最古老的精靈。

或許認為愛情妖精芙蘭是在蕾諾死後自然誕生的會比較妥當吧。儘管想詳細詢問，但現在莉娜也在場。先前提過她一旦發現自己是愛情妖精就會消失，因此只能再找機會問了。

「阿諾蘇，你們會暫時待在阿哈魯特海倫嗎？」

「可以的話，想暫時叨擾一陣子。」

「嗯，好唷。剛剛我也跟辛商量過了，而且你們似乎也不是什麼可疑的魔族。由於很少會有旅行藝人過來，所以大家也都很高興呢。這裡的東西都能隨你們使用唷。」

「感激不盡。」

蕾諾露出笑容點點頭，接著便起身走了出去。

「辛，跟我一起來。」

辛不發一語地跟在蕾諾身後。

「好啦。」

我從樹椿上站起。

「雷伊、米夏，幫我看好他們兩人。」

「嗯。」

米夏頷首。

「你打算做什麼？」

「想稍微去確認一件事。其他人就暫時自由行動。」

我推開教室的門來到外頭，隨後就聽到後方傳來輕巧的腳步聲。跟過來的人是潔西雅。

「要一塊來嗎？」

「……我是……護衛……」

潔西雅就像要守護我似的，緊緊跟在我身旁。

這是怎麼回事？是受到辛的影響嗎？

「因為阿諾蘇弟弟變小了，所以她好像覺得自己是姊姊的樣子喔。」

艾蓮歐諾露走過來這樣說明。

「唔，我的身體確實是變小了，但還不到要潔西雅守護的程度。」

「……潔西雅……是姊姊……喔……！」

總覺得潔西雅的表情一反常態地燦爛。

「嘻嘻！平時身邊就只有比自己大的人，所以她似乎幹勁十足喔。」

「……阿諾蘇……有潔西雅在……放心……」

潔西雅摸著我的頭。

哎呀哎呀，真拿她沒辦法。她可是一反常態地表現感情，不能隨便拒絕。

「那就拜託妳了。」

「……請……交給我……吧。」

我跟艾蓮歐諾露、潔西雅一同走在艾尼悠尼安大樹之中。依照兩千年後莉娜告訴我們的路徑走著，經過了相同的地方好幾次。

在三岔路口右轉後，能在通道上看到一座石像。那是個穿著鎧甲的人型青蛙。在現代的話，手上應該是拿著一面被劈成兩半的盾牌，但現在手上空無一物。

沒有特別在意地往前走後，我們走進某道門扉之中。那是一個小房間，裡頭什麼也沒有。我在轉身後，立刻打開房門。

眼前是一片廣大的森林，有著書本妖精利藍的「書本森林」。我大略看了一下長成樹木的綠書。

「唔，約一百本啊？」

「……要找……東西嗎？」

「是想找，但恐怕沒有吧。」

「……沒有……啊……」

潔西雅失望地垂下眼簾。

「哎，就姑且找找看吧。能幫我找一下記載著愛情妖精芙蘭的綠書嗎？」

潔西雅喜出望外地點頭說：

「……我會……努力的。」

潔西雅衝向森林，開始捕捉起綠書。

「只有一百本，是表示精靈還沒有誕生嗎？」

艾蓮歐諾露一臉不可思議地詢問。

「恐怕是這樣。原本想說現在的話，頁面就還沒被人撕走。」

說完，書本森林中便傳來沙啞的聲音。

「真是抱歉呢，老朽還沒作好教育的準備。再過一段時間，應該就能收齊書本妖精利藍了。要等到這之後才會上課喔。」

那是艾尼悠尼安的聲音。如果之後才會收齊，那麼愛情妖精芙蘭的事情就等到時候再調查就好了吧。

「潔西雅，找得怎樣了？」

「……還沒……找到……」

潔西雅在頭上頂著十幾本書，追著書本妖精利藍到處跑。儘管書本看起來就快掉了，卻保持著微妙的平衡。

「我有事要到其他地方，妳想跟來嗎？」

潔西雅一臉困擾似的，在我與利藍之間來回看著。總覺得她還想繼續收集書本的樣子。

「那我就把收集利藍的任務交給妳了。這是機密任務，不能跟任何人說喔。」

「……遵命……」

大概是在模仿某人吧，潔西雅很可愛地向我跪下。看來她很有幹勁呢。這裡就交給潔西雅吧。

「我也會在這看著的，你可以放心喔。」

艾蓮歐諾露豎起食指向我這樣說道。

「有事就跟我聯絡吧。」

「嗯。」

離開書本森林，我向米夏發出「意念通訊」。

「辛他們兩人還在一塊嗎？」

『在一塊。在古尼艾爾階梯的前方，走過看不見的階梯，來到看不見的門後。』

是在那裡啊。我再度行走在大樹之中。

在走上兩千年後用來進行精靈試煉的古尼艾爾階梯後，我沿著看不見的階梯前進，打開看不見的門。

進入眼簾的是一片荒野。兩千年後雖然開滿一整面的花田，如今卻是寸草不生。

「辛，你猜這是什麼？」

蕾諾在張開手掌後，飄起了五朵花。跟她的頭髮一樣，是有如湖水般鮮豔的碧綠色。

「我不知。」

「這叫做淚花，是吸收我的眼淚開出來的花唷。你回想一下，剛剛有長出一朵讓艾尼悠尼安大樹誕生的花吧？而這些就是從剩下的淚水中長出來的花。」

「是精靈的源頭嗎？」

「說不定是源頭，但也說不定不是唷。只要淚花能不枯萎地結出果實，就會將傳聞與傳承化為精靈。因為要是枯萎了，我的眼淚也會跟著消失。」

蕾諾施展魔力，將淚花輕輕放在花田中央。那五朵花，立刻就在大地紮根。

「為了不讓淚花枯萎，必須對它們灌注愛情唷。就像這樣。」

蕾諾的手掌上出現一顆薄水球。她就像澆花似的，從水球降下小雨。隨後，淚花就茁壯成長，開出大片花瓣。眼看地面不斷冒出新芽，增加著淚花的數量，轉眼間就讓一半的荒野變成花田。

「大概還只能長到這種程度吧。辛也來試看看。」

蕾諾笑吟吟地說道。辛板著一張臉回看著她說：

「我嗎？」

「嗯。我想想喔。」

蕾諾畫出一個魔法陣，在把手伸進去後，從中取出一個鐵製的澆水壺。

「拿去。這是我在回來的路上買的唷。」

「……為何是我？」

「因為我覺得辛啊，應該要再多接觸一下生物或生命會比較好唷。這樣的話，一定會很快樂喔。」

辛輕輕抽出佩帶在腰間的鐵劍，注視著劍身說道：

「如果是和生物的生命接觸，我已斬殺過不計其數了。」

「不是這種接觸啦！」

蕾諾大聲反駁，但辛的態度卻很認真。

「我不懂妳說的意思。」

辛將鐵劍收鞘。

「做做看就知道了唷。你試一下吧～」

蕾諾把澆水壺硬塞在辛手上。她施展魔法，把水裝進澆水壺裡。

蕾諾對著不發一語的他吟吟笑。

「真拿妳沒辦法呢。」

輸給精靈之母大精靈的笑臉，辛拿起澆水壺幫附近的花朵澆水。隨後，就見花朵以驚人的速度開始枯萎。

「等等、等等，辛，你這樣不行啦。培育淚花要用愛情，愛情是很重要的唷。用這種殺氣騰騰的心情澆水，淚花一下就會枯萎的啦。」

「該怎麼做才好？」

「你要笑啦。首先是笑容，因為這是愛情的表現。」

辛露出一個就算說是面無表情也不為過的笑容。

「這樣嗎？」

花朵枯萎的速度比方才還快。

「真是的，所以說是要愛情了，愛情！你再認真一點啦。」

「我不知愛為何物。」

「啊～你這種頑固的態度可不好唷。畢竟，辛很喜歡魔王阿諾斯吧？」

辛驚訝地瞠圓了眼。

「這就是愛唷，愛。所以，你只要用喜歡魔王的心情澆水就好了唷。」

蕾諾以天真無邪的笑容逼近他。

「就連要對吾君抱持好感都讓我深感惶恐。我侍奉吾君是因為恩義，而非愛。那位魔王，拯救了僅是一把劍的此身，是我唯一的恩人。」

「這是什麼意思啊？」

「請無須在意。這並非有趣的話題。」

蕾諾不服地瞪著辛。就在這時，耳邊傳來嘻嘻笑聲。

「感情好。」

「非常好。」

「蕾諾。」

「和使劍的大叔。」

一群妖精蒂蒂現身。

「真好。」

「好羨慕。」

「想一起玩。」

「蒂蒂也想一起玩！」

妖精們在辛的身邊飛來飛去，異口同聲地說道：

「來玩吧、來玩吧。」

「喂，來玩吧。」

「使劍的大叔。」

「一起來玩吧。」

辛有點不知所措地看向她們。蕾諾「哈哈哈」地笑了出來。

「你剛才救了她們，所以她們喜歡上你了唷。就陪她們玩一下吧？」

「我不知遊玩為何物。」

說完，辛轉身離開。

「那麼，玩捉迷藏～」

「來玩捉迷藏吧。」

「精靈捉迷藏。」

「使劍的大叔當鬼～」

蒂蒂嘻嘻哈哈地飛來飛去。

「大家集合～」

「杰奴盧～」

「基加底亞斯～」

「賽涅提羅～」

精靈們聚集在花田裡。或許是想回報辛的救命之恩吧，精靈們全都直盯著他看，一副想跟他玩的樣子。

蕾諾問道。

「阿諾蘇，你們也一起嗎？」

「不，我們就心領了。長途跋涉過來還很疲憊。」

「這樣啊。那麼，精靈們就一起玩捉迷藏吧。大家～辛說只要一分鐘不被他抓到，他就會答應你們任何事情唷。」

蕾諾這麼說完後，精靈們就一齊逃走。

「我也心領了。」

辛轉身離去。隨後，蕾諾就露出惡作劇的表情。

「哦～魔王阿諾斯的右臂也沒自信抓到我們啊？原來是這樣啊。」

辛突然停下腳步。

「這話我可無法充耳不聞。」

辛轉身說道。他的眼神很認真。

「那就來玩吧。準備好了嗎？」

辛點點頭，全身散發著凌厲的殺氣。他這樣的氣勢甚至讓人懷疑，他真的知道這是在玩捉迷藏嗎？

「時限是一分鐘喔。要開始嘍。大家快逃～」

「得罪了。」

這麼說完，辛的身影就消失了。

「呀！」

蒂蒂就像是被什麼東西碰到似的抖動一下，而其他妖精也陸陸續續出現同樣的反應。

「被碰到了～」

「好快喔。」

「使劍的大叔，好快喔。」

蒂蒂們開心地咯咯笑起。辛以肉眼看不見的速度奔馳著，基加底亞斯與賽涅提羅也在轉眼間就被他抓到了。

「倘若不至少將時限降為十秒，是玩不了捉迷藏的。」

辛停下腳步，閉上眼睛。大概是為了抓到杰奴盧吧。肉眼無法看到的神隱精靈在花田裡奔跑著。不過，他輕易就捕捉到杰奴盧的氣息。

「你的速度還挺快的。」

辛把手放在杰奴盧的頭上。杰奴盧就像頭受主人疼愛的狗狗一樣，開心地搖著尾巴。

「不過，倘若是吾君，應該只需這一半以下的時間就能抓到全員。」

「你就這樣繼續摸摸牠啦。」

蕾諾說道。辛維持閉眼的模樣看向她的所在位置。

「很少有人能和杰奴盧一塊奔跑呢。」

這也難怪吧。因為不閉上眼睛，杰奴盧就無法存在。

「這樣就行了吧？」

辛撫摸著杰奴盧的頭。巨狼當場坐下，像隻貓一樣安分下來。

「辛很像精靈呢。」

「這是什麼意思？」

「遺忘愛情的劍士精靈。總覺得好像會有呢。」

辛不感興趣地保持沉默。

「辛，我問你喔，你玩捉迷藏有輸過嗎？」

「我沒怎麼玩過捉迷藏，但至今從未讓賊人溜走過。」

「那麼，你今天是第一次輸呢。」

辛疑惑地看向她。

「這是精靈們一起玩的捉迷藏，而我也是個精靈唷。」

一分鐘的時限早已過去。這場捉迷藏可說是蕾諾勝利。

「雖然有點作弊，但贏了就是贏了。啊，當然，這也讓我知道魔王的右臂到底有多麼厲害了。」

蕾諾一副很懂得怎麼跟辛相處的模樣如此說道。

「我無話可說。」

「那麼，要讓辛幫我做什麼事好呢？」

就在這時，這裡響起沙啞的聲音。

「——蕾諾，有客人來了。好像有事要找妳跟辛——」

蕾諾立刻露出認真的表情。既然說是客人，就不會是精靈吧。

「是誰？」

「對方自稱是熾死王耶魯多梅朵。似乎是想跟你們談談關於神族的事。」

§ 49 【熾死王的提案】

當辛與蕾諾來到艾尼悠尼安大樹外頭時，熾死王耶魯多梅朵已在那裡等候了。

熾死王是個身材高挑，紫髮紫眼的文雅男子。他身穿長風衣與戴著大禮帽，手上拿著一根手杖。

「咯咯咯，魔王的右臂，以及精靈之母大精靈。抱歉在這種時候勞煩兩位撥空會面。」

耶魯多梅朵輕佻地說道。我在艾尼悠尼安大樹之中觀察著三人的樣子。

「有何事？」

辛單刀直入地問道。他用視線警戒著熾死王。

人類與魔族的戰爭結束了，所以四邪王族與魔王簽訂的同盟契約如今已經失效。

「喂喂喂，別露出這麼可怕的表情嘛。我可是帶來了一個對你們來說也相當有利益的消息喔。」

「是什麼消息？」

熾死王咧嘴一笑。

「我知道躲藏在大精靈之森的神族，天父神諾司加里亞的所在位置。」

辛的眼神凶惡起來。

「天父神的目標是妳，精靈之母大精靈。那個神族為了消滅兩千年後轉生的魔王阿諾斯，打算將精靈之母大精靈作為母胎，讓妳產下神子。」

饒舌說明的耶魯多梅朵眼前，抵著一把劍。辛以目不暇給的速度拔出了掠奪劍基里翁諾傑司。

「就連是大精靈之森同伴的蕾諾都無法掌握諾司加里亞的所在位置，我不認為熾死王你會有辦法看出他的藏身之處。」

當然，方法並不是沒有。如果他是諾司加里亞的同夥，就算知道他的所在位置與企圖，大概也沒什麼不可思議的吧。

「你理解得很快嘛。沒錯，諾司加里亞有來跟我接觸，問我對打倒魔王阿諾斯的神子有沒有興趣。而我當然是回答有興趣——」

耶魯多梅朵才剛這麼說，隨即就鮮血四濺。辛的基里翁諾傑司斬傷了他的四肢。

熾死王持有的手杖橫倒在地面上。只要斬傷手臂，就會奪走持有武器的力量；只要斬傷雙腿，就會奪走移動的力量。耶魯多梅朵如今是動彈不得，就跟毫無防備一樣。

儘管如此，他卻一臉愉快地笑著說：

「咯咯咯咯，咯──咯咯咯！你真是太棒了！不愧是魔王的右臂。連個反擊的機會都沒有，就奪走了本熾死王的手腳。我雖是第一次領教你的劍，哎呀哎呀，擁有如此強大的力量卻沒有一絲野心，就只是甘願屈就於他人的部下。」

熾死王宛如少年般的雙眼閃閃發光，高聲喊道：

「魔王阿諾斯不只是力量，居然就連人望也很優秀啊！」

儘管已多年不見，但他似乎很愉快的樣子。這個人由於前一秒才在稱讚我，下一秒就會與我為敵，所以讓我有點難以理解這個男人的感情。

「不過，魔王有一個致命的缺點。倘若是你，應該也知道才對。」

「吾君沒有缺點。」

熾死王滿意地點點頭。

「沒錯，沒錯、沒錯，沒錯。這正是他的缺點！暴虐魔王沒有缺點。他太過於沒有缺點了，讓魔王阿諾斯沒有敵手。所以他需要一個敵手。為了讓他成為比現在還要更加強大的真正魔王！」

聽著耶魯多梅朵的演說，莎夏在一旁露出不明所以的表情。

「喂，阿諾斯，那傢伙是怎樣啊？」

「那傢伙一直都是個小孩子。自從我一度輕輕拍打過他後，他就對我抱持著莫名其妙的期待。總是毫無意義地跑來找我麻煩，被我打倒後又總是一臉開心地笑著，所以讓我感到很棘手。」

「……雖然完全無法理解，但是我懂……」

米夏將她的魔眼望向耶魯多梅朵。擅長感受細微感情的米夏，究竟能不能看穿熾死王的內心想法呢？

「……好噁心……」

「……也是呢……」

米夏也是這種評價啊……看樣子，對這男人說不定是束手無策了。

「因此，我不論何時都是魔王的敵人。但是，我絕非神的同夥！」

耶魯多梅朵強調著這件事，彷彿這是世界上最為重要的事情一般。

「我對打倒魔王阿諾斯的神子有興趣，但對神子是否真的擁有足以與魔王匹敵的力量存疑，所以我才來告訴你們諾司加里亞的企圖。如果是連魔王的右臂以及大精靈蕾諾都無法阻止其誕生，深受命運眷顧的神子，就十分擁有與魔王阿諾斯一戰的資格！」

還真是幼稚的一番話。看來看在熾死王眼中，世間萬物皆為玩具，森羅萬象全是一場遊戲罷了。

「還是一樣難以理解你的想法，但也就是說如果神子只有會被我們打倒的程度，那也就到此為止了？」

「沒錯。你這不是很懂嘛，魔王的右臂。」

耶魯多梅朵充滿熱情地說道：

「要讓魔王阿諾斯邁向更高的巔峰！我想目睹這一刻。正因為如此，首先必須準備敵手，準備配得上魔王阿諾斯的敵人。不論是神還是精靈，就讓我們利用一切，並讓他們成為魔王的祭品吧！」

辛小聲嘆了口氣。

「吾君並不希望這種事。」

「咯咯咯，這和他希不希望無關。此乃生為霸者的魔王宿命，是絕對無法避免的。正因為如此，才要從正面堂堂正正地走完這條霸道啊！」

耶魯多梅朵看起來很愉快，但是十分認真地熱情演說著。

「在與亞傑希翁的戰爭中，為了讓強大的人類與魔王交戰，由本熾死王先進行了一遍篩選。但敵人終究只是人類。配得上魔王的門檻太高了，除了勇者加隆之外，就連要通過都沒辦法。當連那個大勇者都遠遠不及魔王時，那麼除了借助神力，已經別無他法了吧？」

他公然主張著不正常的想法，把這些說得理所當然一樣。

「全力阻止神子誕生吧！直到神的企圖超越我們為止，本熾死王都會是你們的同伴。」

辛狠狠瞪著得意洋洋說出此話的耶魯多梅朵，不過他卻回以一副問心無愧的笑容。

「……辛，這個人，絕對是瘋了吧……？」

蕾諾向辛低聲說道。

「別在意，此人總是如此。不過跟謊話連篇之人相比，熾死王的思考還算容易理解。只要阻止那個神子誕生，他就會認為神子不過爾爾，立刻喪失興趣。」

「咯、咯、咯！你很清楚嘛，魔王的右臂。你說得沒錯。因此，你們的答案應該只有一個吧？嗯？」

辛將視線移回熾死王身上。

「帶我去找諾司加里亞。就讓我在那個神子誕生之前，將其斬殺吧。」

辛以掠奪劍基里翁諾傑司斬向耶魯多梅朵的雙腿。在藉此將奪走的力量歸還後，耶魯多梅朵立刻就開始行走。

「跟我來吧。他在這裡。」

辛與蕾諾跟在耶魯多梅朵的身後。

我以「幻影擬態」的魔法繼續隱藏身影，尾隨在三人背後。不久後，眾人來到森林裡的一座湧泉。

「諾司加里亞就在此處？」

在辛詢問後，耶魯多梅朵點了點頭。

「我感受不到氣息。」

「神族會依循著秩序行動。要讓潛藏在這座森林裡的天父神諾司加里亞現身，是有條件的。精靈之母大精靈，請到湧泉的中央。」

蕾諾在向辛使了個眼色後，點頭同意。接著，她就朝湧泉走去。也許是因為精靈之母大精靈的力量吧，她沒有沉入泉水裡，而是走在水面上。然後，她站在湧泉的中央處。

「這樣就行了？」

「完美。」

耶魯多梅朵正對著站在湧泉上的蕾諾。

「天父神諾司加里亞是誕生神的秩序，所以他的行動理念會以此為準。也就是說，這就是他現身的條件。」

耶魯多梅朵掀開戴著的大禮帽，把手伸進帽中。

在他把手抽出後，手上就握著一個沙漏。當眾人以為沙漏才在瞬間發出不祥的魔力時，沙漏裡的紅沙就開始急速落下。

「……啊……！」

蕾諾用手按著左胸，臉上露出苦悶的表情。

大概是用「幻影擬態」隱藏起來的吧，四十三個裝有紅沙的沙漏，就像圍繞在湧泉周圍似的排列著。

那是熾死王持有的「熾死沙漏」。當沙全部落完時，被沙漏詛咒之人就會喪命。

只不過，情況有些不太對勁。他被掠奪劍斬傷手臂的詛咒依然有效。如果是平時的熾死王，應該無法使用「熾死沙漏」才對。

「你這是什麼意思？」

辛迅速揮動掠奪劍基里翁諾傑司。四十三個沙漏一齊碎裂，奪走沙漏的詛咒效力。下一

瞬間，啪嚓一聲，熾死王手上的沙漏也被破壞了。

然而，他卻一副若無其事的表情說道：

「大精靈蕾諾是神子的母胎。只要消滅掉她，神子就不會誕生。懂了嗎？」

熾死王將雙手高高舉起，愉快地笑著。

「所以只要意圖消滅掉她，天父神諾司加里亞就會現身啊！」

「我可不覺得他會因為這種騙局現身。」

辛冷靜回道。

「咯咯咯咯，我當然是打算真的消滅掉她啊！如果真的讓我消滅的話，事情就到此為止了。作為魔王的心腹，你毫無損失吧？」

「假如消滅掉蕾諾，就能阻止神子誕生。假如天父神在這之前現身，只要將其斬殺即可。不論事態怎樣發展，都能除掉吾君的威脅，你是想這麼說嗎？」

「你雖然奉命擔任大精靈蕾諾的護衛，但這也是以她逃過擔任神子母胎的命運作為前提。會威脅主君的存在，真有必要冒著危險守護嗎？」

蕾諾一臉苦澀地看著辛。

而他面不改色，以冰冷的表情警戒著熾死王。

下一瞬間，耶魯多梅朵將大禮帽拋投出去，從中接連不斷地落出「熾死沙漏」。沙漏數量在轉眼間超過一百，並在下一瞬間達到三百。詛咒展露凶牙，緊勒著蕾諾的胸口。

「這是弱者的理論。」

在辛邁開步伐的瞬間，圍繞在周圍的沙漏被一齊斬裂。在空中飛舞的大禮帽被斬成碎塊，而掠奪劍基里翁諾傑司則是貫穿了熾死王的左胸。

「……唔、呃……」

掠奪劍會根據斬傷的部位，發動不同效果的詛咒。要是斬傷心臟的話，那把魔劍就會奪走性命。

「吾君要我守護大精靈蕾諾回到精靈之森阿哈魯特海倫。沒有事情會比這道命令還要重要。而且──」

辛從熾死王的左胸上拔出掠奪劍。耶魯多梅朵蹣跚後退，就像斷了線的人偶般倒下。

「暴虐魔王可沒有弱到需要讓她受到生命危險來守護的地步。」

§ 50 【有如一把劍般】

精靈之森響起咯咯咯的笑聲。

像小孩子一樣天真且充斥著愉快不已的歡愉，卻又同時充滿瘋狂的笑聲，不斷不斷地迴蕩著。

理當命絕的耶魯多梅朵忽然站起身。從沒有出現魔法陣的情況來看，他就連「復活（ingaru）」都沒有施展。

「……強力、強大，所向披靡！很好。很好喔！不愧是魔王的右臂，正如本熾死王的預期，不對，是超乎預期啊。要是沒有這種實力，事情就不有趣了！」

耶魯多梅朵的周圍散發黃金光芒。一股強大的魔力就像是從他的根源裡冒出似的噴出。

蕾諾的身體震顫了一下。她將魔眼（視線）朝向耶魯多梅朵的深淵。

「神族的……力量……？」

她喃喃說道。

「沒錯。我得知了諾司加里亞慘敗在魔王阿諾斯手上一事。為了讓祂儘早恢復力量，我就作為宿主將自己的身體借給了祂。只不過，就算向祂搭話，那傢伙也完全不肯搭理我。既然如此，我想說只要宿主死了的話，祂就到底是不得不現身了吧。」

他再度咯、咯、咯地愉快笑起。

「就跟我預期的一樣！」

熾死王的性命依舊是遭到掠奪劍奪取的情況。這傢伙是借助潛藏在體內的另一股力量在說話。

「不論事態如何發展，都在你的計算之中嗎？」

辛的詢問，讓熾死王揚起嘴角。

「假如精靈之母大精靈瀕臨死亡，天父神諾司加里亞就會現身。要是祂不肯現身導致大精靈死亡，神子就是微不足道的存在。而要是魔王的右臂，你為了防止大精靈死亡而打算對我痛下殺手的話，天父神也一樣會現身。要是跟我一起滅亡，那祂也只是這種程度的神。也就是不論如何，都會正中本熾死王的下懷。」

「如果是最後的選項，你將會毀滅吧？」

「咯咯咯咯，咯咯、咯、咯！要是會畏懼毀滅，還能製造出那名魔王的敵手嗎？因為貪生怕死而遺忘自身的宏願，根本是本末倒置。這種傢伙就跟著願望一起跌落人生的地獄，倒在墳墓上長眠就好！」

耶魯多梅朵就像要抓住天空似的緊握拳頭。

「懂嗎？無法確定成功與否的豪賭正是浪漫。這股興奮、這股激昂，沒有浪漫的人生就如同行屍走肉，本熾死王是無法忍受這點的！」

混濁的眼睛閃閃發光，他彷彿一名少年般的說道：

「來吧，別再裝模作樣，趕快出來吧，天父神！祢如果是配得上魔王的敵手，就展現祢的力量吧！不然的話，這股神力，本熾死王就原封不動地收下了喔！」

在熾死王大聲喊道後，他左胸裂開的傷口就在轉眼間逐漸恢復。掠奪劍基里翁諾傑司的詛咒被強制解除，奪回了他的性命。

「跪拜吧，愚蠢的魔族。」

那個人莊嚴地說道。其外表依舊是熾死王的模樣；但魔力規模卻與方才有著顯著差異。

「神的話語乃是絕對的。」

人格替換，諾司加里亞掌握著耶魯多梅朵肉體的支配權。

祂發出帶有神之魔力的奇蹟言靈。甚至能將不可能化為可能的聲音，在剎那間啪嚓一聲地消失了。

掠奪劍基里翁諾傑司以超越音速的速度揮出，斬斷了那道聲音。

「能讓我跪拜的就只有吾君一人。不過就是個神，沒理由讓我低頭。」

在回話的同時，辛瞬間踏進諾司加里亞懷中，以掠奪劍的劍尖抵住祂的咽喉。

「祢打算找熾死王合作，是打錯算盤了吧？」

「哈哈！」

諾司加里亞輕笑出聲。

「一切都依照神的秩序在走。敬重神，並且恐懼神吧。神的計畫乃是絕對的。」

花草騷動起來。從樹木之間衝出數十道神獸古彥的銀色身影，朝蕾諾襲擊而來。

「來再多頭也無用。」

掠奪劍才閃動一下，撲來的數十頭古彥就當場倒下。牠們被斬傷腳，因而封住了行動。

「我等魔王軍無懼於神。不論何時，我們畏懼、敬重的對象，就只有暴虐魔王一人。」

辛施展「飛行」退到蕾諾身旁，當場畫起魔法陣。他將左手伸進魔法陣中心後，從中溢出不祥的魔力。

「就憑那副受吾君魔法所傷的身軀，能做什麼嗎？」

諾司加里亞咧嘴一笑。

「弒神凶劍。」

聽到這句話，辛的眉頭挑了一下。

「在被魔王撿去後，你似乎變得相當有人心的樣子，但你心中的空虛是永遠無法獲得滿足的。」

諾司加里亞以高傲的語氣說道：

「你的心中無愛。因此你總是渴望著愛，空虛地活著。會希望轉生，也是想填補心中的空洞吧？」

辛不發一語，只是朝諾司加里亞投以凌厲的眼神。

「就授予蒙昧的你，神的智慧吧。」

天父神以賜予神諭般的語調說道：

「不論你轉生多少次，不論你多麼渴望愛，都是在作無謂的掙扎。因為你的根源打從一開始就缺少名為愛的感情。你是為了永遠地感受空虛而生。只懂得靠斬殺的方式與外界聯繫的可憐凶劍。」

就在這時，雷矢直擊諾司加里亞的臉。纏繞著反魔法的祂毫髮無傷。

發出「靈風雷矢」的蕾諾不掩憤怒地說道：

「別胡說八道了！辛雖然是個冷漠、不知變通的死腦筋，但比祢要來得溫柔多了！」

「哈哈！」

諾司加里亞發出嘲笑聲。

「大精靈蕾諾，那就授予蒙昧的妳，神的智慧吧。」

天父神莊嚴地說道：

「他的根源本來並不是魔族，而是魔劍啊。弒神凶劍辛雷谷利亞是在久遠以前，魔族的祖先為了與神交戰所打造出來的武器。」

唔，這件事我倒是第一次聽說。辛本來就不是會提起自己過往的個性，而我也沒有詢問過他。

「根據神的傳承，不斷弒神的魔劍逐漸產生了明確的意識。另一方面，曾是辛雷谷利亞使用者的古老魔族，注意到自身能力的極限——發覺到自己無法滅神。在察覺到此事後，妳猜他做了什麼？」

諾司加里亞一臉愉快地問道。蕾諾沉默不語，等待著答案。

「他將自己的所有力量都給了辛雷谷利亞。相信總有一天，會出現能夠使用這把魔劍滅神的人。於是，那名古老魔族消失，辛雷谷利亞則獲得了魔族的肉體。」

諾司加里亞莊嚴地、高傲地放聲說道：

「對古老魔族來說，這應該是出乎意料的事態吧。在重重坎坷的偶然之下，讓弒神凶劍成為了魔族。但是，就算獲得了肉體、擁有了意識，魔劍終究是魔劍。為了戰鬥而生的辛雷谷利亞，是不可能擁有愛的。他是有著魔族模樣的一把劍。選擇適合發揮自身能力的主人，聽從命令在戰場上一味地斬殺敵人。」

辛的忠誠心會這麼高，原來是因為他的根源本來是會選擇主人的魔劍啊？這類的魔劍與聖劍，確實很少會背叛自己承認的主人。

「成為不完整魔族的你，大概會永遠帶著內心的缺損，飽受空虛煎熬。然而——」

諾司加里亞咧嘴一笑。然後，就像是在賜予祝福般地向辛說道：

「感謝神吧，弒神凶劍。我要賜予你神的奇蹟。倘若是身為秩序支配者的我們，就有辦法賜予你永遠追求卻絕對無法獲得的愛。」

諾司加里亞朝著辛筆直走去，就像蕾諾一樣行走在水面上。接著他端莊肅穆地，就彷彿魔法一般地說：

「我會賜予你愛。將大精靈蕾諾作為母胎產下的神子扶養長大吧。去培育毀滅魔王的世界秩序吧。」

辛用掠奪劍基里翁諾傑司斬斷這句話，從魔法陣中拔出斬神劍古涅歐多羅斯。

「十分遺憾。」

劍光一閃。還來不及眨眼，諾司加里亞就身首異處了。

「就如同祢說的。魔劍終究是魔劍。我不需要愛。此身將有如一把劍般，永遠侍奉著吾君——伴隨著內心的空虛一起。」

諾司加里亞的腦袋落地，彈跳了兩下。在腦袋倒下後，朝這裡望來的眼睛瞪著兩人。

「神的話語乃是絕對的。你們是絕對無法逃離秩序——」

在話語說出口之前，斬神劍古涅歐多羅斯刺穿了他的腦袋。就彷彿魔力粒子煙消雲散一般，諾司加里亞的腦袋消滅了。

「……被逃走了啊……」

辛的眼神凶惡。圍繞在周圍的神獸身影也在不知不覺中消失了。

「真是非常抱歉。神族雖然難以消滅，但應該暫時不會有什麼大動作了吧。剩下的就只有神獸。在諾司加里亞取回力量之前，應該不會再有更多神獸出沒。再過不久，這裡也能恢復成原本的阿哈魯特海倫。」

「……嗯……」

蕾諾點頭回應，表情看起來顯得憂鬱。

「怎麼了嗎？」

「沒有。回去吧。」

「我來開路。」

辛走在前頭，朝著艾尼悠尼安大樹的方向走去。蕾諾微微低著頭，無精打采地跟在他背後走著。

她大概是在想事情吧，一下仰望天空，一下又歪著腦袋，一下又再度低頭。然後，就在能看到艾尼悠尼安大樹時，像是下定決心似的把頭抬起。

「辛。」

蕾諾停下腳步。辛注意到這點，轉身面對她。

「謝謝你，再度保護了我。」

「此乃吾君之令。」

蕾諾緩緩搖頭。

「對不起。」

辛一時之間無言以對。

「妳是在為何事道歉？」

「淚花花田的事。居然要你再認真一點，真的很對不起。」

淚花是要以愛情培育的花朵。然而，辛欠缺了能培育的愛。

「請放心。我沒有受傷。」

「可是，你說了自己很空虛唷。」

蕾諾低著頭，悲傷地說道。

「這沒什麼大不了——」

「你說了自己很空虛唷！我覺得這很重要！」

蕾諾走到辛的身旁，牽起了他的手。

「我要教你什麼是愛。」

「……我不太懂妳的意思？」

「因為，要不是為了保護我，辛就能獲得愛了。」

辛平靜地說道：

「此乃吾君之令，妳不用感到愧疚。而且，就如同那個神所說的，我的根源欠缺了愛。不論怎麼做——」

「才沒有這回事呢！我認為辛確實擁有人心，只是有點不太好懂而已。」

蕾諾露出笑容，就像在說服他似的說道：

「我會試著努力的，所以你就陪我吧。只要在找出剩下的神獸，辛轉生之前的這段日子就好。」

「……這是對護衛的命令嗎？」

「雖然不是命令，但如果能讓辛聽話，就當作是命令吧。」

辛想了一會兒後說道：

「我知道了。」

「那就走吧。再到花田裡跟大家一起玩吧！」

兩人並肩齊行，再度回到艾尼悠尼安大樹。

§51 【劍的祕奧】

在那之後過了不久——

我走上古尼艾爾階梯後，在前方看到了蕾諾。她用雙手捧著鐵製澆水壺，彷彿小跳步般地走上階梯。

「蕾諾。」

經我叫喚後，她轉過身來。

「午安。阿諾蘇也要去花田嗎？」

「是啊。」

我來到蕾諾身旁，跟她一起走上階梯。

唔，辛不在她身旁還真是難得。就趁這個機會問吧。

「我想問妳一件事。曾經誕生過的精靈，能成為只有名字相同的不同精靈嗎？」

「咦……？嗯，不清楚耶？只要傳聞與傳承改變，精靈就會根據內容改變唷。不過，影響最大的是最初誕生時的傳聞與傳承。」

蕾諾一邊認真思考一邊說明：

「比方說，我是精靈對吧？一切精靈之母的傳聞，是我的根本。所以，要是在遙遠的未來，傳播起精靈之母大精靈蕾諾不是精靈的母親這種傳聞與傳承的話，就跟我毀滅了是相同的意思唷。」

「也就是說，成為與精靈根本的傳聞與傳承互相矛盾的傳聞與傳承，就只會縮短精靈的壽命嗎？」

「嗯，沒錯。因為精靈跟魔族與人類不同，是不會轉生的。所以不會脫胎換骨，變成完全不同的精靈唷。相對地，只要有傳聞與傳承，就相當難以消滅呢。」

原以為能靠傳聞與傳承設法處理掉阿伯斯．迪魯黑比亞，但她的根本是暴虐魔王，所以說不可能改變這件事啊……

「如果是跟精靈之母大精靈蕾諾相符的傳聞與傳承，即便是之後才出現的，也會讓我受到影響唷。比方說，淚花就是這樣。以前並沒有我的眼淚會讓精靈之子誕生的傳承；然而卻

出現了這個傳承，而且沒有與精靈之母大精靈的傳聞互相矛盾，所以才讓我具備了一如傳承的力量。」

原來如此。

不過就算想到了好主意，要是無法傳開傳聞與傳承，也是無可奈何啊。

「這跟莉娜有關嗎？」

「天知道。說不定有關，但目前還不明朗。我正在調查當中。」

「這樣啊。假如知道了什麼，要告訴我唷。」

聊到這裡，我們正好抵達看不見的門，由蕾諾把門推開。

淚花的花田裡，有米夏、莉娜、雷伊還有辛。看到辛的背影，蕾諾面帶笑容地說道：

「辛，要澆花了唷！」

「請稍待片刻。我得先陪他過招。」

辛依舊面向前方，只有視線微微朝蕾諾的方向看來。

與他對峙的，是舉起一意劍的雷伊。一如約定，雷伊想要打到辛，並將席格謝斯塔還給他；但目前看來是陷入了苦戰。就我所知，這是今天第七次挑戰。

「咦～你老是在陪雷伊玩，太狡猾了啦！」

「我與澆水不相襯。反正也只會讓花枯萎而已。」

聽到他這麼說，蕾諾擺出一張臭臉。

「為什麼要說這種話！我們約好了吧？我說過絕對沒問題的！笨蛋！辛這個笨蛋！」

辛瞥了一眼蕾諾生氣的表情。

「真是傷腦筋。」

看到兩人的樣子，雷伊低聲說道：

「要我教你一件好事嗎？」

辛挑了一下眉頭。

「什麼事？」

「只要對她說，你會為了她儘早收拾掉我，就能讓她的心情好轉唷。」

假如沒有雷伊，蕾諾與辛就不會起這種爭執了吧。他為了儘量不要改變過去，向辛提出這種提議。

「結果不是一樣？」

「就跟劍一樣喔。舉例來講，就算同樣斬不斷，會讓劍崩口的斬法與不會崩口的斬法，究竟孰優孰劣，就連想都不用想吧？」

辛沉默了一會兒。

「有道理。」

當辛陷入沉思的瞬間，雷伊朝他踏出一步，同時揮出一意劍。

「——有破綻……喝！」

鏗鏘一聲，響起劍與劍碰撞的聲音。辛利用千劍之一的無刃劍卡提納雷歐斯打掉了雷伊的席格謝斯塔。

「蕾諾。」

對於辛的呼喚，蕾諾有點不高興地回應：

「怎樣啦？」

「我會立刻收拾掉的，請稍待片刻。」

聞言，蕾諾的表情稍微和緩下來，露出嫣然笑容。

「嗯！我等你唷。」

鏗、鏘、鏗鏗、鏘──兩把劍互相碰撞。雷伊揮出的高速劍擊全都被辛打掉了。

「真是令人驚訝。」

「就是這麼一回事唷。只要改變一下思考方向就好。」

在一意劍與無刃劍對擊的瞬間，兩把劍的劍刃就像是吸住似的交疊在一塊。雷伊讓一意劍帶有磁力，將無刃劍吸引過來。

「不，我是在說你成長的速度之快。」

雷伊用力踏步，連同魔劍一起壓制住辛。

「每次交手，你都在逐漸吸收我的劍技。跟初見時相比，你的劍讓我刮目相看。」

辛的「千劍」外號，除了是指他擁有千把魔劍之外，有時也是在指他豐富的劍技。

而雷伊正以驚人的速度學習著他千劍的劍技。

「差不多是時候把這把劍還給你了呢。」

雷伊在一意劍上灌注渾身力量。就在辛踏穩腳步抵擋的瞬間，雷伊消除劍上的磁力，將無刃劍撥了開來。

這個舉動讓辛稍微失去平衡。雷伊沒放過這個機會，劈下席格謝斯塔。

「……喝……！」

完全命中了。如此確信的雷伊，在下一瞬間懷疑起自己的眼睛。

辛澈底看穿一意劍的軌道，以最低限度的動作避開這一劍。他的身體與劍刃之間，就連一公釐的隙縫都沒有。

「就讓你見識見識吧。」

辛說出這句話的同時，雷伊難掩驚愕。

辛的魔力消失了。沒有掀起一絲漣漪便完全地化成虛無。

魔力是不做任何事，也會從根源散發出來的東西。不是施展魔法隱藏起來，而是讓魔力澈底消失，這並不是尋常奧義所能辦得到的事情。愈是擁有強大魔力之人，或許就愈難做到這一點。

下一瞬間，無刃劍的魔力增強到無法跟之前相比的程度。

帶著「滋滋滋滋」的聲響，卡提納雷歐斯湧出狂暴的龐大魔力。

辛用雙手舉起無刃劍，將劍尖朝向雷伊。他以自然的動作滑出一步，將魔劍從上方用力往下劈擊。

以超越閃光的速度，辛的劍刃從世界上消失。雷伊勉強反應過來，並用一意劍擋下這一劍。有如劍刃迸開般的「鏗鏘——」聲響起，花田裡的花漫天飛舞。

「真是好險——」

就在雷伊這麼說的瞬間，他當場虛脫地跪倒在地。

「……什麼……呃……」

從肩口到肚臍附近，裂開了一道劍傷。應該確實擋下的劍，砍傷了雷伊。

「唔……剛剛那是…………？」

「無刃劍祕奧之一，『剎那』。」

雷伊正要站起身，卻發現渾身無力，就這樣倒在花田上。儘管以恢復魔法治療傷勢，卻難以治好的樣子。

「……在你把劍劈下之前，我的身體就已經被砍了……」

辛平靜地點頭。

「無刃劍卡提納雷歐斯儘管無刃，卻是一把有著無與倫比的重量與強度的魔劍。不過，這把魔劍的真正力量，必須激發劍的根源才會覺醒。無刃劍的劍刃不存在於此時此刻，而是總是斬斷著剎那的過去。」

在辛劈下無刃劍的瞬間，卡提納雷歐斯的劍刃就回溯到過去，砍中數毫秒前的雷伊。

因此，在辛實際把劍劈下之前，劍刃就已經砍出了。

「……為了解放那把魔劍的真正力量，你才會將魔力化為虛無嗎？」

「沒錯。這招並不侷限於無刃劍。魔劍與聖劍都具備著隱藏在深處的力量。只要窺看深淵就能明白，這就叫做劍的祕奧。不論魔力再怎麼強，都無法展現劍的真正力量。而且光是身劍合一是不夠的。要達到無我境界，以自身的根源掌握劍的根源，與劍合為一體。這樣一來，才能觸及劍的祕奧。」

雷伊仰倒在地上，茫然地注視著辛。

「……這招對勇者加隆有效嗎？」

「十分遺憾，這是我在敗北之後才完成的劍技。」

辛將無刃劍收回魔法陣中，轉身離開。

「如果是你的話，或許總有一天能達到那把你放在遠方的魔劍祕奧。」

「……這很難講呢。我能達到將魔力化為虛無的境界嗎？」

雷伊儘管嘴上這麼說，人卻已經在實際嘗試將魔力化為虛無了。

辛微微露出笑容。

「感謝在我轉生之前，能出現讓我展示這一招的對手。畢竟在轉生之後，我說不定再也無法達到這個祕奧了。」

辛或許是想將自己的劍技傳授給某人，然後留在這個世上。不擅長根源魔法的他轉生，不知道是否能在下一次的人生當中再次達到這個境界。儘管如此，辛還是決意轉生。

我原以為他是為了變得更強大。但或許就如諾司加里亞所說的，這個男人是想要獲得人心。即使會失去曾是自身榮耀的劍，變得比現在弱小，他還是追求著愛。

然而，辛最後並沒有轉生。

「讓妳久等了，蕾諾。」

「辛！這是怎麼一回事？」

蕾諾手上拿著一面石盾，石盾下半部分被漂亮地斬斷。

蒂蒂們輕飄飄地飛來，在辛與蕾諾的周圍飄浮著。

「做好的盾。」

「蒂蒂們試著做好的盾。」

「想跟使劍的大叔一起玩。」

「一秒就被斬斷了。」

「變成兩半了～」

蒂蒂們有點傷心的樣子，異口同聲地說。

「她們造了盾要求我陪她們玩，於是我就砍了。」

「你不能真的砍啦。她們說的玩，是要像遊戲那樣跟你打著玩啦！特意做好的盾，要是被真的砍成兩半的話，會很難過吧？」

「造好的盾被輕易斬斷，想來確實很難過。」

「並不是這樣啦！」

蕾諾「唔」地鼓起臉頰。

「作為懲罰，你要想辦法處理這面盾。」

「想辦法處理？」

「看你是要修好，還是想出其他的利用方法？」

「想出盾牌在砍成兩半後的利用之道嗎？」

蕾諾用力點頭。

「這是你自己砍斷的，所以這點事你要自己想。」

辛沉思了一會兒。

「……能稍微給我一點時間嗎？」

「嗯，好唷！那我們先來澆水吧。」

蕾諾將澆水壺遞給辛，用魔法把水裝滿。

蒂蒂們在一旁翩翩飛舞，同時開心地大喊：「澆水。」「澆水～」「又要枯了。」「花要死光了～」之類的話語。

「我想就如蒂蒂們所說的，會讓淚花枯萎。」

辛一邊這麼說一邊用澆水壺替花田澆水，而花朵立刻就枯成一片。不過，蕾諾卻開心地注視著他澆水的模樣。

「為何不責罵我？」

「咦？因為，是我要你澆水的啊。」

「第一次讓淚花枯萎時，妳不是很生氣？」

蕾諾吟吟笑起。

「那是我不好啦。因為那個時候我一點也不了解辛。不過，現在不同了唷。辛很拚命地在幫花兒澆水，讓我感到你有在付出愛情。所以讓我覺得，必須接受你的付出才行唷。」

辛眼神冰冷地注視著不斷枯萎的花朵，同時說：

「沒有愛情，才會枯萎吧？」

「不過呢，這些可是從我的眼淚之中誕生的花朵。只要我接受了辛的愛情，我想就一定會好好開花的。」

「……有這種傳承嗎？」

「沒有唷。就只是想說，要是這樣的話就好了。」

辛默默地幫花澆水。或許是害怕讓花枯萎吧，他只微微傾斜著澆水壺。

「這樣啊。」

儘管辛持續在澆水，卻忽然閉上雙眼。然後，他把手放到眼前，像是在撫摸似的來回晃動。應該是隱狼杰奴盧出現在那裡吧。從辛的反應來看，就知道杰奴盧像一隻家犬似的在跟他撒嬌。

我移動到心不在焉地望著這幅光景的米夏身旁。

「有什麼異狀嗎？」

「跟往常一樣。」

莉娜待在有點遠的位置上。她坐在地上，就像在守候似的望著辛與蕾諾的模樣。

忽然，眼前閃過一道小巧的影子。那是妖精們往這裡飛來。

「是阿諾蘇耶～你好啊～」

「小孩子的旅行藝人。」

「表演模仿秀～」

「魔王的模仿秀。」

聞言，身旁的米夏歪著腦袋朝我看來，像是在問：「該怎麼做？」

「就讓妳們見識見識吧。」

我這麼說完，米夏就施展「創造建築」的魔法建造出王座。

我坐在上頭誇張地說：

「我晚餐要吃焗烤蘑菇。什麼？無法當作示範？那可以的話，就吃像是魔王會吃的東西如何？人類？人類能吃嗎，笨蛋！」

蒂蒂們開心地哈哈大笑。

「被我吃完了？迪魯海德全境的蘑菇嗎？原來如此，要是大戰持續這麼久，蘑菇的收穫量也會降低啊？這也是沒辦法的事。」

我站起身，以堅決的語氣說道：

「我醒悟了。戰爭無法產生任何事物。豈止如此，甚至還奪走了焗烤蘑菇。我要讓世界和平。如果是為了和平，魔王阿諾斯願意犧牲這條命！」

蒂蒂們以驚人的速度飛來飛去，不停地哈哈大笑。米夏以不帶感情的眼神朝我看來。

「……真人真事？」

「當然是創作。就算是我，也到底是不會為了焗烤蘑菇而犧牲自己。」

米夏直眨著眼。

「我相信你。」

蒂蒂們飛到我身旁，停在我的肩膀與頭頂上。

「那個啊、那個啊。」

「告訴你。」

「有趣的事～」

「無頭魔族的事。」

她們接二連三地說：

「是最近看到的唷。」

「在阿哈魯特海倫裡走著。」

「沒有頭的。」

「好～可怕喔。」

她們渾身顫抖著。

「無頭魔族？」

米夏微歪著頭。

「唔，那是熾死王的肉體嗎？」

經我詢問後，蒂蒂們交錯著手陷入沉思。

「熾死王？」

「前陣子過來的人？」

「被使劍的大叔砍死的人？」

「是他嗎？」

「好像是耶～」

她們還是一樣，說些不得要領的回答。

「所以，那個無頭魔族到哪裡去了？」

蒂蒂們從我身上輕盈跳下，然後降落在花朵上。

「牆壁的對面～」

「離開阿哈魯特海倫了。」

「回家了吧？」

「大概。」

唔，原來如此。

諾司加里亞在辛的重創之下，大概處於半死半生的狀態。不過，考慮到兩千年後發生的事，在這之後應該是設法苟活下來，而耶魯多梅朵也存活在某處。

既然他與諾司加里亞聯手，說不定會知道些什麼內幕。只不過，還不清楚那個無頭魔族究竟是耶魯多梅朵，還是諾司加里亞。

「就試著走一趟吧。」

「去哪裡？」

米夏問道。

「迪魯海德。只要雷伊和莎夏他們留下來，就能夠共享視野。反正不論發生什麼事都無法插手，所以不會有問題。」

米夏消除建造出來的王座，指著自己問：

「可以去嗎？」

「當然。」

我離開淚花的花田，決定跟米夏一起前往迪魯海德。

§ 52 【魔王不在的魔族之國】

我們穿過城門，走進密德海斯。

櫛比鱗次的建築物上全都雕有魔法文字的圖樣，這一個個的魔法文字形成了一道巨大的魔法陣。

米夏一面走在大街上，一面興味盎然地看著街景。

「一模一樣。」

應該是指我在兩千年後的密德海斯擴建的地底城市吧。她就像忽然想到似的轉過頭來。

「熾死王在這裡？」

「我也不清楚。熾死王在迪魯海德的領土鄰近亞傑希翁的國境，所以被人類攻陷了。在

那之後他雖然大多數時間都跟部下們一起滯留在德魯佐蓋多，但也會因應戰況遊走各地。」

「喜歡戰鬥？」

「借用那傢伙的話，似乎是想看我能達到多高的巔峰，不過還是難以理解熾死王的想法。他的行動只會招致自身破滅。不惜做到這種地步也要尋找魔王的敵手，這種事情到底是哪裡有趣了。」

米夏陷入沉思。

「我討厭熾死王的感情。」

「哎，也沒有多少人會跟那傢伙合得來。」

「不過，稍微理解了。」

喔，真不愧是米夏。

「他在想什麼？」

「扭曲的憧憬。」

米夏淡然地說道：

「他希望暴虐魔王是無限遙遠的存在。對他來說這是最重要的事，就算自己會因此毀滅也在所不惜。」

「這我不太能理解。如果是憧憬我的話，只要成為我的部下就好，不需要什麼敵手。如果他懷著這種期待，就算獨自一人我也會登上遙遠的巔峰。」

米夏低頭想了一下，然後說道：

「熾死王眼中注視的是偶像。他經由魔王，看著自己心目中的憧憬——只想將理想強加在你身上。」

唔，所以才說是扭曲的憧憬啊？

「也就是被他看上的人碰巧是我，但對他來說，那個人就算不是我也無所謂啊？」

米夏困惑地微歪著頭。

「沒有這種人。」

「……如果一樣強的話？」

她眨了眨眼後，微微點點頭。

「沒錯。」

「所以到頭來，我還是必須回應那傢伙的期待啊……」

雖然很麻煩，但也不忍讓其他人成為熾死王的祭品。就在我思考著這種事時，眼前能看到德魯佐蓋多魔王城了。

在我建造牆壁時的魔力餘波之下，德魯佐蓋多到處都出現破損。要完全修復，應該還得花上一點時間。

「那裡有個十分清楚這個世界的人，或許就連熾死王的所在位置也能掌握到。雖然也要她還留在這裡才行。」

「誰？」

「創造神米里狄亞。」

她是創造世界的秩序，同時也是兩千年前和我一起誓言和平的女神。在牆壁建造好後，她應該是留在德魯佐蓋多，暫時看守著世界的走向才對。

「也有好的神族？」

米夏一臉不可思議地詢問。

「神是秩序。雖然我確實擾亂了秩序，但當中也有極少部分和我很合得來的神。米里狄亞追求著和平，因為要是戰爭擴大，她好不容易創造出來的世界就會損壞。更重要的是，她愛著這個世界。」

「阿諾蘇的話，就不會被發現？」

「她看著整個世界，到底還是無法瞞過她吧。不過她能理解『時間溯航』，因此就算見到我，也不會做出改變過去的行為。而她也擁有著足以實現這點的力量。」

在這個兩千年前，米里狄亞是我少數可依賴的同伴。她應該也會願意幫我尋找燼死王的下落吧。

隨後，米夏突然停下腳步。

「看。」

她指向某處。那個方向上有一個十歲左右的小孩，他正朝著德魯佐蓋多跑去。

「人類的小男孩。」

米夏一面用魔眼（眼睛）凝視，一面說道。儘管小男孩似乎為了不暴露身分而隱藏了魔力，但他確實是人類。在這個神話時代，普通的人類小孩會待在密德海斯，是完全無法想像的事。

「唔，我見過他。」

我追在少年後方，同時回顧著記憶。

「他是亞傑希翁的第七王位繼承人，名字好像是叫做伊卡雷斯吧？聽說是我方攻擊的亞傑希翁軍所護送的對象，所以淪為了我方俘虜。部下們對他很粗暴呢。因為沒辦法，所以我就把他帶來德魯佐蓋多，並在建造牆壁之前，將他歸還給前來攻打迪魯海德的蓋拉帝提魔王討伐軍。」

蓋拉帝提魔王討伐軍精銳雲集。雖然部隊不同，但加隆也隸屬於旗下，所以應該有辦法跨越牆壁才對。

他是在戰爭的混亂之中，與討伐軍部隊失散了嗎？還是部隊全滅，只有王位繼承人的伊卡雷斯逃出生天呢？雖說即將停戰，但只要魔族與人類相遇，就很少能避免戰爭。

少年拚命奔跑，來到了德魯佐蓋多的正門。

「等等，小鬼，你打算去哪裡？」

正要一口氣穿越正門的伊卡雷斯，被擔任門衛的魔族士兵一把抓住後頸。

「……我、我有……有事想找魔王大人。請讓我見他一面……！」

雖然是個小孩，但伊卡雷斯以堅毅的語調說道。只不過，士兵依舊抓著他不放。

「魔王阿諾斯大人駕崩了，你是見不到他的。」

「……咦…………？」

伊卡雷斯露出一臉絕望的表情。他大概是認為只要見到我，就能想辦法回到祖國吧。在此時的迪魯海德，願意幫助他的人可說是少之又少。

「回去，別打擾阿諾斯大人長眠。」

「等等。」

這時，另一名士兵開口說：

「我看過這傢伙。他不是亞傑希翁的王家之子嗎？」

「什麼？」

他們將魔眼（視線）掃向少年，仔細窺看著他的深淵。

「原來如此，是用根源魔法巧妙地隱藏魔力啊？沒想到年幼的人類小鬼，居然能施展這麼困難的魔法。這毫無疑問是勇者傑魯凱的血統。」

那名魔族從另一名士兵手上把伊卡雷斯的身體搶過來。

「喂……你想做什麼？那傢伙應該是魔王大人特意放跑的。」

「……吾君已陷入長眠。應該會睜一隻眼閉一隻眼的……」

如此說道的魔族眼神十分陰沉，就彷彿是受到復仇心的驅使。

「放、放開我！你打算帶我到哪裡去！」

那名魔族抓著大吵大鬧的伊卡雷斯後頸，走進正門之中。他在途中發出「意念通訊」。

「我抓到亞傑希翁的第七王位繼承人伊卡雷斯了。即刻進行處刑。想參加的人就到競技場來。」

我們在用「幻影擬態」與「隱匿魔力」的魔法隱身後，立刻尾隨上去。在抵達競技場後，魔族士兵就將伊卡雷斯丟到場上。

「……唔……！」

少年眼前插著一把劍。那是士兵丟過去的。

「用吧。假如你也是勇者，就奮戰到最後一刻再死吧。」

伊卡雷斯立刻握住劍柄打算拔劍；然而插在地板上的劍卻怎麼樣也拔不起來。魔族士兵狠狠踢向少年的腹部，把他踢到後方好幾公尺之外。

「……唔……啊……！」

身體摔在地面上，少年發出苦悶的呻吟。

「我名叫迪比多拉。被勇者傑魯凱殺害的吾子血仇，就用你的身體償還吧，小鬼。」

迪比多拉握緊拳頭，朝著少年的臉上狠狠揍去。明明只要他想，他一拳就能殺了少年，但他像是要凌虐少年似的手下留情。

「……啊……啊……」

鮮血自臉上滑落，伊卡雷斯倒在地板上，看似恐懼地向後退開。

「站起來。我要讓你也知道勇者傑魯凱做了什麼事。我的孩子所受的痛苦，可不是只有這種程度的啊。」

「別、別過來……！」

伊卡雷斯顫聲說道。迪比多拉不予理會，朝他筆直走了過去。

「唔啊啊啊啊啊啊啊啊啊啊……！」

伊卡雷斯把手伸向前方，從他配戴的戒指上滲出水滴——聖水。他將聖水作為魔力源，發出「聖炎（saifua）」。

「喔。」

迪比多拉以反魔法輕易消除襲向自己的聖炎。

「看來沒必要手下留情啊。」

迪比多拉眼露凶光地瞪去。臉上充滿恐懼的少年向後退開，在搖搖晃晃地站起後，頭也不回地逃走了。

不過他一頭撞上某物，當場跌倒在地。他抬頭看去，發現那裡站著另一名魔族士兵。

「你這樣不行啊。勇者怎麼能逃呢！」

士兵將伊卡雷斯狠狠踢飛。

「呃……！」

他倒在石板地面上發出呻吟。儘管趴在地上，他也依舊拚命尋找逃生之道。然而，魔族們陸陸續續從通道中出現，將周圍團團圍住。

合計二十四人。就算用上最後手段的聖水，也實在不覺得小孩子能逃出生天。

「你落荒而逃了呢。你們是怎樣狩獵這種落荒而逃的魔族，就讓你親自體會一下吧。」

伊卡雷斯在站起來的瞬間，胸口就吃了一腳。

「呀……！」

他倒在地上。在搖搖晃晃地站起身後，他又再度被踢倒在地。就這樣不斷反覆著，使得伊卡雷斯全身上下逐漸布滿瘀青與鮮血。

魔族們全都用充滿憎恨的眼神看著他。

「……救救……我……」

「人王是怎樣殺死像這樣求饒的魔族的？」

迪比多拉用力踩在少年的頭上。

「……救救我………」

「將剛出生的魔族活生生燒死，宣稱這是淨化。還以此為餌，殺害了數以百計的魔族士兵。是你們人類！殺死他們的！而你這傢伙，事到如今居然還有臉求救！」

迪比多拉狠狠踩住少年的手指，接著指骨碎裂的聲音響起，讓伊卡雷斯發出不成話語的慘叫。

「……救……救……我………好痛啊………」

伊卡雷斯淚流滿面地低聲求救。聲音虛弱到連周圍的魔族都聽不見的程度。

伊卡雷斯在戰亂之中與蓋拉帝提魔王討伐軍的部隊失散，於是獨自一人來到德魯佐蓋多，想要依靠恐怕是自己在迪魯海德唯一友方的暴虐魔王。

然而，這個時候的我已經轉生，不可能會來救他。他即使祈求，也只會死在這裡，悽慘地被我的部下們殺害。

這是在兩千年前，早已發生的過去。

「……阿諾斯……」

米夏悲傷地注視著少年。生在和平時代的她究竟懷著什麼樣的心情，一點也不難想像。

「即使救了他，也只是夢幻泡影吧。」

他是亞傑希翁的第七王位繼承人。要是救了他，無法想像過去會出現多大的改變，也無法確定這會不會輾轉影響到我們想看的辛、蕾諾還有米莎的過去。

不論如何，一旦過去有了重大改變，神的秩序就會讓變化恢復原狀。即使現在救了他，這也只是在「時間溯航」效果維持期間內的夢幻泡影。

只會有風險，而沒有任何回報。這種事情在神話時代是理所當然的事，而他的人生也早在很久以前就在這裡結束了。

「你也親自體會被活生生燒死的痛苦吧。」

迪比多拉在手上召喚漆黑火焰，然後朝少年施放出去。

「……救救我……求求您，救救我……………！」

他就像在懇求似的，帶著祈求地說道。但不論他怎麼祈求，奇蹟都不會發生。

「……魔王……大人……………！」

轟隆隆隆隆隆，刺耳的聲響響起，競技場一隅燃燒起來；迪比多拉瘋狂地扭曲著嘴角。

然而，就在下一瞬間，他瞠圓了眼，臉上難掩驚愕之情。因為「魔炎」被反魔法消除，一名矮小的魔族少年站在迪比多拉的眼前。

「即使拯救了，也無可奈何吧。」

我喃喃說道，然後瞪向迪比多拉以及周圍的部下們。我也不是不懂他們的心情。

只是——

「他已一度悽慘地死去。至少在這場夢中，他如果得不到救贖就太遺憾了吧。」

我還真是愚蠢。這說不定無法改變任何事；說不定會無法實現本來的目的。

儘管如此，在這裡見死不救可不是我會做的事啊。

§ 53 【路過的旅行藝人】

我擋在伊卡雷斯身前守護他，讓迪比多拉朝我擺出凶惡的表情。他用魔眼（眼睛）凝視著我，像是在打量我的力量。

「……這個小孩是誰啊？從哪裡冒出來的？」

「……這個魔力，是魔族啊……」

「……是誰的小孩……？」

圍繞在周圍的魔族士兵們議論紛紛。趁他們動搖的空檔，我向伊卡雷斯施展「治癒（ento）」，藉此治療他的傷勢。

「乖乖待在這裡，伊卡雷斯。馬上就結束了。」

「…………你是？」

「只是個旅行藝人。」

迪比多拉迅速踏出一步，厲聲說道：

「小鬼，既然你也是魔族，為何要幫助人類？那個人類可是亞傑希翁的第七王位繼承人。是將我們的同胞殘酷殺害的人類之王，勇者傑魯凱的血親喔。」

「迪比多拉，如果是他殺了你的孩子，我就允許你復仇。」

被直呼名字，讓他露出疑惑的反應。

「但是，伊卡雷斯是無力的孩童。別說是殺害我們的同胞，就連要傷害都無法。魔王阿諾斯允許你殺害無罪之人了嗎？」

聽到這句話，迪比多拉沉下臉來。

「傑魯凱的所作所為，即使你還是小孩也應該知道。他將無法戰鬥的魔族嬰兒作為人質，殘忍地處刑，還特意讓魔族士兵聽到嬰兒的哭叫聲，把他們引誘到殘酷的陷阱裡。說不定連你的朋友也被殺了喔。」

「不計其數的戰友(朋友)都死了。」

在我的瞪視之下所發出的殺氣震懾了迪比多拉與周圍的魔族。他們漸漸察覺到潛藏在我深淵之中深不可測的魔力。

「但要是憎恨亞傑希翁，讓榮譽掃地的話，你們就跟你們所憎恨的人類沒有兩樣。」

在我說出這句話的同時，迪比多拉後方的一名男人朝我撲來。

「小子！我不知道你是從哪裡道聽塗說來的，但別說得你很懂一樣！你難道不知道，正因為我們守護了這個國家，你才有辦法待在這裡嗎！」

男人就像要把我的身體踢開似的，用力踢出一腳。要是確實踢中的話，應該具有足以粉碎牆壁的威力。只不過，我用一根手指擋下了這一腳。

「……什麼…………！」

「不論再怎麼怨、再怎麼恨，殺掉再多人類，都只會讓你們的心遭到黑暗吞噬。」

我抓住男人的腳，就這樣連同他的身體一起輕輕舉起。

「唔、喔……」

魔族連忙施展「重加」的魔法，增加自己的體重。他的體重在轉眼間就超過五百公斤，但即使體重持續增加，我也不以為意地緩緩甩動著他。

「哦、哦哦……這小子是怎樣……體重應該早就超過數噸了啊……！」

唔，對六歲的身體來說是有點重呢。不過跟月亮相比，就算不了什麼了。我就這樣讓身體旋轉起來，以更快的速度轉動著男人。

「……唔、哦哦哦……怎麼可能……！」

「喂，要確實接好喔。」

我就像是要將旋轉力道直接拋出似的，將化為數噸之重的男人，朝著周圍的士兵集團用力拋過去。

「——什麼！」

砰咚——地板炸裂。大概是速度超乎想像吧，打算用「飛行」躲開的士兵們沒能趕上，有好幾人跟著被拋出的男人一起轟飛出去。

「你這小鬼！」

其餘士兵在眼前畫起魔法陣，中心變得有如砲門一般，並從砲口中突然出現一顆漆黑太陽。那是「獄炎殲滅砲」。看樣子是理解到我的實力了。

「從那裡退開。我不會說要將他凌虐致死，但他是傑魯凱的血親，要放他一條生路，會讓那些往生者無法瞑目的。」

迪比多拉說道。我正面迎上他憎惡的視線，開口說道：

「在這塊土地上逝去之人，想必很悔恨吧？也有許多人是怨恨著人類、憎惡著人類死去。但不要把你的憎恨牽拖到死者身上。」

「胡說八道，小鬼！你懂什麼啊！」

十幾名士兵發出「獄炎殲滅砲」，要將我與伊卡雷斯一起燒成灰燼。伴隨轟隆隆隆隆隆的震天巨響，他們發射出來的漆黑太陽陸續擊中這副身軀，燒焦皮膚、灼燒血肉。

不過，漆黑火焰沒有觸及身後的伊卡雷斯。

「……什……什麼……？」

「……怎麼會……難以置信……在用身體承受了十幾發的『獄炎殲滅砲』後，居然還能站著……」

士兵們不自覺地發出驚愕之聲。他們不敢大意，打算用魔眼看穿我的力量，不過愈是窺看深淵，表情就愈是不敢相信。

「……為什麼……你不使用反魔法……？」

迪比多拉厲聲問道。

「……你雖然還是個小鬼，但身懷的魔力非比尋常。要用反魔法擋下攻擊，應該是輕而易舉才對……」

「我十分明白你們的憎恨。這股憎惡之火，想必遠比方才燃燒我的小火焰，還要燃燒著你們自身吧？」

我把手緩緩舉到眼前用力握住。

「想恨就恨吧——向正確的對象。然而，這樣是不會結束的。倘若憎恨、殺害，你們的子孫也會再度被殺。你的這股憎恨將會傳子傳孫，然後永永遠遠地讓迪魯海德化為一片漆黑的焦土吧。」

迪比多拉咬緊牙關，惡狠狠地瞪向眼前。其他人也一樣。憎惡、憤怒與悲傷盤踞在他們心中。

「……我們無法像魔王大人那樣。我很清楚這樣很醜陋。就算名譽掃地也無所謂。儘管如此……我也……」

他痛徹心腑地說道，彷彿己身受到憎惡之火煎熬一般。

「我也憎恨著人類！」

迪比多拉畫起魔法陣，就像要宣洩憎惡似的注入魔力，施放出一顆比方才大上數倍的漆黑太陽。

其他士兵也像是在呼應他似的，發動「獄炎殲滅砲」。

說得也是。這種事情是阻止不了的——只靠說服的話。要是這樣就能阻止，我也不會建造牆壁了。

所以才必須要有人付出一切來阻止。

「從那裡退開，小鬼！我們已經無法手下留情了。你會和人類一起燒成灰燼喔！」

一齊發射的漆黑太陽，有如流星一般朝著身後的伊卡雷斯紛紛落下。我讓眼瞳浮現魔法陣，朝這些攻擊一瞥。

「毀滅吧。」

「破滅魔眼」干涉著「獄炎殲滅砲」，作為究極的反魔法，不費吹灰之力就消除了熊熊燃燒的漆黑太陽。

「……什……什麼……這、這是……！」

「……等等……那是那小子的……那是……！」

士兵們紛紛開始動搖。不是因為「獄炎殲滅砲」被消除，而是因為他們現在目睹到了絕對不可能存在的事物。

「……那個……魔眼（眼瞳）是……」

迪比多拉畏懼地向後退開。

「……擁有那個魔眼（眼瞳）的魔族……」

「就只有讓破壞神殞落的那位大人……」

魔族們全都一臉驚愕地注視著我。

「……還……活著嗎……」

「你們在說什麼啊？我是阿諾蘇．波魯迪柯烏羅，一名路過的旅行藝人。」

迪比多拉就像崩潰似的跪倒在地。他將額頭壓在地面上，彷彿在向我懇求一般發出有如野獸的咆哮。其他人也全像是喪失戰意似的，當場癱跪下來。

他們臉上落下淚水。

「……魔王大人很喜歡旅行藝人……現在的話，吾君說不定也在窺看著這裡……」

他們跪拜下來，像是在跟魔王懺悔似的吐露心中的痛苦。

「……我們辦不到啊……實在是無法活在和平的時代……」

「人類就在牆壁對面，無憂無慮地歡笑著、生活著……」

「殺害我們同胞的人類，過著和平的生活……這是要我們怎樣視若無睹啊……是要怎樣……過著這種恬不知恥的人生……」

「我不想忘記這些，忘記這股仇恨地活下去！我們早已死去，早就伴隨著那場大戰死去了啊……」

「魔王大人……偉大的吾君啊……您的命令……我是……怎麼樣、怎麼樣都……無法……遵守……」

強烈的哽咽聲打動著我。他們全是忠心耿耿的部下。只要我說我是旅行藝人，那麼我就是旅行藝人。只要我說死了，魔王就是死了。就連事實，也都會在暴虐魔王的命令之下輕易顛覆吧。

儘管如此，他們卻無法在我死後遵守這道命令。也許他們想要遵守。也許他們持續在付出努力。不過，唯獨這道命令——唯獨拋下復仇，建立和平的命令，他們無法達成。

就算隔著牆壁，在這個魔王不在的國度裡，他們的仇恨沒有輕到能讓他們持續依靠著這句話活下去。

兩千年前我沒能守護他們，將這麼多部下遺留在這裡。

而我又再一次——

就在這時，我在頭上看到了某個東西。那是黑色的光粒，看起來很眼熟。一顆顆光粒輕盈飄落，然後落到我手中倏地消失不見，就像要告訴我什麼似的。

如今這段時間，就只是在「時間溯航」維持期間內的夢幻泡影。一旦魔法結束，這個過去就會依循秩序恢復原樣，而他們將會殺掉伊卡雷斯。

但或許——能夠改變也說不定。

「把頭抬起來。」

迪比多拉等人把頭抬起。儘管如此，他們還是無法直視我。

「此乃暴虐魔王的口信。」

我強而有力地向他們說道：

「我們兩千年後再會。」

只要是無關緊要的內容就好。只要是會從時間的秩序之中遺漏的小矛盾就好。不會改變他們的行動，只會改變想法，足以讓夢幻泡影化為現實的一句話。

「美好的世界正在等著你們。」

我向早已過去的悲傷往事如此祈願。

§ 54 【兩千年前的口信】

迪比多拉以及我的部下們渾身顫抖，當場一味地放聲大哭。

從他們的記憶中奪走在這裡發生的事情經過，植入他們殺掉伊卡雷斯的虛假記憶，說不定是實現本來目的的最好方法。

然而，他們的懺悔並沒有輕到可以被抹消。

他們應該注意到了。即使在本來的歷史中，他們也曾在殺掉伊卡雷斯之後，注意到自己犯下的過錯。他們毫無疑問是醒悟到，自己的內心受到憎恨煎熬，遭到黑暗吞噬。

既然如此，他們應該會為了不再犯下相同的過錯而轉生。而這次恐怕也會這麼做吧。如果預想沒錯，會同樣迎來轉生的結果。雖然他們會多少改變想法，但結果幾乎不會改變。

這麼想說不定太過樂觀，不過還是有希望。因為我方才看到了那個。

「伊卡雷斯。」

我向少年伸出手，拉起他的身體。

「……謝、謝謝……你……」

「走吧。」

我施展「飛行」，跟伊卡雷斯一起飛向觀眾席。

我們在米夏身旁著地。

「歡迎回來。」

她帶著淺淺微笑迎接我。

「我就知道你會救。」

然後說出讓我大感意外的一句話。在來到這裡之前，我連想都沒想過自己會救助伊卡雷斯。就只是沒辦法見死不救，然後身體在那一瞬間自己動起來罷了。難道她早就知道會這樣嗎？比我還要理解我內心的想法？

「阿諾蘇很溫柔。」

「……這樣啊。」

「一定不會白費。」

該說真不愧是米夏吧。總覺得怪難為情的。

「也是呢。」

我從觀眾席這裡，仰望一座位在高處的建築——鄰接競技場的高塔。

「說不定真的不會白費。本來應該毫無意義的行為，有時或許也會帶有意義。」

米夏微歪著頭。

「就去確認一下吧。伊卡雷斯，別離開我身邊。」

「咦？啊……是的……」

「別擔心。我雖是魔族，不過是你的同伴。」

伊卡雷斯儘管不知所措，但還是點點頭。

我施展「幻影擬態」與「隱匿魔力」的魔法隱藏我們的身影，然後一起前往鄰接競技場的高塔。

高塔的大門緊閉，應該是用了「施鎖結界」的魔法。當我往前一步要解除魔法時，眼前的大門浮現出一個魔法陣。

大門朦朧地發著光，隨後自行開啟，就像在歡迎我一樣。

「有什麼東西嗎？」

「只放了書——在我轉生之前是這樣。」

對於隱藏起魔力與身影的我們，大門就像是發現到我們似的開啟。還有方才的黑色光粒，必須要去確認才行。

我們走進塔內。書架陳列得密密麻麻，架上緊密地塞滿書籍。儘管也收藏了幾本關於古代魔法研究的書籍，不過擺在這裡的全是沒有多少價值的書，主要都是收藏一些描寫虛構故事的童話或傳奇之類的書。

我一面用魔眼仔細環顧四周，一面走上階梯。上頭飄下幾顆黑色光粒子，倏地撫過我的臉頰。

「魔力粒子……？」

「是啊。」

光粒是從最上層陸續飄落的。隨著階梯往上走，魔力粒子的數量也跟著增加。再繼續往前進，我們抵達最上層的六樓。我用魔眼追尋魔力粒子，發現它們是從壁面上散發出來的。

正確來講，與其說是從壁面，不如說是從映在上頭的劍影散發出來的。只是雖然有劍影，卻到處都看不到投射影子的那把劍。這幅景象非常眼熟。

「貝努茲多諾亞……？」

米夏就像呢喃似的詢問。

「是啊，除了我以外，應該無人能使用才對。」

這個時代的我早已轉生。阿伯斯・迪魯黑比亞則尚未誕生。既然如此，為何理滅劍會散發力量呢？

儘管不明就裡，但只能這麼想了。就是這個時代的某人是我的同伴，而且還預測到我會從兩千年後歸來。

「說不定有辦法救他。」

我把手伸向壁面上的影子。影劍就像被我吸引過來似的浮到空中。

「如果想使用理滅劍，就必須啟動德魯佐蓋多的立體魔法陣。要是做出這麼誇張的事，不僅是時間守護神，到底是會被所有的時間之神給盯上。在我拔出理滅劍之前，『時間溯航』的魔法效果應該就會結束，將我們帶回現代；但是……」

在我握住劍柄後，闇色長劍貝努茲多諾亞現出真正的姿態。

「如果理滅劍早已出現在這個過去的話，時間的秩序就不會產生矛盾。只要拔出理滅劍，應該就會被時間守護神發現；但既然貝努茲多諾亞在我手中，那麼即便祂發現到也已經來不及了。」

在貝努茲多諾亞發揮真正價值的現在，我已然成為半脫離時間框架的存在。或許能夠違反時間的秩序，改變過去。

「伊卡雷斯。」

我朝少年看去後，他害怕地抖了一下，向後退開。

「你無須害怕，我不會傷害你，絕對會帶你到安全的地方。我以前應該也這麼說過。」

我施展「成長(kurusuto)」魔法，將身體年齡提升到二十歲左右，再施展「創造建築」準備好我在神話時代穿著的衣服。

「……魔王大人……」

緊接著，他的眼中溢出淚水。這也不怪他。在沒有人可以依靠的情況下，他應該始終都繃緊神經。

伊卡雷斯衝到我身旁，緊緊抱住了我。

「魔王大人……討伐軍第三部隊在撤往亞傑希翁途中遭到巨大怪物襲擊，大家為了讓我逃走，全軍覆沒了……！只有我一個人來到這裡……」

「你來得很好。」

我輕輕拍撫著伊卡雷斯的背。他儘管淚水盈眶，依然沒有哭出聲響，堅強地忍了下來。雖然是個小孩，卻十分了不起。

「巨大怪物是魔族嗎？」

伊卡雷斯一臉沉痛地說道：

「……我不知道。跟大型野獸一樣有四隻腳，長著銳利的角與爪子，還有堅硬的鱗片與能在空中飛翔的翅膀，會從口中噴出火焰……不只是人類部隊，也有攻擊魔族部隊的樣子。那隻怪物在吃了好幾個人類與魔族後，就鑽進地底消失了……」

會吃人類與魔族，也就是說──

「是龍啊。」

「龍？那個怪物叫做龍嗎……？」

「恐怕沒錯。牠們是近年來很少出現的稀有種族。還以為牠們找不到食物，早就已經滅絕了呢。」

想不到居然還有龍活著。不過，現在想這些也無濟於事。

「伊卡雷斯，我是從兩千年後來到這裡的──超越了時間。」

「……超越……時間……？這種事情……？」

「方才那些魔族也曾說我死後轉生了吧？這是事實。我轉生到兩千年後，然後超越了時間來到這裡。」

伊卡雷斯露出愣住的表情。

「難以置信嗎？」

「……雖然不清楚詳細情況，但是……我相信您。因為是救命恩人說的話……」

兩千年前，當我救出淪為俘虜，受到粗暴對待的伊卡雷斯時，他也曾說過類似的話。

他是個沒有對魔族懷恨在心，性格率直的人類孩子。他曾是希望的象徵——魔族與人類確實能攜手合作的象徵。

「回答得很好。不過事情有點棘手。你在本來的時間裡應該會就此死去——因為我沒辦法救你。」

他緊咬著下唇。

「時間概念是很難說明的，所以我就只說結論。你還沒有完全獲救。為了拯救你，必須要用這把理滅劍先殺掉你一次，讓你轉生。」

讓本來不會在過去誕生的新生命，利用理滅劍的力量讓他誕生。這樣一來，伊卡雷斯對於這個兩千年前到現代為止的時間秩序來說，會成為特異的存在。

簡單來講，就是伊卡雷斯所改變的過去，就連掌管時間的神也認知不到，會就這樣讓改變的過去成立。

也就是他能夠活下去。

「你不怕嗎？」

伊卡雷斯直視我的眼睛點點頭。

「有什麼我能做到的事嗎？」

「能做到的事？」

「我想報答您。我曾經學過，報答恩人是合乎勇者的行為。」

將他扶養長大的人，想必是個了不起的人物吧。真想見他一面。

「那麼，在你轉生之後，我想請你散布一個傳聞。是流傳到兩千年後，關於暴虐魔王阿伯斯·迪魯黑比亞的傳聞。」

我用指尖碰觸伊卡雷斯的頭。

「這個有點複雜，為了不讓你忘記，我用『記憶刻印』刻印在你的記憶裡。」

我畫起魔法陣後，伊卡雷斯瞬間蹙了一下眉。伴隨著痛楚，我將傳聞的內容與我回到兩千年前的原委刻印在他腦中。經由理滅劍成為特異存在的他所散布的傳聞不會恢復原狀，而是會流傳到現代吧。

只不過，事情能不能順利就全看伊卡雷斯了。

「……我絕對會遵守約定……」

「伊卡雷斯，高傲的小小勇者。」

我舉起理滅劍說道：

「兩千年後是和平的時代，但絕對不是沒有悲劇。如果你想報答暴虐魔王的救命之恩，就去拯救背負著悲慘宿命的另一名魔王吧。」

「……胸懷勇氣、心存信念，本人伊卡雷斯，絕對會回應魔王大人的期待……！」

他露出作好覺悟的表情。

「再會了。」

我揮出理滅劍後，少年就化為光粒，如同隨風而逝一般消失無蹤。與此同時，我手上的闇色長劍也恢復成原本的影子。

「唔，看來德魯佐蓋多已耗盡魔力了啊。」

才剛利用立體魔法陣，建造了將世界分為四塊的牆壁。可以的話，我想就這樣繼續使用理滅劍，但看來用一次就已是極限了。

貝努茲多諾亞的影子變得愈來愈淡，隨後倏地消失。

「阿諾斯。」

米夏叫喚我一聲。她直盯著高塔壁面上，方才還浮現理滅劍影子的位置。

「看。」

黯淡光粒的光芒消失，讓人能清楚看到壁面的樣子。

上頭刻印著文字。

致我的魔王大人。

兩千年後再會吧。

這次要三人一起。

大概，肯定，絕對。

我要再次墜入愛河。

§ 55 【溫柔的神】

「認識的人？」

米夏注視著刻在壁面上的文字如此問道。

「……唔，我應該認識吧。只不過，只寫這些話不知道是誰呢。」

語畢，米夏直盯著我的眼睛。大概是在打量我的內心吧，只不過，總覺得她的眼神在責備我。

「……墜入愛河……」

「是這樣寫的呢。」

「再次。」

米夏淡然說道。確實是寫著「要再次墜入愛河」。

「兩千年前也墜入愛河了。」

「在神話時代，也有這種罕見的事呢。」

米夏微歪著頭。

「沒有喜歡阿諾斯的人？」

「天知道，我沒有頭緒。因為在這個時代，大家可沒有空談情說愛啊。有人愛上我雖是光榮的事，但對方恐怕沒辦法說出口吧。」

「因為是暴虐魔王？」

我點點頭。

「畢竟不是和平的時代啊。就連自己的心意，也無法輕易說出口。或許是將深藏在心底的想法，不為人知地寫在這裡吧。」

我緩緩靠近壁面，輕輕碰觸刻在牆上的文字。感覺不太對勁。

「怎麼了？」

「上頭施加了魔法。」

竟能讓我乍看之下無法察覺，想必是位相當高明的術者。我發動魔眼，窺看隱藏在文字之中的深淵。

「唔，原來如此。看來有必要等到晚上了啊。」

「先找熾死王？」

「無所謂，離入夜也沒剩多少時間，就暫且休息一下吧。」

我背靠著牆，當場坐下。米夏來到我身旁，輕手輕腳地坐下。

「辛與蕾諾？」

「還是一樣，辛被耍得團團轉的樣子喔。不過，蕾諾看起來也很辛苦。他們兩人還挺登對的不是嗎？」

我從與雷伊、莎夏共享的視野中，眺望位在阿哈魯特海倫的辛與蕾諾咯咯笑著。

「……辛能獲得愛嗎？」

「只要那個男人打從心底希望的話，就有可能吧。」

米夏直眨著眼。

「他的根源是魔劍。」

米夏淡淡說道：

「這樣也沒問題？」

「雖說是魔劍，難道妳以為就無法愛人嗎？」

就像很驚訝我會這麼說似的，米夏瞠圓了眼。

「要是無法獲得真心希望的事物，這種世界還是毀滅算了。」

我向一臉不安的米夏繼續說道：

「創造神米里狄亞是這麼說的。」

「……創造了溫柔的世界？」

「是啊。她所創造的這個世界很溫暖，充滿著愛與希望。本來的話，應該會是非常溫柔的世界才對。」

「為什麼沒有變得溫柔？」

「就像諾司加里亞那樣，世界上不只有米里狄亞，還存在著許多神。就算魔族之王想建立國家，那個國家也不會照著王一人的意思發展。世界也是在許多神族的意圖複雜地互相影響之下運轉的。」

米夏頻頻點頭，同時認真傾聽我說的話。

「但作為基礎的，是這個世界的根本，米里狄亞充滿慈愛的秩序。只要打從心底希望，她所創造的世界就絕對會給予回應吧。不論世界變得多麼荒廢，戰爭蔓延得多麼廣大。」

米夏的溫柔眼神，輕撫著我的臉頰。

「你相信？」

「米里狄亞很感嘆啊。」

說完，米夏不可思議地歪頭不解。

「她感慨著，是眾神為這個世界帶來了不講理，讓悲劇蔓延開來。她曾向我低頭賠罪，說自己創造了一個悲傷的世界。」

米夏輕輕微笑說：

「有各式各樣的神。」

「是啊。在遇到米里狄亞之前，我都認為所謂的神族，都是一群不會考慮魔族、人類與精靈的傢伙。不論再怎麼祈禱，都不會讓奇蹟發生。祂們只會為世界帶來對神有利的奇蹟，守護對神有利的秩序，不把生活在這個世界上的生命放在心上。」

曾經對我來說，神全是些不講理的傢伙。然而，也有神不是這樣。

「米里狄亞為魔族引發奇蹟了？」

「她的秩序是創造世界。對於已經創造的這個世界，她能做的事情有限，沒辦法毫無代

價就將世界重新創造。」

即使是創造神米里狄亞，也不可能無止盡地創造新事物。如果讓這個世界就是這個世界而守護秩序與道理，想要獲得什麼，就必須失去什麼。

「引發巨大的奇蹟，會失去另一個巨大的奇蹟。如果想創造什麼，就會有什麼遭到破壞。在大部分的情況下，創造神米里狄亞所能做的，頂多就是看守世界，然後祈禱著——但願已經創造的這個世界，能走向一條溫柔的道路。」

米夏想了想，然後說道：

「什麼也不做是最好的？」

「應該是吧。所謂的神力，就是這個世界的秩序，世界的規則。假如違背規則行使奇蹟，自己所持有的秩序本身就會產生扭曲。這個扭曲會降臨在人們生活的這塊土地上，以人們遭到不講理對待的形式出現。儘管如此，還是有許多的其他神族毫無顧忌地行使力量，但米里狄亞並沒有這麼做。」

她害怕要是創造神行使奇蹟，會導致自己的秩序產生扭曲。創造的秩序要是失常，將會對世界造成極大的影響。除了跟我一起建造把世界分成四塊的牆壁等相當例外的情況外，米里狄亞什麼也做不到。什麼也不做，就是她最大的抵抗。

「我跟她作了一個約定。」

「什麼約定？」

「要是其他眾神帶來怎麼樣都無法挽救的悲劇與不講理，我就會將這些悲劇與不講理給毀滅掉。」

米夏輕笑出聲。

「好溫柔。」

「這應該是很了不起的約定吧。因為我無論如何都想讓這位溫柔且充滿慈愛的神知道，她所創造的這個世界，還有從這個世界誕生的我，是絕對不會敗給不講理的。」

我想證明她所創造的世界很溫柔。正因為我不是神，才能辦到這件事。

「所以建造牆壁？」

「這是理由之一。即使是我也想要和平。」

米夏靜靜地將頭靠在我的肩膀上。

「阿諾斯。」

「什麼事？」

「世界和平了？」

「比以前和平。不過，看來還不夠的樣子。」

米夏把身體靠在我身上，就這樣心不在焉地望著窗外。漸漸西下的陽光，照亮著高塔的內部。我們一面注視著晚霞暫且休息，一面等待時間流逝。

不久後，太陽完全西沉，月光照亮大地，朦朧冷光傾注在高塔之中。

「時候到了。」

我與米夏起身，注視著壁面。月光穿透施加魔法的窗戶，反射落在壁面的文字上。

隨後，刻在壁面上的文字產生了變化。

致魔王阿諾斯。

熾死王耶魯多梅朵在祭祀戰死者的墓地之館。

能以腐死的魔法開啟大門。

然後——

但願不惜被冠上暴虐之名也仍然奮戰不懈的溫柔魔王，能迎來平穩的未來。

我會始終在身旁守候著你。

一直到最後一刻。

「……真不可思議……」

米夏茫然注視著壁面上的文字這樣說道：

「不知道阿諾斯施展『時間溯航』，就寫不出這段話……」

「恐怕是米里狄亞吧。她觀測著世界，說不定發現到我施展『時間溯航』從現代來到這個時代。」

或是請觀測未來的神幫忙預知嗎？

「理滅劍……？」

「說不定是米里狄亞做的，不過真相很難說。雖說是神，也不可能無所不能。要操控蘊藏破壞神之力的貝努茲多諾亞，我想創造神不可能做到……？」

一旦我起了疑心，這段訊息就毫無意義。既然如此，認為理滅劍是米里狄亞留下這段訊息的證據會比較妥當，但我又不這麼覺得。難道我看漏了什麼嗎？

唔，說不定是我想太多了。我也不是對神的一切瞭若指掌。就算先不理會理滅劍的事，我也不覺得會有創造神以外的存在能夠留這段訊息給我。其中最主要的原因，是其他人沒有留訊息的理由。

「創造神不在這裡？」

「是啊。如果她在德魯佐蓋多，並知道我施展了『時間溯航』，應該會來見我吧。畢竟神族本來就是會遵循自己的秩序，而在地面上現身的存在。既然沒有來見我，就表示她如今在神界吧。」

「……遺憾？」

「為什麼？」

米夏說了不可思議的話。

「覺得是這樣。」

她想了一會兒後說道：

「如果能跟老朋友相見是再好不過了，但她已經留給我過於充分的餞別禮。要是還不知足，那可是會遭天譴的。」

理滅劍與耶魯多梅朵的所在位置。哎，理滅劍還不確定是她留下的，但我確實是收到米

里狄亞的心意了。

「走吧。」

我施展「逆成長」讓身體再次縮小到六歲左右，準備好這個尺寸的衣服穿上。我們離開高塔，前往祭祀戰死者的墓地。

§56 【士兵們夢想的痕跡】

離開密德海斯往西南方走一小段路後，有座能一覽城市景觀的小山丘。在山丘頂端視野最為良好的地方，出現了某種異常的景象。

那裡插著劍，也插著槍，還插著弓、斧、杖。山丘上密密麻麻地插著大量武器。

這些全是墓碑。自我成為魔王，率領軍隊以來，在大戰中戰死的犧牲者們全是以這裡作為墓地祭祀著。他們全都毀滅，早已無法復活或轉生。

「魔法時代沒有……」

米夏喃喃說道。

「我在兩千年後也曾來過一次，不過大概是被清理掉了吧。留下了像是被魔法移動過的痕跡。」

她低著頭，在想著什麼事。

「……密德海斯有座祭祀大戰戰死者的宮殿。那是在魔法時代的千年以前建造的。」

原來如此，或許是遷移到那裡了。

「因為這些劍、槍並不是魔法具，要是置於荒野，這些墓碑會維持不下去。」

沒有用魔法修復，是因為對於死者的習俗。就算武器腐朽，也會原封不動地留在原地。

愈是古老的事物就愈會寄宿著魔力。據傳像這樣以不帶魔力的武器作為墓碑，會讓毀滅之人總有一天能再度復活。當然，無法確定這是否為事實。

據傳要讓毀滅之人復活，必須經過悠久的歲月，需要經過比世界形成至今還要漫長的一段時間。因此至今還沒有人能證明這件事。

照常理來想，根源毀滅之人是無法復活的。然而，我們也無法確定這個方法行不通。

或許這是魔族的祖先所發現到的一種救贖。

「找到了。」

米夏指著墓地深處。在相當遠的地方，能看到一座古老宅邸。如果刻在壁面上的訊息無誤，耶魯多梅朵應該就在那裡。

不過，我不能立刻過去。

「能稍等一下嗎？」

也許是單一一句話就能明白我的想法吧，米夏點了點頭。

我緩緩踏出腳步，走到無數的墓碑前。既然來到這裡，就不能直接經過。

「妳知道嗎？米夏。」

她在我身旁，跟我一樣環顧著墓碑。

「有這麼多的人，我沒能守護住。」

我當場跪下。

為了和平，他們死了。被我的夢想所吸引，他們全都為了我奮戰到毀滅為止。愈是忠誠的部下就愈早逝去。

我沒能守護住。因為我的力量還不夠。必須得變得更加強大。為了贏取和平；為了顛覆不講理；為了結束悲劇；為了回應他們壯志未酬身先死的意念。

即使被冠上暴虐之名，即使要行使殘虐之事，為了總有一天必定來臨的和平未來，我作為魔王君臨此地。

儘管如此，不論我擁有多麼強大的力量，如何地窮極魔法，都無法喚回早已毀滅之人的性命。

「我有個好消息要告訴各位。」

我就像在請求寬恕似的低下頭，向如今已不在的部下們宣告。

「和平實現了。引以為傲吧。我們勝利了。」

這真的能算是勝利嗎？不論向毀滅之人說什麼，都只會徒增空虛。

「你們實現了誓言，真的做得太好了。」

墓碑必須設置在這個場所。在一同誓言的這座山丘上，讓他們的靈魂長眠。

為了總有一天和平到來時，能讓他們眺望密德海斯的城市景觀，所以才將墓碑設置在視野良好的地方。

本來應該會原封不動地保存在這裡，然而事與願違。經過了兩千年，沒有事物是不會改變的。

「抱歉，我沒能實現誓言。」

只要我變得更加強大，強得足以輕易掌握世界的一切，應該就能拯救他們的性命。

「白花。」

米夏施展「創造建築」的魔法，在墓碑前一一供奉上一朵又一朵的白花。

她在我身旁跪下。

「抬起頭來。」

米夏優雅地輕聲說：

「他們肯定不想見到魔王垂頭喪氣的模樣。」

聽到這句話，我緩緩抬起頭來。

「大家都想看吾君的表情。」

米夏的話語溫柔地撫過耳朵，如同撫慰了我的心靈一般。

「想看魔王活在和平時代的表情。他們就是為此賭命奮戰的。」

「……為何妳會這麼想？」

米夏將魔眼（視線）朝向墓碑。

「因為覺得這裡留著大家的意念。」

「毀滅之人的意念嗎？」

米夏點了點頭。

「心還在這裡。」

這是一句輕淡，但十分溫柔的話語。

「跟著阿諾斯一起。」

米夏的魔眼（眼睛）窺看著心靈的深淵。在與冥王部下一戰之後，說不定讓她的魔眼能看到更多事物——就連我也看不見的事物。

「我沒能將這些人帶領到和平的時代。」

米夏靜靜地搖頭。

「受魔王拯救的他們，想要拯救魔王。我想他們是希望迎來一個，吾君能不用再行暴虐之事的時代。」

她的碧眼直直注視著我。

「米夏。」

「嗯。」

「這些人希望什麼？」

米夏沉思了一會兒後說道：

「向他們笑。」

真是讓我感到意外的一句話。

「在死者面前嗎？」

「他們想知道吾君笑起來是什麼感覺，想知道魔王在不戰鬥時的本來風貌。」

即使在兩千年前，我也不是沒笑過啊。

倒不如說，我自認為很理解什麼是搞笑，還經常邀請小丑或旅行藝人到魔王城舉辦宴會。不過，或許就是因為這樣，部下們才會覺得我想要笑吧。

雖然當時的我無從得知，但我確實不曾用轉生後的這種心情笑過。

「就連部下的想法也沒能察覺到，我真是個不成熟的王。」

我讓他們正面看著我的臉，然後向他們說道：

「正因為有你們的協助，我才得以前往和平的時代。」

我回想起魔法時代的經歷。無聊的授課、退化的魔法術式，甚至不承認我是魔王的子孫們；都是些愚蠢、無聊，而且沒人死去的和平生活。

如果能實現的話，真想讓他們也見識一下。

「感謝你們。」

這句話帶著對部下們的感謝與慰勞。儘管不知道我笑得好不好看，但就這樣放過我吧。

我站起身，瞪向墓地深處的宅邸。

「我絕不會讓你們的性命白費。」

要是對阿伯斯·迪魯黑比亞置之不理，迪魯海德將會再度掀起戰亂吧。這樣的話，會有許多人喪失生命。因此絕對不能讓這種事再度發生。

「讓妳久等了，走吧。」

「嗯。」

我以「幻影擬態」與「隱匿魔力」的魔法隱藏身影與魔力，與米夏兩個人一起走向墓地之館。

門上施加著「施鎖結界」。

「唔，原來如此。要是用『解鎖』解除魔法，就會被人察覺到入侵的機關啊？」

連動的魔法效果單純且微弱，因此相對難以發現。然而多虧了壁面上的訊息，讓我輕易看穿了機關。

我依照建議，對門施展「腐死」魔法。此時「喀嚓」一聲，門鎖解開了。

我把手放在門上緩緩推開，館內一片昏暗。跟外觀一樣，室內看起來也相當陳舊。家具蒙上灰塵，損壞的物品也不在少數。

前往室內深處後，我們發現一個通往地下的石階。由於沒有其他值得一提的地方，於是我們走下階梯。

石牆上設置著油燈，朦朧照亮著周遭。走了一會兒後，能聽到咯咯咯的笑聲。

「——那個還真是驚人啊。才一眨眼的事耶。對吧，參謀。」

男人的聲音聽起來很愉快。再稍微往前走，無頭魔族熾死王耶魯多梅朵就在那裡。

「雖說有傷在身，居然這麼輕易就斬殺了神，真不愧是魔王的右臂。不是魔王本人，神竟然敵不過他的部下！」

沒有嘴巴卻能發出聲音，應該是靠他擅長的魔術伎倆吧。耶魯多梅朵的情緒異常高昂，熱情地述說著。

在一旁應和的，是一名有著褐色肌膚與金色眼瞳，並留著後梳髮型的男人。在兩千年後也曾見過一面，那傢伙是熾死王的參謀齊格。

「那麼，魔王阿諾斯到底有多強大？不論派去多麼強大的敵手，他的實力都依然深不見底！不對，他的實力真的有底嗎？這真是太棒了對吧！你覺得是哪裡很棒啊，參謀？」

「小的不知。所以吾主，您今後打算怎麼做？」

齊格在敷衍回應後，如此詢問著。

「咯咯咯，真是性急的男人啊。算了。天父神還在阿哈魯特海倫裡頭。」

「倘若沒有您的肉體，不是需要相當的時間才能恢復嗎？」

「你說得沒錯。那個神現在半死不活；不過，祂說這也在計畫之中。就連我會去見魔王的右臂，似乎也一如祂的預期。」

齊格蹙起眉頭沉思起來。

「總之就是同盟還在持續當中。」

「就如冥王所說，神族高深莫測。或許還是不要太過深入會比較好吧？」

「咯咯咯，就是高深莫測才好啊。實力淺薄的雜兵，能擔任魔王阿諾斯的敵手嗎？嗯？用來襯托魔王強大的角色，交給緋碑王去當就好了吧？」

齊格瞬間投以欲言又止的眼神，然後接著說道：

「是的。」

「儘管如此，雖說是讓秩序誕生的秩序——天父神諾司加里亞，但作為魔王的敵手，無論如何都會相形見絀。這是因為祂小看了暴虐魔王，認為他是微不足道的存在。你覺得會輕敵的對手，能在戰鬥中取勝嗎？」

「不會。」

「沒錯，祂不會贏。那傢伙會吞下體無完膚的敗北。暴虐魔王總是超越我們的想像。當陷入只要那麼做就會贏、只要這麼做就會贏的陳腐思考時，就已經輸了。不過本熾死王可不同喔。因為我知道，魔王是絕對會贏的！」

耶魯多梅朵高聲喊道，彷彿是在讚揚我一般。

「不過，哎呀哎呀，話雖如此，讓祂就此消失也很可惜。只要祂捨棄自滿之心，產生作為魔王敵手的自覺，神力可是非常強大的。」

在耶魯多梅朵極力主張的途中，齊格插話道：

「關於神是秩序本身這件事，難道不是這點束縛了諾司加里亞嗎？」

「沒錯、沒錯，就是這樣。也就是說，只要取代掉那個能控制秩序的存在就好。」

齊格露出疑惑的表情說：

「要怎麼做？」

「這還用說嗎！本熾死王將會取得天父神的力量，也準備了達成此事的魔法術式。」

「……真的能做到這種事？」

耶魯多梅朵咯、咯、咯地笑，沒有理會他的問題。

「當然、當然！就算耗費兩千年的歲月，憑本熾死王也是不可能辦得到的。因為開發魔法不是我的專長啊。但如果是暴虐魔王，如果有研究到一半的魔法術式，就能輕易達成這件事不是嗎？」

齊格臉上露出疲態。大概是因為他不論說什麼，話題都會回到我身上吧。

「喂喂喂，別這麼厭煩啦，參謀。我說的暴虐魔王，可不是指阿諾斯喔。」

「你是說？」

「既是神子，同時也是大精靈。讓暴虐魔王阿伯斯・迪魯黑比亞誕生，是諾司加里亞的計畫。」

齊格就像恍然大悟似的，表情凝重起來。

「是打算利用勇者加隆的計畫？」

「沒錯。」

「……也就是說，要借助在諾司加里亞的計畫之下誕生的阿伯斯・迪魯黑比亞之力，奪取諾司加里亞的力量？」

「這就要視情況而定了呢。必須作出最能讓魔王阿諾斯的敵人增加的選擇。而這是我最大的煩惱啊。」

耶魯多梅朵咯、咯、咯地大笑出聲。

「勇者恐怕也應該就快和精靈之母大精靈與魔王的右臂接觸了。在魔王已逝的現在，他們三人會作出什麼樣的判斷呢？咯咯咯，相當有看頭對吧？」

§57 【誓言的話語】

大精靈之森阿哈魯特海倫。

在莎夏的視野裡，顯示著辛與蕾諾，以及與兩人對峙的勇者加隆的身影。

「我拒絕。」

對於冷淡回絕的辛，加隆鍥而不捨地說道：

「辛．雷谷利亞，這是為了拯救暴虐魔王，拯救阿諾斯的手段。不論人類有何企圖，他或許都不會放在眼裡。但是，魔王不希望戰爭。難道你要讓為了守護而執起長劍，就連敵人也想救助的他，再度去討伐人類嗎？」

對於回以沉默的辛，加隆繼續說道：

「人類作了愚蠢的決斷。所以，我要用此身來償還這個錯誤。這次一定會帶來和平。我想讓比任何人都希望迎來這件事而轉生的他，下次睜開眼睛時，能看到一個和平的世界。」

「勇者加隆。」

辛冷聲說道：

「不論內情為何，你以為我會放任假冒的魔王嗎？」

「……我不認為。」

「那麼，要我扮演冒充者的右臂，你知道這代表什麼意思吧？」

「只要魔王的右臂待在身旁，不論是誰應該都會相信阿伯斯·迪魯黑比亞是真正的魔王。倘若你是為了阿諾斯而著想，能請你協助我嗎？」

在他說出這句話的同時，辛拔出的鐵劍已抵在加隆的脖子上。在受傷之前，勇者空手抓住了劍身。他的手中滲出鮮血，紅色水珠滴滴答答地落在地面。

「若不出手相救，不就等同於侮辱吾君，認為吾君只有毀滅人類一途？魔王並沒有這麼弱。不論是誰、有什麼企圖，他都會超越一切、達成一切，不會失去任何事物。」

「沒錯，他是超越了一切。但即使是他，應該也不是每次都守護得住。」

「為了不再失去，吾君變得更強大了。即使轉生之後，吾君也還是會繼續變強吧。」

「即便如此！我也必須讓他看到人類並非只有愚蠢的一面！因為他很強大，所以就能把一切都託付給他嗎？就因為我們一直依靠他，他才只能變得強大吧？他才只能殺盡一切、毀滅一切，直到被冠上暴虐之名為止地成為抑制力啊！」

勇者加隆如此訴求。作為魔族的同伴，他帶著殷切的想法。

「對於那份強大、那股孤高的力量，你不覺得悲哀嗎？就因為我們很弱小……因為沒有放棄爭執的覺悟，也沒有停止憎恨的堅強，他才只能孤獨地陷入長眠啊！」

加隆以清澈的純粹眼神注視著辛。

「扮演冒充者確實是對魔王的侮辱。對你們來說，魔王是多麼偉大，是多麼不可侵犯的人物，如今的我十分明白。所以，假扮魔族之王的罪過，我將會以此身之死來償還——作為虛構的魔王，阿伯斯．迪魯黑比亞。」

加隆用力握緊鐵劍。

「……抱歉。我不能現在就立刻毀滅。但兩千年後，我絕對……絕對會以自己的性命贖罪。到時候，就算你要討伐我也無所謂。」

辛冷冷看著加隆，依舊沉默不語。同一句話沒必要說第二遍，也就是他的答案沒變吧。不知是不是察覺到這件事，加隆從劍上放開了手。

「我跟他約好了。這次轉生之後，要做為朋友相會。我……」

加隆改變語氣說道。不是一直以來扮演勇者的他，而是作為真實的加隆。

「……我下次站在他面前時，希望自己能配得上當他的朋友……」

兩人直盯著對方。辛抽回劍，甩掉鮮血後收鞘。

「看來勇者加隆已經瘋了。要在迪魯海德散布虛構的魔王之名，是絕對不可能成功的。就算置之不理，也毫無問題。」

他轉過身，背對著加隆說道：

「我會轉生。轉生後應該會是在兩千年後。」

這是他不會協助散布虛構的魔王之名，但也不會加以妨礙的意思吧。這是作為我的忠臣，辛所能做到的最大讓步。

「謝謝你。」

加隆朝著辛的背深深敬禮。

過了一會兒，在辛離去之後，加隆把頭抬起來。他向眼前的蕾諾微微點頭致意。

「你有點變了呢，加隆。平時總是一張苦瓜臉，但今天看起來就像是想通了一樣唷。」

「要是這樣的話，應該是因為魔王阿諾斯吧。」

加隆爽朗地笑著。

「他會改變，是因為妳嗎？」

「咦……？」

蕾諾不可思議地瞠圓了眼。

「我是懷著被斬殺的覺悟來的。如果是以前的辛，應該會拔出魔劍，而不是鐵劍唷。說不定就連話都不會聽我好好講。我還是第一次看到這麼沒有殺氣的他。」

「這樣啊。不枉費我在教他愛吧？」

「……愛？」

加隆露出愣住的表情，然後微微笑了笑。

「啊啊，原來如此。難怪覺得妳也跟以前不同了。」

加隆就像理解似的說道：

「我還以為精靈之母大精靈不會戀愛呢。」

蕾諾茫然地回看著加隆，同時露出現在明確自覺到什麼似的表情。

「世界說不定比我想像的還要充滿著愛呢。」

加隆的眼神中帶著希望，然後靜靜地轉身離開阿哈魯特海倫。

「戀愛……」

蕾諾喃喃低語。

她的臉頰飛紅，同時露出微笑。

「……是這樣啊，我戀愛了……」

蕾諾再次喃喃低語，就像是在藉此確認自己的心意一樣。

隨後，她立刻轉身，朝著辛離開的方向全力奔跑。

「……辛！」

她很快就看到辛的背影。雖說對方是勇者加隆，但他還是沒有離得太遠，在這邊等待著蕾諾吧。

「怎麼了嗎？」

在辛轉過身來之前，蕾諾就撲在他的背上，緊緊地擁抱住他。

「……我明白了。我明白了唷，辛。我喜歡辛！我戀愛了唷。因為我喜歡上辛了！」

辛傻眼似的看著她。

「我就覺得很不可思議呢。跟辛在一起，會有種跟往常不一樣的心情。聽到辛不懂得愛，就覺得胸口很難受，辛肯幫花兒澆水，就會不自覺地笑容滿面。是辛讓我變得和往常不同，讓我成為不是精靈之母大精靈的我！」

蕾諾就像個天真無邪的小孩一般，開心地露出燦爛的表情說道。

「啊……」

彷彿畏懼著辛的視線，蕾諾從他上離開。她垂著頭，戰戰兢兢地向上窺看著辛。

「……會讓你感到困擾嗎？」

她是在阿哈魯特海倫活過漫長歲月的精靈之母大精靈。但如今的她，看起來就像一名初嘗戀愛滋味的嬌小少女。

「我沒有愛。」

聽到這句話，蕾諾就像恐懼似的渾身顫抖。

「……可是，妳卻稍微填補了我心中的空虛。不論是與精靈們嬉戲，還是幫淚花澆水，都是以前的我所不曾想過的事。」

蕾諾開心地露出笑容。

「在這裡度過的日子，就彷彿給了我這把露出劍刃的劍一把劍鞘。就算這不是愛，蕾諾，我也依舊感謝著妳。」

「不會、不會！你不用為這種事道謝啦！」

蕾諾忙不迭地搖頭，並且露出笑容。面對這樣的她，辛靜靜地宣告：

「這樣的日子，也要在今日結束了。」

「咦……？」

「神獸古彥已收拾乾淨。潛伏的諾司加里亞也是半死不活之身，作為秩序的力量，大概半點也不剩了吧。只要待在艾尼悠尼安大樹之中，祂就無法對妳出手。」

蕾諾茫然地注視著辛。

「你要轉生……？」

「我無法違背曾向吾君說過的話。再過不久，勇者加隆應該就會開始散布虛構魔王的傳聞。我想在這之前，先走一步。」

「什麼時候？」

「我接下來就會去迪魯海德。」

蕾諾緊咬著嬌小嘴唇。

「可是，我好不容易才注意到……」

蕾諾悲傷地喃喃低語。看到她這樣，辛就像困擾似的閉上嘴。兩人暫時不發一語地相互面對，不久後他開口說道：

「真是非常抱歉，吾君在兩千年後等著我。」

蕾諾低垂的臉上充滿悲傷。儘管一副就快哭出來的模樣，她還是強忍淚水。然後，她勉強地笑了笑。

「太、太狡猾了。」

「……狡猾？」

「因為魔王一直都跟辛在一起吧？我則是到最近才遇見你。這樣的話，我是絕對贏不了他的。」

為了不讓眼淚流下，為了不哭出來，她拚命擠出笑容。似乎只要再說些什麼，淚水就將從眼眶落下一樣。

或許辛也明白這一點，他沒有重複說出吾君在等著這句話。

「那麼，為了避免對妳的回報不公，就讓我獻上足以替代歲月的事物吧。」

「……你要給我什麼？」

「什麼都行。如果妳要求我留下，我也會遵守。」

大概是為了守護蕾諾曾說過不會流下悲傷眼淚的話語吧。考慮到以前的辛，這是個意外的提案。

蕾諾沉思了一會兒後開口說：

「……那麼，辛……那個，就和我……」

她以彷彿即將中斷的微弱聲音羞澀地說：

「結婚吧。」

從遠方窺看著兩人情況的莎夏大喊一聲：「太突然了吧！」所幸蕾諾無暇顧及其他，似乎沒聽到的樣子。莎夏接著低聲嘟囔說：「這樣絕對會失敗啊……」

「遵命。」

莎夏再度小聲地嘟囔說：「居然答應了……」

神話時代就算雙方沒有戀愛，鑒於各種情況而決定結婚的人很多。以活在兩千年後的莎夏的價值觀來看，恐怕無法理解吧。

「那路上小心喔，辛。」

蕾諾露出發自內心的笑容。

「這兩千年間，我會在這裡等你。我會一直等到辛回來的。然後，這次我一定會教你什麼是愛。」

並不是想挽留他，蕾諾應該就只是想要一個約定。為了在兩千年後，與辛再度相逢。

「蕾諾。」

辛在她面前倏地跪下，牽起蕾諾的手說道：

「迪魯海德與阿哈魯特海倫，妳想用哪一邊的形式？」

「咦？那個……？」

她就像聽不懂這話是什麼意思的樣子，不知所措起來。

「結婚典禮。精靈沒有嗎？」

蕾諾一臉錯愕地問道：

「你不是要走嗎？」

「吾君曾吩咐部下，結婚之人務必舉辦結婚典禮。不執行這道命令，我無法轉生。」

唔，這麼說來，我確實說過這種話啊。儘管結婚未必是可喜可賀之事，但由於當時處於戰時，有許多人自發性地不舉辦典禮。不過這種不知何時才會結束的戰爭，就算顧慮了也沒用。所以才想說，至少喜事要辦得隆重才行。

「那就用阿哈魯特海倫的方式辦吧？你看嘛，大家都不太清楚迪魯海德的結婚典禮。」

辛點了點頭。

「那我這邊就照迪魯海德的方式。」

他直直注視著蕾諾，同時開口說：

「吾以偉大的魔王之名起誓。」

辛低下頭，輕輕吻上蕾諾的手背，讓她驚訝地瞠圓了眼。

「吾將迎娶汝，大精靈蕾諾為妻，就算死亡讓兩人分離、毀滅讓兩人分離、宿命讓兩人分離，吾心也將永遠陪伴著汝。」

這是神話時代密德海斯所用的求婚話語。

§ 58 【結婚典禮】

隔天——

為了出席結婚典禮，我與米夏急忙從迪魯海德趕回阿哈魯特海倫。

在艾尼悠尼安大樹的頂端，蕾諾居住的小城堡前，裝飾著許許多多的花朵。城門前設置著雲朵構成的祭壇，祭祀著精靈之祖。

從祭壇一直到雲的對面，碧綠色的淚花形成一條道路，看起來就像是一面華麗的地毯。在淚花之道兩旁，聚集著阿哈魯特海倫的所有精靈。

八頭水龍里尼悠、長蛇艾比提歐等真體龐大的精靈們，則是變化成一時性的姿態排列在

隊伍裡。在大批精靈之中，我們也以旅行藝人劇團的身分混在裡頭。

不久，身穿純白禮服的蕾諾出現在雲的對面，身旁還站著辛。他身穿一套漆黑鎧甲。那是叫做祝福禮服的精靈，艾魯托尼卡。這個精靈會出現在喜事上，變化成適合持有者穿著的禮服，賜予他各式各樣的加護與祝福。

艾魯托尼卡會變化成漆黑鎧甲，是因為漆黑鎧甲在這個時代被視為魔族在舉辦婚禮時的一種正裝。其實關於顏色，並沒有一定的規定，只是我在交換誓言時，喜歡穿著黑色正裝。

在進行絕對不能違背的誓言時，將想法寄託在不會被任何事物染上的黑色上。也許是因為這樣吧，我的部下在穿著正裝時，也大都會穿上黑色的服裝。

雖然我覺得在由無數花朵點綴的精靈婚禮上，這樣穿有點不太搭配；不過蕾諾說這很適合精靈與魔族的婚禮，尊重黑色正裝。這大概是因為她知道辛對於我，對於暴虐魔王懷抱無比的敬意吧。

「蕾諾來了唷～」

「使劍的大叔也來了。」

「婚禮、婚禮～！」

「恭喜～」

蒂蒂們飛在空中，就像在祝福似的灑下閃亮鱗粉，引導著蕾諾與辛前進。

兩人緩步走在淚花之道上前往祭壇。不知是不是借助蕾諾的力量，兩人的腳微微浮空，沒有踩踏到花朵。

「向孕育我們的溫柔母親與守護我們的強大伴侶，獻上偉大的祝福。」

雲的迴廊噴出水來，在淚花之道上形成好幾道拱門。那是水之大精靈里尼悠的祝福。

「恭喜妳，蕾諾。」

風與雷的精靈基加底亞斯獻上祝福，於是場內吹起一陣徐風，將淚花的花瓣捲走，花瓣彷彿在點綴天空般地飛舞。

「恭喜、恭喜。」

治癒螢賽涅提羅四處飛翔，一閃一閃地發出綠光。牠們所飛翔的軌道，在天上畫出閃亮的美麗星光。

精靈們就像這樣，全都使出自身的力量，熱情迎接著兩人的婚禮。

「恭喜！蕾諾妹妹！妳很漂亮喔！辛弟弟也很帥呢！」

艾蓮歐諾露大聲喊道。

「……恭喜……結婚是喜事……」

艾蓮歐諾露與潔西雅施展「聖域」的魔法，將在場全員的意念轉換成光，在城堡後方架起漂亮的彩虹橋。

「好漂亮……」

莉娜喃喃說道。

艾蓮歐諾露眉開眼笑地注視著那道彩虹與新郎新娘。

「漂亮是漂亮……但那個沒問題吧……？」

在我身旁的莎夏嘟囔著。

「精靈們的祝福本來就這麼華麗。即使婚禮變得多少誇張一點，也不會有任何改變。」

「哦～那我們也來？」

在莎夏詢問後，米夏就點點頭。兩人牽起手，融合魔法術式。

「冰煙火。」

兩人之間畫出一門魔法陣後，就從中竄出一顆冰結晶升上天空；才剛耀眼地爆炸開來，就在天頂開出盛大的花朵。

宛如冰結晶的花朵搭配著絢麗火光，在天幕上持續留下幻想般的煙火。

「那麼，就來點餘興節目吧。」

這次是雷伊說道。他穿著一套綠色的全身甲冑。

在雷伊走到花道前方後，四名同樣穿著綠色全身甲冑的人也跟著走了出來。甲冑裡頭是空的，他們全是活鎧甲。

那些是甲冑精靈隆隆。他們手上拿著的樹枝，是叫做祝福木劍的東西。隆隆們就這樣朝辛筆直走去。

辛來到蕾諾身前，拔出鐵劍。只要斬斷祝福木劍，就能得到龐大的幸福，倘若被祝福木劍打到身體，就會被賜予巨大的幸福。

與不論如何都能讓人獲得祝福的木劍對打，據說是精靈婚禮的傳統。

甲冑精靈隆隆「喔——！」的一聲發出勇猛的吶喊，四人同時朝辛攻去。而就像當然似的，祝福木劍被輕易斬斷了。

精靈們發出「哇～」的歡呼聲。還真是一場熱鬧的婚禮。

「真不愧是你呢。」

說完，身穿甲冑的雷伊筆直地朝辛攻去。

大概是看穿甲冑裡頭的人是他吧，辛的眼神凌厲起來。面對從正面衝來，以大上段劈下的祝福木劍，辛就跟方才一樣以鐵劍迎擊。然而，辛的劍就像劃開水面般穿透了那把木劍。

祝福木劍幻化為光，而光之木劍就這樣擊中辛的身體。隨後，光芒就像在祝福他似的，纏繞在他身上閃閃發光。

「……剛剛那是祝福木劍的祕奧……嗎？」

「因為是魔力微弱的精靈劍啊。就連我也能勉強使出唷。」

雷伊畫起魔法陣，從中取出一意劍席格謝斯塔。然後他跪了下來，以雙手將劍遞向辛。

「雖說是旅行藝人，但我就像是保鏢一樣呢。無法像大家一樣用華麗的魔法獻上祝福，真是抱歉了。」

辛收下一意劍，並且笑了出來。

「沒有比這一擊更好的祝福了，雷伊。」

辛將席格謝斯塔收進魔法陣。當他轉身把手遞出後，蕾諾就一臉開心地牽起他的手，兩人再度朝祭壇走去。

「對不起喔，要你配合我們。看在魔族眼裡，這是場很怪的婚禮吧？」

「不會。」

辛筆直地看著前方說道：

「只有劍心的我能像這樣受到祝福，正是因為有妳。無法用愛回報妳讓我深感抱歉，但我對這場婚禮毫無不滿之處。」

蕾諾開心地露出滿面笑容。

「雖然魔族來不了是沒辦法的事，但可以的話，真希望魔王阿諾斯能到場呢……」

「……也是呢。只是——」

辛停下腳步——因為我就站在祭壇前面。

「我名為阿諾蘇·波魯迪柯烏羅，是暴虐魔王小時候的模樣。」

聽到這句話，精靈們哄堂大笑起來。

「辛。」

我筆直看著部下。

「即使無愛，你還是作出了選擇。這場婚禮確實是你以自己的意願所作出的選擇。相信自己吧。要知道，只要你伸出手來，這世上便沒有你碰觸不了的事物。因為你可是魔王的右臂啊。」

辛平靜地點點頭。

「這彷彿是在聽吾君說話一樣。」

「如果是魔王，應該會這麼說吧。畢竟我可是迪魯海德第一的旅行藝人，阿諾蘇·波魯迪柯烏羅。雖說是模仿，難道你以為就不會是本人嗎？」

蒂蒂們飛來飛去，捧腹笑得花枝亂顫。我轉身回到列席者的隊伍裡。

在目送我離開後，蕾諾問道：

「只是？」

辛目送我的背影，微微笑著說：

「沒什麼。或許他會在兩千年後看著這場婚禮。因為吾君可是暴虐魔王啊。」

蕾諾呵呵笑了笑。

「或許呢。如果是那個人，感覺會這麼做呢。」

抵達祭壇前方的兩人肩併著肩，端正地站在一起。

此時嚴肅的聲音響起。那是艾尼悠尼安的聲音。

「精靈與魔族，兩個種族結合，要感謝兩位新人讓老朽能見證到如此美好的一刻。」

方才還鬧哄哄的精靈們突然闃寂無聲。他們儘管心癢難耐地想大聲鼓譟，仍然守候著典禮進行。

「結婚典禮，新人請交換誓言。」

在寂靜中，在場只聽得到艾尼悠尼安大樹的聲音。

「精靈之母大精靈蕾諾，汝願意嫁給辛・雷谷利亞，讓他成為汝的丈夫，不論歡樂之時、悲傷之時，都能以精靈之名與汝的內心發誓，會永恆不變地付出愛情，直到汝的傳承破滅為止嗎？」

蕾諾以充滿意志的眼神以及真摯的語氣說：

「我發誓。」

「魔王的右臂辛・雷谷利亞，汝願意迎娶大精靈蕾諾，讓她作為汝的妻子，不論歡樂之時、悲傷之時，都能以魔族的榮耀與汝的意志發誓，會永恆不變地竭盡全力守護著她與她的孩子嗎？」

辛彷彿在展現榮耀一般，以強硬且凌厲的語調說：

「縱然毀滅將我倆分離。」

「嗯，很好。就在今天，精靈之母大精靈的丈夫，精靈王辛・雷谷利亞誕生了。只要你遵守誓言，阿哈魯特海倫就會與你同在，我們精靈將會成為你的力量。」

精靈們就像在表示同意，全都注視著辛與蕾諾點點頭。

「那麼，請新人進行誓言之吻。」

辛與蕾諾面對面，兩人緩緩地縮短距離。

在十分靠近時，蕾諾悄悄低語說：

「你、你可以假吻就好了唷？」

「要我假吻嗎？」

沉默片刻後，蕾諾低著頭說道：

「…………真吻比較好……」

「那我就這麼做。」

辛溫柔環抱著蕾諾的背。

「我愛你唷。」

「我……」

就像是要打斷他的話，蕾諾吟吟笑說：

「沒問題的，我會連同辛的份一起愛的。」

辛的眼神變得柔和起來，露出溫柔的微笑。

「雖然我還不懂什麼是愛，但我選擇了妳，蕾諾。」

兩人緩緩、悠悠地縮短距離。

那個吻看起來就像在祈禱——從現在開始的這段戀情，請讓它發芽茁壯吧。

——請千萬不要讓它枯萎，讓它能夠開花結果。

如同轉眼即逝的美夢一般，兩人笨拙地、稚嫩地吻著彼此。

§ 59 【初夜】

眾人載歌載舞，大肆喧鬧——

當精靈們熱鬧的結婚典禮結束時，月亮已高掛天空。

辛與蕾諾的身影出現在雲上小城堡的露臺上。此時他們已退去結婚正裝，換回平時穿著的服裝。

兩人就在那裡目送從雲的迴廊歸去的精靈們。

「謝謝你，辛。」

蕾諾說道。

「精靈的婚禮很吵鬧吧？因為魔族們會辦得很嚴肅，所以讓你嚇了一跳吧？」

「並不壞。」

辛一反常態，以溫柔的表情說道：

「蕾諾。」

當最後一位精靈離開雲的迴廊後，辛朝她看去。

「若不是妳，我這輩子肯定都不會和任何人締結婚姻。感謝妳讓不知愛為何物、空虛的此身作一場美夢。」

辛這句話，讓蕾諾臉上泛起紅霞。她愣然望著站在身旁的伴侶，看得出神。

「……那個啊。」

蕾諾害羞地說道：

「你並不是不知道愛喔。在辛的心底肯定有一朵小小花蕾，而這朵花有一天遲早會綻放的。就算還是花蕾，那也是愛唷。」

蕾諾朝他嫣然一笑。

他不發一語，默默仰望著夜空。

「要是能一直看下去就好了。」

辛的視線受到朦朧的滿月所吸引。他的側臉總覺得讓人有些寂寞。

「這場夢已經結束了嗎？」

「咦……？」

辛緩緩地移動視線，再度望向露出疑惑表情的蕾諾。

「結婚典禮，這樣就平安結束了嗎？」

「啊，嗯……」

蕾諾微微低下頭。

「……是結束……了吧……？」

「那麼——」

正當辛要開口時，小妖精們不知從哪裡冒出來，忽然現出身影。

「結束了？」

「還沒結束？」

「總覺得還沒結束～」

「正戲、正戲！」

「初夜、初夜～」

她們一面嬉鬧，一面連喊著：「初夜、初夜～」在兩人身旁飛來飛去。

「不、不行啦！蒂蒂。不要亂說啦！又不是同為精靈，就算做了也沒有意義！」

的肩膀與頭頂。

瞬間，蕾諾偷偷瞥向辛一眼，整張臉頓時紅成一片。

「不是的，不是這樣的！這、這種事跟有沒有意義無關啦！」

蕾諾舉起拳頭叫著：「別鬧了啦～」追著蒂蒂們到處跑。妖精們就像害怕似的，爬上辛

「蕾諾好可怕～」

「好可怕、好可怕～」

「精靈王大人～」

「安撫蕾諾～」

蒂蒂們渾身顫抖；蕾諾則氣呼呼地瞪著她們。

「要怎麼做？」

辛這樣詢問後，蒂蒂就在他耳邊說：

「初夜、初夜。」

「結婚典禮的後續～」

「會讓蕾諾的心情好轉唷。」

「好轉、好轉。」

「一發就好轉～」

此時，蕾諾發出的小水球包住蒂蒂們的身體，讓她們溺在其中發出咕嚕咕嚕的聲音。

「真是的！亂說這些，會讓辛很困——」

辛倏地朝蕾諾伸出手。

「……咦……」

「要是還沒結束，就再稍微讓這場夢繼續作下去吧。」

「啊……」

「如果妳希望的話。」

蕾諾茫然注視著辛。蒂蒂們手腳亂動，好不容易才游出水球。

「礙事的。」

「得回去了。」

「趕快、趕快。」

「打鐵趁熱。」

「請慢用～」

妖精們撒著閃亮亮的鱗粉離開城堡。蕾諾就像入迷似的，茫然望著這一道畫在夜空中的光線。

「回房吧。」

「……咦，啊…………」

蕾諾不知所措地欲言又止。辛什麼也沒說，就只是耐心等待著她的答覆，這讓蕾諾羞澀地別開視線。

「……………嗯………」

蕾諾以細如蚊鳴的聲音答覆後，牽起辛的手。在辛的帶領下，她走進房內。在被花朵裝飾得五彩繽紛的房間中央，有一張附有大型頂篷的床鋪。

她輕輕坐在那張床上。

「那、那個啊。」

蕾諾語無倫次地說：

「雖然結婚典禮姑且也包括了初夜在內；不過就算只是單純睡在一起也沒問題！沒問題的唷。」

就像在說服自己似的，蕾諾重覆說著。辛爽快地點頭。

「那麼，要休息了嗎？」

「啊……那個，再稍微……」

蕾諾停頓了一下，然後再度說道：

「……聊一下吧。」

辛點點頭。

「妳想聊什麼？」

「……呃，那麼，能跟我說說魔王阿諾斯的事嗎？」

辛的眼神稍微柔和下來。

「天父神說過，辛是在被魔王撿去之後，才開始擁有人心的。我想聽這段故事唷。」

蕾諾輕輕拍著身旁的床鋪。

「這、這裡。你可以坐在這裡唷……？」

「失禮了。」

辛緩緩走過去，在她身旁坐下。

「這不是什麼有趣的故事。」

他先這麼說，然後朝露臺的方向望去。

「……我與吾君相遇，是在一個有著美麗月色的夜晚。月亮正好就跟今天一樣。」

辛默默注視著高掛在夜空上的美麗滿月。

「大概是在大戰中期的時候吧，與人類之間的戰爭大都是小規模競爭，是再度激化之前的過渡期。當時已經獲得肉體的我，正在持劍挑戰知名的魔族。」

回想著遙遠的過往，辛靜靜述說著。

「人稱弒神凶劍的此身，感到一切的敵人都是弱者。不過，這或許是理所當然的事。對上為了戰鬥而生的我的根源，並非如此的他們不可能敵得過。」

辛停頓了一下，暫時閉上雙眼。當它睜開眼睛時，總覺得他眼中帶著一絲哀愁。

「他們的根源裡有愛。那會是溫柔、會是憎恨，也會是悲傷吧。這些是戰鬥所不需要的事物，所以魔族們全都被我手中之劍斬殺了。」

辛茫然注視著過去，淡然地喃喃說道：

「或許正因為沒有愛，我才會擁有這股力量。」

這句冰冷的話，聽起來很寂寞，讓人感到孤獨。不知蕾諾是否也感受到了，她緊緊咬著

下唇。

「我的心中懷著空虛。或許甚至羨慕起一一敗在我手上的他們。此身渴望著。至於是在渴望什麼，當時的我還無從得知。我所知道的，就只有我在一味地追求能打敗此身的對手。不停地尋找敵手，符合凶劍別名地持續揮劍。」

不停戰鬥的辛，在不知不覺中有了千劍的稱號。

人稱千把魔劍的持有者，魔族最強的劍士。

「而在某一天，我與人稱魔王的魔族對上了。吾君朝著一如往常般揮劍的我這麼說：『來聊聊吧。』」

「結果你怎麼做？」

「我當然是充耳不聞，朝著魔王砍去。每當吾君擋下劍擊，就會向我詢問。儘管問了各式各樣的問題，到頭來他要問的事情也就只有一件。」

辛回想著過去的話語，以溫柔的表情說：

「我是為何而戰。」

蕾諾在一旁溫柔地應和。因為她知道，對辛來說，這大概是比任何事都還重要的事。

「即使揮出百劍，我也完全無法砍傷吾君。這讓我第一次對敵人有了興趣。然後我這麼問他：『你為何會如此強大？』回想起來，這是我在成為魔族後所說出的第一句話。」

「……阿諾斯怎麼說的？」

「他回答我：『不強就無法拯救。』然後，他接著這麼問我：『那麼你是為了什麼而如此強大？』」

辛直直注視著自己的手掌。

「我回答：『沒有理由。』因為我沒有心。是為了變強而變強的。我就只是一把劍。」

他將張開的手悄悄握緊。

「隨後，吾君就說：『當我的部下吧，我會給你配得上你揮劍斬殺的敵人。』」

辛堅定且充滿力道地說：

「……這時我第一次注意到，我一直以來都在追尋適合擁有此身，擁有弒神凶劍的主人出現。到頭來，吾君一次魔法也沒有施放，只用話語就貫穿了我的心。」

他喘了口氣，並且朝蕾諾看去。

「『我願成為您的劍，為您斬殺所有敵人。』對於如此效忠的我，吾君這樣說：『既然如此，阻擋在你面前的一切悲劇與不講理，就由我來毀滅。』」

「……阿諾斯好厲害呢……」

「好厲害？」

「他知道辛真正想要的是什麼對吧？所以才一次也沒有攻擊拔劍相向的辛。」

「……關於這點，我也曾詢問過吾君這件事，但他堅持說自己只是厭倦了……」

「厭倦了？」

「……似乎是厭倦戰鬥了。到頭來，我還是無法猜出吾君當時的想法。」

他注視著遠方。或許是在思念轉生到兩千年後的主君也說不定。

「能確定的是，他給了曾經空虛的我一個戰鬥的理由。吾君以偉大的器量，將只不過是一把劍的我，作為一名魔族接納。為了報答這份恩情，我成為魔王的右臂。」

「……是這樣啊……」

蕾諾心不在焉地望著月光。

跟辛望著相同的方向。

「……雖然我說過這很狡猾，但我果然贏不了阿諾斯呢。辛會想追隨他轉生，也是理所當然的呢……」

蕾諾有點沮喪地垂著頭。不過，她很快就改變想法，同時搖搖頭。

「……那、那個啊，辛……」

她戰戰兢兢地將自己的手疊在辛置於床上的手掌上。

蕾諾鼓起勇氣地說：

「……只是單純地睡在一起，我果然……」

蕾諾顫抖著嘴唇，整張臉羞紅成一片。那是彷彿即將中斷的微弱聲音，儘管如此，她還是竭盡全力擠出那句話。

「…………還是不要……」

蕾諾就這樣默默地把臉貼近，輕輕地吻了他一下。她彷彿擁抱般地將身體靠過去，並將白皙的指尖伸向辛的身體。而這隻手被他輕輕抓住。

「……不行嗎……？」

停頓了瞬間後，辛說道：

「……我說不定會傷害到妳……如果妳追求愛的話……」

「放心吧。」

蕾諾用手指纏上辛的手，就像平時一樣吟吟笑。

「我會教你的。」

滿月高掛在夜空上，發出淡淡光芒。這股月光自窗戶灑落，憐愛般地悄悄映照兩道交疊的影子。

§ 60 【而愛無形】

結婚典禮過後的三天，夫妻要一同度過，藉此培養不滅的牽絆。

蒂蒂們這樣告訴辛，使得辛認為這一定是精靈之間規範的婚姻規矩，於是這三天就跟蕾諾一起住在艾尼悠尼安大樹頂端的小城堡裡。

而到了第四天早晨。

辛在艾尼悠尼安大樹裡頭奔跑。在經過同一個地方好幾次後，他用力把門推開。隨後，眼前出現了書本森林。

在林立的樹木後方，有一道淺泉，上頭漂著一片巨大蓮葉，而蕾諾就躺在上頭。由於聽聞她倒下的消息，辛立刻衝了過來。

「……還好嗎？」

辛趕到她身旁。

「嗯，有賽涅提羅在。」

蕾諾身上包覆著一層淡淡綠光。那是治癒螢賽涅提羅的治癒光芒。

「……聽說妳突然倒下，發生了什麼事嗎？」

「我也不清楚，目前正在請艾尼悠尼安幫我調查。不過，大概是能跟辛結婚讓我太高興，結果興奮過了頭吧……？」

雖然表情有些難受，但蕾諾還是露出笑容。

「不要緊就好。」

「我沒事的。抱歉，讓你擔心了。」

辛握住蕾諾伸出的手。

「我會陪妳到治好為止。」

「我不要緊的。已經留住你太久了呢。對吧，艾尼悠尼安。」

在她的呼喚之下，書本森林響起沙啞的聲音。

「……唔，這該怎麼說明才好啊……」

「情況不妙嗎？」

對於辛的詢問，艾尼悠尼安大樹沒有立刻回答。

「……這是史無前例的狀況。話雖如此，但老朽可是教育大樹啊。只要是精靈的事，大概都知道。只不過呢……」

艾尼悠尼安大樹「唔──」地呻吟起來，一副傷透腦筋的樣子。

「沒關係啦。總之你先說看看，我是怎麼了？」

蕾諾這麼說完，艾尼悠尼安大樹就凝重地說：

「……這是那個啊，蕾諾大人懷孕了呢……」

蕾諾突然一臉錯愕。

「……我懷孕了……？」

「是呀。看來似乎不會錯。」

「……可是，是誰的孩子？」

「能感受到魔族的魔力，所以毫無疑問是跟精靈王大人的孩子吧。」

「騙人……」

蕾諾目瞪口呆地注視著辛的臉。他的表情就跟往常一樣，不過從他沒有立刻回話來看，說不定是感到動搖了。

「……精靈跟魔族之間，應該是生不出小孩的吧……？」

「唔，這說不定是刻板印象呢。不過，精靈是從魔族與人類的傳聞與傳言中誕生的。不同的精靈，就算身體近似魔族與人類，或許也沒什麼好不可思議的……」

艾尼悠尼安就像在沉思似的呻吟起來。

「話雖如此，還真是讓人驚訝啊。分別繼承精靈與魔族一半血統的半靈半魔，恐怕在漫長的精靈史上也是頭一遭吧……」

「……是這樣啊……」

蕾諾喃喃低語的表情，看起來很高興的樣子。

「蕾諾大人會倒下，毫無疑問是因為懷了半靈半魔的孩子吧。」

「這是什麼意思？」

辛問道。

「精靈是根據傳聞與傳承誕生的。在大多數的情況下，是從知名的傳聞或確實的傳承之中誕生，打從出生就已經成長完畢；然而半靈半魔的孩子並非如此。由於有一半是魔族的肉體，所以精靈的根源會受到影響。讓剛傳開的不知名傳聞，形成了這個孩子的根源。」

自初夜後才剛過三天，即使蕾諾懷孕了，腹中的孩子應該就連胎兒都還沒形成。本來應該會是讓人注意不到的微弱生命，而且作為精靈的傳聞與傳承也會是不確定的。

「照這樣下去，會無法生下來嗎？」

蕾諾把手默默放在自己的腹部上。

「就目前來說，這孩子的傳聞與傳承太微弱了。就連蕾諾大人也感受不到這孩子的傳聞與傳承是什麼吧？」

蕾諾微微點頭。

「這孩子目前是跟母胎連在一起。這就跟魔族是經由胎盤，由母親將營養傳給孩子一樣，現在是由蕾諾大人的根源，轉變成這個孩子的根源。應該是因為被一口氣奪走了魔力，您才會倒下。」

「那麼，在肚子裡的期間？」

「應該不會死。不過，魔族的肉體沒辦法一直待在胎內，應該會在十個月又十天左右後出生。必須在這之前找出這孩子的傳聞與傳承，而且即使找到了，假如傳聞破滅的話，這孩子也無法長命……」

有別於眼神凝重的辛，蕾諾吟吟笑著說：

「太好了。」

「……什麼太好了？」

「你想想嘛，有十個月又十天這麼久唷。只要有這麼多時間，就總會有辦法的。我可是精靈之母大精靈，最擅長看出孩子們是什麼樣的小孩喔。」

辛思考了一下，然後再度問道：

「即使找出傳聞與傳承，也得讓這個傳聞與傳承不會破滅，這點辦得到嗎？」

「沒問題的，一定會有辦法的唷。雖然因為有牆壁在，會有點辛苦，不過我會想辦法做到的。」

蕾諾緩緩站起身。

「那個啊，辛。」

蕾諾走下蓮葉，默默地往前走。

「為什麼會發生這種事啊？」

「……我不清楚。」

置於地面的綠書長出棒狀手腳，小碎步地走到蕾諾身旁。他就像要蕾諾坐下一樣，上下擺著手。

「我想是因為辛唷。是辛為了不讓我感到寂寞，所以留下這個孩子給我。」

蕾諾蹲下來，朝著利藍伸出手。書本妖精撕下自己身上的一頁，交到蕾諾手中。瞬間，有一道閃光飛到了這一頁書頁上。

「就像奇蹟一樣呢。」

辛久久沉默不語。

「……奇蹟是不可能發生的。不論何時，奇蹟必須都是由我們引發才會出現的東西。」

「那麼，就是引發了奇蹟唷。在這裡誕生的愛，引發了奇蹟。」

蕾諾朝站在身旁的辛露出笑容。

「不論發生什麼事，我都絕對會把孩子細心養大。因為，這孩子可是辛給我的愛。」

辛露出不知道該說是喜悅，還是泫然欲泣的表情。

「……妳總是讓我看到美夢……」

「不是唷。是辛總是讓我有了夢。是辛給了我作為自己活下去的夢唷。」

蕾諾站起身，冷不防地吻了一下辛。看著微微瞠圓眼睛的辛，蕾諾呵呵笑了笑。

「我希望你能幫這孩子取名字。」

辛思考了一會兒後說道：

「男孩就叫戈頓，女孩就叫米莎。」

「都是好名字呢！要是雙胞胎的話就好了。」

看到蕾諾說得這麼開心，辛也跟著露出像是他的微笑。

「蕾諾，妳——」

她露出滿面笑容。

「請你別走——這種話，我是絕對不會說的唷。」

就像要打斷辛的話語，蕾諾如此說道：

「我的丈夫是魔王的右臂。比任何人都還要感恩魔王，為了報答恩情效忠於魔王。當虛構魔王的傳聞傳開時，你是不可能視若無睹的。」

蕾諾說出彷彿送別般的話語，就像要斬斷辛的後顧之憂一樣。

「我會等你的。跟著這孩子一起。辛，我們會在這裡等你喔。你不要因為轉生就把我給忘了唷。」

辛堅定地點頭，並且回答：

「我即使忘了劍，也唯獨不會忘記妳。我會將此事銘記在心。」

兩人的身體貼近，擁抱在一起。不知就這樣過了多久，蕾諾將一張紙拿給辛看。

「你知道嗎？愛情妖精芙蘭。」

辛默默搖頭。

「是讓得不到回報的愛情化為形體，與其結合的精靈唷。據說有多少欠缺的愛，就存在著多少愛情妖精。比方說，假設有一個對愛懷著某種遺憾死去的人。即使他的根源毀滅，再也無法復活了，愛情妖精也會悄悄伸出援手。」

蕾諾拿在手上的，是書本妖精利藍的一頁書頁。在兩千年後被人撕走，記載著愛情妖精芙蘭的那個部分。

「芙蘭會將身體借給已死之人。借用愛情妖精的身體，那個人會只為了傳達愛而復活唷。只會在很短的期間內，自覺到自己是芙蘭。」

在愛情妖精芙蘭的頁面上，記載著這樣的內容。

借用愛情妖精芙蘭身體復活的人們，會遺忘掉愛的記憶。他們會作為妖精，追尋著記憶浪跡天涯。唯獨擁有真實之愛的人才能回想起記憶，將愛傳達出去。

為了傳達無法說出的話語，為了讓悲傷得以結束，愛情妖精總是在這個世界到處流浪。

「因為我是精靈，所以也有可能會消滅。不過，就算真的消滅了，我也會變成愛情妖精去見你喔。所以，我們絕對會再度重逢的。」

蕾諾讓辛握住愛情妖精芙蘭的頁面。

「這是護符。因為是利藍給我的，所以只要帶著這頁書頁，就算我變成芙蘭，辛也一定會認出我來才對。絕對要帶在身上，不可以弄丟喔。」

兩千年的別離。或許是因為無法斷言不會發生任何事情，所以蕾諾才會說出這些話來也說不定。

「我保證。」

辛將愛情妖精芙蘭的頁面收進懷中。他看著蕾諾的眼睛，令她柔和地露出笑容。

兩人就這樣對望了一會兒。

「路上小心。」

「我一定會回來這裡。到時候，我一定會帶上對妳的愛作為禮物。」

說完，辛轉身離開。蕾諾默默注視著他頭也不回當場離去的背影。

辛離開阿哈魯特海倫後，往迪魯海德前進。

我沒有尾隨他，但能看見他的模樣。因為好像有些企圖惡作劇的傢伙跟著他，我就想說這樣正好，把魔法線連在那些傢伙身上。

辛馬不停蹄地持續奔走，在歷時半天後踏入迪魯海德。他穿過密德海斯的城門，抵達德魯佐蓋多魔王城。

他就這樣潛入地城，穿過隱藏通道走進藏寶庫，然後將一意劍席格謝斯塔歸還到這裡。

他「呼」的一聲喘口氣後，當場畫起魔法陣。那是「轉生(shirika)」的魔法。

如果是由根源魔法拙劣的辛施展，將會無法完全繼承力量與記憶。儘管如此，他還是毫不遲疑地施展。

當他正好要將魔力注入魔法陣時——

「好痛苦～」

「到極限了！」

「救命！」

「好擠唷～」

藏寶庫響起尖細的聲音。

辛露出嚴厲的眼神，從懷中取出愛情妖精芙蘭的頁面。接著，蒂蒂們就從書頁裡接二連三現身。

「……妳們是怎麼躲進去的？」

對於辛的詢問，蒂蒂們歪頭不解。

「變小？」

「變成字？」

「變得像紙張一樣？」

「躲起來了～」

不論怎麼想，紙張都沒有能讓人躲起來的空隙，不過對擁有喜歡惡作劇的傳聞與傳承的蒂蒂來說，並不是什麼太大的問題吧。

「這裡是哪裡？」

「迪魯海德。」

「怎麼辦～？」

「回不去了！」

「我們過不去國境牆壁啦～」

「不好了、不好了！」

蒂蒂們很刻意地騷動起來。看來是打算讓辛回到蕾諾身邊的樣子。

「精靈界不只有阿哈魯特海倫。去精靈們在迪魯海德的住所就好了吧？」

蒂蒂們很誇張地擺出驚訝姿勢。

「好冷淡～」

「精靈王好冷淡！」

「必須回去。」

「必須儘快回到阿哈魯特海倫！」

「會消滅啦！」

「蕾諾要消失了！」

不理會她們，正要施展「轉生」的辛，停止施展魔法。

「妳們在說什麼？」

妖精們在辛的周圍飛來飛去。

「說很嚴重的事！」

「必須待在蕾諾身邊。」

「不能轉生。」

「還剩十個月又十天！」

她們的話說得不得要領，讓辛微微嘆了口氣。

「要是跟往常一樣是惡作劇，我會懲罰妳們喔。」

說完，他再度離開藏寶庫。

§61 【帶著對兩千年後的祈禱】

我就像躲藏似的躺在伸長杜頭的花叢之中，俯瞰著這個地方。

出現在視野裡的人是蕾諾。她以魔法做出水球，淅淅瀝瀝地下著愛情的雨。淚花的花叢茁壯成長，再度播下新的種子。儘管花朵的數量增加，這裡還有一半是空地。

我跟人在精靈學舍的雷伊與米夏等人共享這裡的視野。蕾諾懷了半靈半魔的孩子。

我有預感，再過不久，就會有什麼事發生。

「蕾諾大人。」

沙啞的聲音響起。那是艾尼悠尼安的說話聲，不過距離很遠。花田的大門敞開，聲音是從門外傳來的。

「蕾諾大人，老朽的魔眼（眼睛）無法監視到那個地方，還請別太過勉強自己。」

「沒問題的啦。而且，精靈除了我以外都沒辦法澆水吧？要是花田枯萎了，等辛回來時，他一定會很難過。」

「……唔，那麼交給那些旅行藝人來做如何？」

「阿諾蘇他們也不知道什麼時候會離開這裡，所以這種我能做到的事，必須自己來做才行。而且，今天我擁有的愛太多了，覺得有點浪費呢。」

她在幫淚花澆過一遍水後，喜孜孜地注視著花田。

「……這樣真的好嗎？」

艾尼悠尼安鄭重其事地詢問蕾諾。

「這樣？」

「精靈之母大精靈蕾諾，您的傳聞與傳承是一切精靈的母親。不論何時，您都只會是各種精靈的母親。」

艾尼悠尼安大樹凝重地說道：

「這個孩子有一半是魔族。只要生下他，就會違背您的傳聞與傳承，讓您因此而消滅。這您明白嗎？」

「嗯，我明白唷。」

蕾諾毫不在意地笑著，彷彿這一點也不重要。

「我呢，總算是明白婆婆說的意思了。」

艾尼悠尼安大樹發出沉吟。

「您是指大戰樹木，米凱羅諾夫嗎？」

「啊，對了。艾尼悠尼安沒見過婆婆呢。那個啊，婆婆說過，這是精靈的宿命。是要作

為精靈遵守傳聞與傳承，還是要違背傳聞與傳承，守護自己重要的事物。」

蕾諾憐愛地用指尖輕輕碰觸自己的腹部。

「我是精靈之母大精靈蕾諾。我不曾對此感到疑問，精靈們也全都是我寶貝的孩子唷。不過呢，我遇到了他。我遇到了讓我單純是蕾諾的人。」

在溫柔的眼神中，能看到她絕不動搖的決心。

「我會生下唷。不論發生什麼事。因為我覺得這孩子是辛給我的愛，是他即使要捨棄什麼事物也想要追求的愛唷。」

「……不跟他說好嗎……？」

蕾諾有點悲傷地微笑說：

「辛說不定會要我不要生。因為他還不相信愛，還認為自己的愛是場夢。不過，反正我都決定要生了，所以不會有任何改變唷。」

「儘管如此，在孩子誕生之前，他應該也會陪伴在蕾諾大人身旁吧？」

蕾諾沉默了一會兒後，低喃一聲「嗯」。

「……不過，我不想挽留他。我可是辛的妻子。我成為了魔王右臂的妻子唷。」

艾尼悠尼安「唔唔」地呻吟起來。

「我老是對辛提出任性的要求，所以這次輪到我了。我想為辛付出我所能做到的一切事物唷。」

十個月又十天是她的壽命。蕾諾能在這段期間內為辛做到的事，確實幾乎沒有。

「辛是作為魔王的心腹，還有為了填補自身的空虛而轉生的。我想讓他毫無顧慮，能筆直朝著目標前進地送他離開。」

「而且——」蕾諾接著說道。

「我消滅時，辛要是在身旁的話，我說不定會哭呢。我不想流下悲傷的眼淚，希望辛能記住我的笑容。」

蕾諾就像毫不後悔似的，以開朗的表情這樣說道。

「……兩千年後，得知蕾諾大人消滅時的精靈王大人，說不定會很難過喔……」

「這個嘛，或許吧。雖然有點壞心眼，但我稍微有點期待呢。」

艾尼悠尼安發出困惑的聲音。

「……期待……？」

蕾諾呵呵笑了笑。

「辛就在體會到我的愛有多偉大之後哭吧。就盡情地、儘量地哭吧。如此一來他就會發現。他一定會發現——他喜歡著我、愛著我。這樣辛就總算是獲得了他想要的東西唷！」

我要教你什麼是愛。蕾諾大概是想遵守自己說出的這句話到最後一刻吧。

「這種想法或許有點蠢，不過也會覺得這是沒有辦法的事吧。」

蕾諾在花田的鐵製澆水壺旁蹲下，悄悄地伸出手。

「畢竟，我戀愛了啊。想讓他喜歡上我嘛。」

蕾諾用澆水壺再度幫淚花澆起水來。

「要讓那個木頭人喜歡我，就必須拚上性命才行呢！」

蕾諾嫣然一笑。不是逞強，也沒有憂傷。

「沒問題的，我的肚子裡有辛留給我的愛。因為發生了這種奇蹟，所以一定能實現這種願望的唷。」

她帶著堅定的決心，開朗地說道：

「我不會後悔唷。因為這是精靈的宿命。而且我戀愛了。這是一場賭上性命的戀情。」

「既然蕾諾大人這麼說，老朽也已——」

門「啪答」一聲關上，艾尼悠尼安的聲音消失不見。

一陣溫熱的風吹起。

帶著不穩的氣息，某人來到了這裡——

「艾尼悠尼安？」

蕾諾露出疑惑的表情。

下一瞬間，一道聲音響起。

「——弒神凶劍給了妳愛？哈哈！你們還真是說了蠢話。愚蠢到這種程度，還真是滑稽至極啊。」

傲慢且莊嚴的聲響，震動著淚花的花田。那是一道耳熟的聲音。

「妳錯了，精靈之母大精靈蕾諾。就授予蒙昧的妳智慧吧。」

蕾諾眼前浮現耶魯多梅朵的頭顱。散發微弱魔力的祂，是天父神諾司加里亞。

「弒神凶劍是沒有愛的。它只有追求人心，試圖模仿的悲哀憧憬。那把魔劍是在裝作溫柔、裝作悲傷，裝作是魔族啊。」

蕾諾只驚訝了一瞬，便狠狠瞪向那顆頭顱。

「才沒有那回事！明明什麼都不知道，明明就沒有好好正視過辛！」

祂毫不在意蕾諾的話，接著繼續說：

「那麼，為何辛・雷谷利亞會愛上妳？答案就只能想到一個。」

祂以彷彿帶來神諭般的高聲斷言：

「是神的奇蹟所賜。」

蕾諾一面警戒，一面咬緊牙關問道：

「……祢想說什麼？」

「我向弒神凶劍說過：『我會賜予你愛。』他自以為斬斷了那句話，但神的話語乃是絕對的。這句話確實填補了辛・雷谷利亞空虛的根源。」

諾司加里亞也曾向辛這麼說：

「將大精靈蕾諾作為母胎產下的神子扶養長大吧。去培育毀滅魔王的世界秩序吧——」

「引發奇蹟的並不是愛，一直都是神的作為。」

「騙人……」

「神的話語乃是真實的。弒神凶劍所希冀的愛，精靈之母大精靈蕾諾想做自己的願望，就連妳所懷上的奇蹟子嗣，全都是依循天父神的秩序所賜。」

諾司加里亞以莊嚴的語調說道：

「妳所懷有的不是辛．雷谷利亞的孩子。是我利用他的身體作為媒介，讓妳懷上消滅魔王的神子。」

祂畫起魔法陣，從中伸出一隻以魔力構成的白手臂。這隻手上拿著一本綠書——書本妖精利藍，而上頭寫著第一八〇〇卷。

「這是方才追加的頁面，妳就看清楚吧。」

祂用魔力翻開書本。記載在那一頁的內容，是暴虐魔王阿伯斯．迪魯黑比亞。

「暴虐魔王……成為了精靈……」

蕾諾一臉凝重地看向那一頁。大概是因為她馬上就明白那是超乎常理的災厄了吧。

「一切已安排就緒。妳的精靈眼應該能清楚看到才對。妳所懷有的孩子，她的傳聞與傳承正是阿伯斯．迪魯黑比亞。」

蕾諾的琥珀眼瞳凝重起來，露出難以置信的表情。

「……魔王阿諾斯的魔力……」

能從辛與蕾諾的孩子身上感受到暴虐魔王魔力的理由只有一個。因為形成那個孩子的根源，正是阿伯斯．迪魯黑比亞的傳聞與傳承。

「一切皆受到命運引導。」

諾司加里亞誇張地說：

「來吧，現在就讓神子誕生。」

神的話語讓蕾諾的腹部浮現魔法陣。她所懷有的孩子，魔力突然顯現出來。

那是「成長」的魔法。神子快速成長，馬上就要誕生了。

「住手……現在出生的話，會活不下去的……」

蕾諾用力壓著腹部；然而，她無法阻止神子的誕生。

「哈哈！高興吧，神子是女性的樣子。她應該會繼承妳的身分，成為新的精靈之母吧。歡喜吧，慶祝吧。妳可是成為了產下偉大之神，產下世界秩序的母胎啊。」

諾司加里亞以天真無邪的笑容說道。

「不行、不行啊……！還不行……！」

一個透明的嬰兒從浮現在蕾諾腹部的魔法陣中冒出。

那個孩子飄浮在花田空中。從母胎脫離後，根源帶有的魔力微弱得彷彿要消失一樣。

「啊……」

蕾諾突然癱跪在地上。

生下神子使得蕾諾違背了自身的傳聞與傳承。精靈之母大精靈，如今即將消滅。

「妳要怎麼做，精靈之母大精靈？這是妳所不期望的生命，消滅暴虐魔王的秩序。只要置之不理就會毀滅喔？」

蕾諾緊握無法使力的手，抓住花田裡的淚花。

「……拜託……誕生吧……能幫助這孩子的精靈……」

淚花接連化為光芒消失，誕生出無數的精靈。花田在轉眼間變成一片荒野。

然後，就在最後一朵花消失時——

「……有了……誕生了……」

蕾諾就像在仰賴希望般地抬起頭。

「……時空之泉艾潔賽……對不起，才剛誕生就要麻煩你。求求你帶她走吧。帶她到能活下來的地方……帶她到兩千年後。魔王一定會救她……一定……會救她的才對……」

蕾諾像是竭盡最後的力量，施展精靈魔法幫那個嬰兒創造了一條絹布的嬰兒包巾，以及一個用軟木編織而成的搖籃。

「對不起，媽媽就連抱妳一下都無法，也沒辦法幫妳取名。但願妳能被好心人收養。」

「哈哈！」

諾司加里亞輕佻地笑了笑。

「神的計畫乃是絕對的。這個孩子不是妳所謂的愛的證明，也不是辛．雷谷利亞的孩子。然而，為什麼妳會救她？依照神的預言，妳成為生下神子的母胎。也就是說，妳成為了神子的母——呃……！」

諾司加里亞的話語中斷，斬神劍古涅歐多羅斯刺進祂嘴裡。

天父神將眼睛往後方瞪去。

辛就站在那裡。

「哎呀……弒神凶劍……你來遲了……事到如今，就算殺了我也沒用。神子就在方才誕生了。作為擁有虛構的魔王阿伯斯．迪魯黑比亞的傳聞與傳承的大精靈——」

在諾司加里亞說出最後一句話之前，辛劈下古涅歐多羅斯，將祂的頭顱劈成兩半。被劈成兩半的頭顱就像煙消雲散般地炸開，天父神的魔力當場澈底消失。

「蕾諾！」

辛衝過來，抱住即將消滅的蕾諾。

「……真是非常抱歉——」

「謝謝你，辛。你保護了我。」

蕾諾拚命伸出顫抖的手，而辛緊緊握住她的手。

「抱歉……辛……我說謊了……」

蕾諾一臉悲傷地說：

「……這不是愛……不是什麼奇蹟……」

儘管淚水在眼中打轉，她還是堅強地忍住，不讓眼淚流下。然後，她以充滿絕望的陰沉語調，悄悄地喃喃說道：

「……不是你的孩子……」

她雖然露出滿是悲傷的表情，但絕對不會哭泣。

「……抱歉……辛，我沒能教你愛……抱歉……」

她一而再、再而三地向他道歉。

「辛給了我這麼多，我卻無法回報你任何事物，對不起。那孩子……」

蕾諾強忍著淚水說道：

「那孩子前往兩千年後的未來了。要是那孩子威脅到世界和平，你就親手——」

「是男孩嗎？」

面對辛的詢問，蕾諾沉默了一會兒。

「還是女孩？」

「……是女孩……」

「我知道了。請安心吧。」

辛以直率的眼神說道：

「我絕對會保護她的。」

蕾諾驚訝地瞠圓了眼。

「她在兩千年後也能活下去的世界，就由我來打造。」

「……可是，不行啊……那孩子的傳聞與傳承是虛構的魔王阿伯斯．迪魯黑比亞……你不能……」

蕾諾像是訴求般地說：

「……你不能做這種事……辛可是魔王的右臂……我不能讓你做這種事……」

辛向顧慮他心情的蕾諾溫柔說道：

「儘管如此，她也毫無疑問是妳給我的愛——哪怕當中有神的意圖介入。」

「可是……」

「……我不會讓她死的。即使要背叛……」

辛停頓了一下，然後毅然說道：

「即使要背叛吾君，我也會散布虛構的魔王阿伯斯·迪魯黑比亞的傳聞與傳承，並且守護住……」

蕾諾的身體正在消失。

發出紫光的半透明泉水從天而降，覆蓋住嬰兒的身體。辛朝著木製搖籃揮劍，在上頭刻下「米莎」二字。

他說道。

溫柔地，十分溫柔地。彷彿在擁抱著愛一樣。

「因為她是我的孩子。是妳給我的——珍貴的愛。」

「辛——」

蕾諾發出的話語未落下，便倏地消失無蹤。

違背傳聞與傳承的她，根源正迎來極限。她無法傳達想說的話——因為她已經沒辦法說話了。

我施展「意念領域」，讀取蕾諾的思緒。

——辛。

——為什麼？我發不出聲音啊。

——也無法施展「意念通訊」。

——明明還有想傳達的話。

——明明還有不得不說的事。

——抱歉，辛。

——我明明是辛的妻子——

——卻老是在阻礙你。

——總是讓你保護我。

——我無法守護你的榮耀。

——那明明是你最重視的事物。

「無法如意啊。」

辛喃喃低語。

「我想看到妳的笑容，卻不知道該怎麼說。」

淚水無止盡地自蕾諾的眼中溢出。辛在拭去淚水後，一朵白花出現在他的手掌上。

「最後讓妳傷心了，真是非常抱歉。」

——必須要笑才行。不論多麼如此希望，淚水還是完全止不住。

——我不會在悲傷時哭泣。因為我的淚水會成為精靈。

——小孩子誕生的時候，果然還是流下高興的眼淚比較好。

——明明一直都是這麼想的。

——抑制不住，淚水滴落大地，開出大量悲傷的花朵。

——明明我不管再怎麼哭，奇蹟都不可能發生啊。

——吶，辛。那個啊。

——我想這肯定沒有傳達給你。

——我不曾後悔唷。

——因為能跟辛結婚。

——謝謝你，辛。

——你教會我什麼是戀愛。

——謝謝你，辛。

——你保護了我。

——雖然是僅僅三天的結婚生活。

——但我比任何人都還要幸福唷。

蕾諾的身體變得透明，然後完全消滅了。

覆蓋住米莎的魔力泉水捲起漩渦，將搖籃倏地吸進裡頭。

不久後，時空之泉艾潔賽就跟米莎的身影一起消失了。

等注意到時，蕾諾流下的眼淚已讓淚花開出滿山遍野的花朵。辛緩緩走到花田中心，在那裡插下鐵劍。

就彷彿是她的墓碑。

「……愚者就是在說我吧……」

就像供奉似的，辛將一朵白花放在鐵劍前。

「我曾想讓妳幸福。」

就在這時──

辛的身影染上白銀光輝。不只是辛，花田本身也染上白銀光輝。

下一瞬間，此處掠過完全不同的景象。世界翻轉過來，彷彿快轉一般，風景陸陸續續從此處流逝而去。接著，白銀的世界出現龜裂，粉碎四散。

藏寶庫從世界的背面出現。

因為我結束了「時間溯航」的魔法，回到原本的時代。

身旁的米夏眼裡噙著淚水。莎夏、艾蓮歐諾露與潔西雅正在哭泣。

雷伊一臉悲傷地咬緊牙關，莉娜露出陰鬱的神情。

我踏出一步。

他們緩緩看向我。

「兩千年前的悲劇已經落幕。」

我面對他們說道：

「之後就讓我們去取回一切吧。」

§ 62 【處決】

我施展「幻影擬態」與「隱匿魔力」隱藏身影與魔力，讓我們得以穿過擔任警備的魔族魔眼（警戒），在地城裡往上走。再過不久，應該就會抵達德魯佐蓋多魔王城的一樓。

『你認為梅諾老師能找出阿伯斯·迪魯黑比亞他們的所在位置嗎？』

雷伊以「意念通訊」向我問道。

『難講。畢竟對方也在警戒，機率大概是一半一半。』

『那個，他們三人會在同一個地方嗎？』

艾蓮歐諾露歪頭問道。

『至少可以確定他們一定想讓我們遇到不容易對付的對手。』

『也就是他們不想讓雷伊對上阿伯斯·迪魯黑比亞吧？』

莎夏問道。

『是啊，從傳聞與傳承來看，靈神人劍與勇者加隆應該是那傢伙的天敵。然而，對手倘若是辛，就能對雷伊略占優勢。而對於神族諾司加里亞來說，帶有神力的靈神人劍應該起不了作用。』

『想讓諾司加里亞對上雷伊？』

這次是米夏問道。

『對他們來說，這應該是理想的對戰組合。』

『可是，諾司加里亞被阿諾斯弟弟打敗了，現在不是沒辦法好好戰鬥嗎？』

艾蓮歐諾露一臉疑惑地問道。

『有阿伯斯．迪魯黑比亞在。由於繼承了母親大精靈的血，所以她甚至能施展精靈魔法。只要再加上暴虐魔王的魔力與神的魔法術式，想要治療根源的傷勢也不是不可能。』

儘管沒有確證，但還是認為諾司加里亞處於萬全狀態會比較好。那傢伙在被理滅劍弱化之後還能故作從容，就是預期到了這種發展。事情這麼想的話，一切也就能理解了。

『讓諾司加里亞對上雷伊，再讓辛與阿伯斯．迪魯黑比亞來打倒我；米夏等人則是由我兩千年前的部下與七魔皇老來壓制。以對方的戰力來說，這樣應該是最妥當的安排。』

『哼～會這麼順利嗎？』

莎夏展露戰意，狂妄地微笑著。

『比起這個，精靈王是辛吧？有戰鬥的必要嗎？』

『……也是。或許……沒有跟他戰鬥的必要。』

為了不讓阿伯斯．迪魯黑比亞，也就是米莎遭到殺害，辛至今以來做了許多事。而這些全都是為了沒能守護的亡妻。既然如此，只要我說能拯救米莎，只會打倒阿伯斯．迪魯黑比亞就好——照道理來講的話。

『不過，要是那個男人不打算戰鬥，應該早就回到我身邊了。他應該會親口向我說明自己所做過的事。』

『那他為什麼不這麼做？』

『大概是因為做不到吧。不論有何內情，他對我刀劍相向一事都不會改變。事到如今，他沒辦法裝作沒事一樣回到原本的劍鞘裡。再說，我不認為事情只有這樣。』

雖然稍微想像得到理由，但直到直接向他詢問之前，都無法確定真相。至少可以確定，他應該是在等著我的吧。必須要回應他的等待才行。

『雖然搞不懂，不過算了。反正你會設法解決吧？不論如何，只要梅諾老師能找出他們的所在位置，對我們就會比較有利吧？』

『是啊，而且——』

正討論到這裡時，地城響起了話語聲。

「反賊阿諾斯．波魯迪戈烏多，我們已經知道你侵入德魯佐蓋多了。」

這是梅魯黑斯的聲音啊？

「即刻起，我們會依照阿伯斯．迪魯黑比亞的命令，將劣種的白制服學生一　處決。想救他們，就孤身前來競技場。假如你沒現身，就會立刻執行死刑。」

唔，跟預料中的一樣。

『你方才是要說這個吧？』

莎夏說道。

『是啊，會將白制服學生作為糧食榨取魔力，本來的目的也是為了要引我現身吧。』

『既然要阿諾斯弟弟一個人過去，也就是說阿伯斯・迪魯黑比亞在競技場嗎？』

艾蓮歐諾露問道。

『……恐怕不在那裡吧。認為他們的目的是要先確認我的身影會比較好。對面也不覺得我會老老實實出現。』

『那就我們去吧。』

莎夏說完，米夏跟著點頭說道：

『交給我。』

『那就這麼做吧。艾蓮歐諾露與潔西雅負責救出其他白制服學生。除了要在競技場處決的學生外，應該還有其他被幽禁的人。』

『我知道了喔。』

艾蓮歐諾露充滿精神地答道，而潔西雅也接著回說：

『我會……努力的……』

莉娜朝我看來。

『我呢……？』

『妳跟我來。精靈王在等著。』

莉娜稍作思忖後，「嗯」的一聲回答我。

她是愛情妖精芙蘭；現在並不難想像她將身體借給了誰。而她也看到了過去，所以應該

也隱約注意到了。

不過，還不能讓她在這裡明白一切。因為只要察覺到自己是愛情妖精芙蘭，她就會消失不見。

在她將心意傳達出去之前，還不能——

我們稍微加快腳步前往上層，走完地城的階梯，抵達魔王城的一樓。原以為他們會嚴陣以待，但這裡看來無人警備的樣子。

「就從這裡分頭行動。」

我解除米夏與莎夏的「幻影擬態」魔法。

然後施展「創造建築」的魔法，幫兩人做了一頂寬大的尖帽子。只要把頭髮塞進去，壓低帽沿的話，就能在某種程度內遮蔽長相。

「雖然效果不強，但這是能阻礙認知的魔法具。只要戴著，就能讓人們忽略妳們。如果能靠『幻影擬態』潛入是再好不過了，但既然他們限制了場所，應該是作好了對策。」

就像蘆雪施展「風波」讓風吹起，感受風的流向那樣。不過米夏與莎夏沒有能防備這一招的手段。

「如果他們在找以『幻影擬態』透明化的人，看得見的人反而會成為盲點。阿伯斯·迪魯黑比亞占據魔王學院的時日尚短，既然是由兩千年前的魔族在指揮皇族們，就表示他們還不太清楚部下的長相。只要事情順利，應該就能混進處決現場。」

米夏點點頭，施展「創造建築」將自己的白制服改造成黑制服。

「走了。」

米夏與莎夏前往競技場的方向。而我則一面與其他人一同前進，一面將魔眼（視線）移到莎夏的視野上。

她們兩人施展「飛行」在低空飛行，轉眼間就來到競技場外。

「……要怎麼混進去啊？怎麼說他們應該都掌握好裡頭的人數了吧？」

「看。」

米夏用手指著，隨後便發現一群慌慌張張跑向競技場的黑制服學生。

「真讓人傻眼呢。居然在這種狀況下遲到……」

「因為是學生。」

不論再怎麼處於阿伯斯·迪魯黑比亞的支配之下，這個時代的學生都太過習慣和平了。即使說有賊人入侵，也不是人人都能迅速行動。

「來得正好呢。我們就一起混進去吧。」

米夏與莎夏混在數名學生之中，進到建築物裡。

在穿過昏暗的通道後，眼前就是競技場。場中央有好幾名白制服的學生，帶著毫無生氣的表情坐在那裡。周圍還有黑制服的學生，以及身穿黑色法衣的教師。梅魯黑斯等七魔皇老全員也聚集在此，將白制服的學生們團團圍住。

因為有賊人入侵，所以也有不少人佩帶魔法具。不只是帽子，甚至還有人穿著盔甲，因此戴著阻礙認知魔法具的兩人不會太過顯眼。

米夏與莎夏不著痕跡地混進黑制服學生的集團中。

「差不多行了吧。」

梅魯黑斯這麼說完，競技場的入口就被施展了魔法屏障。競技場上空也像屋頂一般張設起魔法屏障。

「整隊。」

「方才有幾名學生遲到了吧？」

聽到這句話，黑制服的學生們一齊列隊排好。

黑制服的學生們緊張起來。

「阿諾斯．波魯迪戈烏多或是其部下，有可能就混在那些人之中。」

梅魯黑斯走出數步，看向學生們的長相。

「去確認看看吧，尼希多、古雷茲。」

兩名教師向前走出。他們應該是梅魯黑斯通知處決之前就在這裡的人。也就是說，他們不可能會是我或我的部下。

梅魯黑斯與兩名教師用魔眼一一打量列隊站好的學生們。其他七魔皇老也沒有大意，注視著預定處決的白制服學生們。

『莎夏，被發現的話，就用「破滅魔眼」。』

『對七魔皇老？』

『對。只要爭取時間，就能用「創造魔眼」讓他們喪失戰力。』

『喪失戰力……？』

『把全員重造成貓咪。』

『……我知道了。只要能順利偷襲，就總會有辦法……』

就在這時，梅魯黑斯像是發現到什麼似的朝莎夏看去。

「……那兩個人，把帽子——」

「喂！妳們兩個，那頂帽子是怎麼回事啊！」

在梅魯黑斯開口之前，叫做尼希多的教師就大剌剌地朝莎夏逼近。就在她握緊拳頭的瞬間，米夏碰了碰她的手。

『沒問題。』

「給我老實站好。只要妳們並非不適任者的部下，就沒有問題。」

尼希多一把抓起尖帽子的帽沿，然後就像檢查似的注視著莎夏與米夏的臉。

這個角度剛好是梅魯黑斯的死角，讓他看不到兩人的長相。不久後，尼希多回頭說：

「這邊全員都沒有問題！沒有一個是阿諾斯・波魯迪戈烏多的部下！」

「這樣啊？那就進行處決吧。」

梅魯黑斯就像在默默實行命令似的如此說道。接著他將視線轉往白制服學生身上。

「在阿諾斯・波魯迪戈烏多現身之前，老身會一個一個殺掉你們。儘管老身也於心不忍，但這是吾君的命令。老身至少會讓你們死得毫不痛苦的。」

梅魯黑斯走近白制服的學生們，看向其中一名女學生。

「那麼，就是她了。」

尼希多走過來，毫不遲疑地抓起她的手腕。

「不、不要……救命啊……！為什麼……？」

「因為妳不是皇族。所有混血魔族將成為糧食，迪魯海德將會蛻變成只由皇族統治的美好國度。」

看著啜泣不止的學生，梅魯黑斯瞬間露出了悲傷的表情。或許，對於不得不遵守命令一事，他的內心某處感到無法接受；話雖如此，大概也不到能擺脫阿伯斯·迪魯黑比亞支配的程度吧。

莎夏與米夏互相使了個眼色，就在這時——

「請等一下！」

一名白制服學生站起身，走到梅魯黑斯面前。

「要處決的話，就讓我來代替她吧。」

梅魯黑斯疑惑地朝他看去。隨後，白制服的學生就坦然地朗聲說道：

「我是三年級的阿拉密斯·艾魯迪墨，過去的名字是伊卡雷斯·伊捷伊西卡！是勇者傑魯凱的血親，兩千年前的亞傑希翁第七王位繼承人！比起混血的魔族，我應該更稱得上是你們的敵人吧！」

伊卡雷斯以作好覺悟的表情這麼說完，就當場施展了「聖域」的魔法。

梅魯黑斯眼神凶惡地看向伊卡雷斯。

「你是何時轉生的？」

「這是第四次轉生。最後一次轉生是很久以前的事，不過記憶與力量完全恢復，是在被阿伯斯・迪魯黑比亞幽禁之後。」

梅魯黑斯像在思考似的沉默片刻。

「很好。勇者一族確實是我等魔族不得不消滅的敵人。老身就如你所願吧。」

大概是判斷沒有可疑之處吧，梅魯黑斯如此說道。

「把他帶到處刑臺上。」

尼希多抓住伊卡雷斯的手腕。他一面這麼做，一面在伊卡雷斯耳邊低語。其唇形的變化，像是在說某個名字。

§63 【掌握一切之人】

我們在德魯佐蓋多中不斷奔馳。

眼前有個身穿黑色法衣的長耳女性，筆直地朝這裡走來。那個人是梅諾。從她要前往下層的樣子來看，應該是已經掌握到諾司加里亞他們的所在位置了吧。

『梅諾。』

我以「意念通訊」向她搭話，解除「幻影擬態」在她面前現身。

『知道了嗎？』

梅諾瞬間嚇得瞠圓了眼，然後點點頭。

『雖然……不是很確定，但我就只說知道的部分。阿伯斯．迪魯黑比亞在典禮之間，精靈王則在王座之間。不過，唯獨諾司加里亞到處都不見蹤跡。』

『這樣已經足夠了。會說不確定，是因為他們說不定改變了外貌嗎？』

梅諾點點頭。

『阿伯斯．迪魯黑比亞與精靈王大概施展了「幻影擬態」。即便是我的魔眼，也能看到些許魔法術式。』

唔，準備得很周到啊。大概是認為還未掌握理滅劍，就不能跟我正面對決吧。

『知道幽禁學生們的場所嗎？』

『我能帶路。只是分散在好幾個地方。』

這也是為了爭取時間吧。

『既然如此，艾蓮歐諾露，妳跟潔西雅一起去救人。』

我對她們三人施展「幻影擬態」與「隱匿魔力」的魔法，隱藏身影與魔力。

『我出發了喔！』

艾蓮歐諾露充滿精神地用「意念通訊」喊道。兩人就在梅諾的帶路下奔馳離去。

『王座之間在德魯佐蓋多的主樓，典禮之間則是在西樓。』

雷伊一面前進，一面送來「意念通訊」。

『他們之所以在不同的地方等候，應該跟阿諾斯預想的一樣，不想讓阿伯斯．迪魯黑比亞跟我對上吧。這座城裡張設了「轉移」的反魔法，恐怕就連他們自己也無法進行轉移。』

萬一我們施展了「轉移」，就無法實現他們想要的對戰組合。這是很妥當的對策。

『而且，會讓梅諾老師看穿「幻影擬態」，大概是……』

『故意的吧。身為暴虐魔王的阿伯斯．迪魯黑比亞是不可能藏不住魔力的。』

阿伯斯．迪魯黑比亞在典禮之間，精靈王在王座之間，而且兩人都施展了「幻影擬態」的魔法。考慮到這點，在典禮之間的阿伯斯．迪魯黑比亞說不定才是精靈王，而真正的阿伯斯．迪魯黑比亞則是在王座之間也說不定。

不過，會故意讓梅諾看到，也就是說「幻影擬態」很可能是個幌子。

『他們用了「幻影擬態」掩人耳目，交換身分。但這也能認為，他們是故意讓人這麼覺得，其實並沒有交換身分。』

『也有讓我們這樣猜疑，但其實他們是交換了身分的可能性呢。』

雷伊這話也有道理。

『不過這樣一來，對方能不能跟想要的對手交戰，就得聽天由命了。』

『這樣的話，或許阿伯斯．迪魯黑比亞並不在任何一邊。』

『在王座之間與典禮之間的是諾司加里亞與精靈王嗎？』

雷伊點頭。

『只要我們兩人一起行動就沒問題，但不儘早打倒阿伯斯．迪魯黑比亞的話，就不知道

混血魔族還能在「闇域」中支撐多久。大概是預料到我們只能兵分兩路？』

諾司加里亞與辛，我不論是對上誰都不會輸。

雷伊要是對上諾司加里亞，則會因為靈神人劍無用武之地而略顯不利；反之對上辛的話就能發揮全力戰鬥。

用來消滅魔王的靈神人劍能對同為魔族的辛發揮極強大的力量。姑且不論勝敗，情況不會跟他們在阿哈魯特海倫交手時一樣。

一如方才的判斷，對他們來說的最佳策略，就是讓諾司加里亞對上雷伊，以阿伯斯・迪魯黑比亞與辛兩人來挑戰我。

但他們現在採取的作戰，對戰組合不論如何都得聽天由命。既然如此，還不如諾司加里亞、辛、阿伯斯・迪魯黑比亞三人一起迎戰我們會比較有利。

還是說，他們有能確實對上容易對付之人的勝算嗎？

『……唔，是這樣啊。』

看出他們大致的目的了。

『雷伊，我要前往王座之間。』

『知道是誰在那裡了嗎？』

『不，是因為很近。假裝是在擲骰子，但實際上不論往哪走，都會出現有利於對方的點數。既然如此，就讓我來利用這點吧。』

就在這時，正面吹來一陣風。那是「風波」的魔法。看來最多就只能潛伏到這裡了。反正只要跟阿伯斯·迪魯黑比亞一交手，所在位置就會曝光。

與其讓他們事後過來增援，在這裡收拾掉或許比較好。

「找到了，是不適任者。全隊，預備！」

聲音響起，眼前能看到魔法陣的光芒。包含兩千年前的魔族蘆雪在內，阻擋在前的集團有十幾人。

我用「意念通訊」向雷伊傳達作戰內容。

「了解。」

話一說完，雷伊就畫起魔法陣。神聖光芒聚集在此，他召喚出靈神人劍。

「射擊──！」

炎、冰、雷等魔法的砲彈有如雨點般飛來。

由於施展「幻影擬態」無法看見身影，他們對通道不留一絲空隙地發射魔法。

「……呼……！」

雷伊手邊一閃。聖劍發出白光，在瞬間斬斷了漆黑火焰、冰與雷的攻擊。

「……這是靈神人劍……！一如阿伯斯·迪魯黑比亞大人所料，是勇者加隆啊。不過，這一招是──」

蘆雪瞠大眼睛。就連兩千年前的魔族也不例外，十多名部下在轉眼間就當場倒成一片。

「嘖……！」

蘆雪拔出魔劍，用魔眼注視發出的魔力，揮出一記橫掃。

雷伊就像鑽過似的避開這一劍，但施加在他身上的「幻影擬態」魔法術式被劍尖掠過，魔劍上帶有反魔法，使得雷伊現出了身影。

「得手了！」

雷伊完全看穿蘆雪在極近距離下揮出的魔劍。差距僅僅數毫米的空隙，劍身揮空了。

這時，以左手拔出的一意劍貫穿了蘆雪胸口，刺在她的根源上。

「……呃、哈……」

蘆雪用左手握住一意劍。然而，她早已連反抗的力量都不剩。

「……這把魔劍與劍技……為何你會辛大人的……」

雷伊抽出一意劍後，蘆雪當場倒下。我解除施加在自己身上的「幻影擬態」與「隱匿魔力」的魔法。

接著，我對他們全員施加「假死」的魔法，再用「灼熱炎黑」燒毀身軀。這樣一來，他們就暫時無法礙事了。

「雷伊，你去典禮之間。警備應該會很多，不過別太手下留情。兩千年前的魔族不會這麼輕易死去。」

「我會的。」

在岔路口上，雷伊前往典禮之間所在的西樓；我與莉娜則筆直前往主樓，目的地是王座之間。

眼前陸陸續續聚集起魔族士兵。

總共大概有四十七人。不愧是在王座附近，守衛精銳雲集，各個都是兩千年前的魔族。

「可惡的不適任者，別以為可以繼續前進！」

「殺啊！與吾君為敵的下賤混血！」

居然說下賤混血啊？

「唔，你們應該也不是皇族吧？」

經我這麼問後，魔族怒目橫眉地說道：

「阿伯斯．迪魯黑比亞大人授予了我們名譽皇族的地位！」

「跟你這種不適任者不同！」

我嘆了口氣，狠狠地瞪向他們。

「蠢貨。」

這一句話，讓他們就像畏縮似的顫抖了一下。

「給我看好這張臉。用你們那兩顆魔眼（眼睛）仔細窺看深淵。即使這樣也還是不懂的話，等這場戰鬥結束後，你們就走吧。看是要去哪裡都行。」

他們正要展開魔法陣，忽然就像是無力似的，用魔眼注視著我。

「我再問一次。我，是不適任者嗎？」

就像感到困惑似的，魔族們扭曲著臉孔。

「……魔……………魔王、大人……？不對……」

「不可能……我……」

「一直侍奉著阿伯斯・迪魯黑比亞大人……從……兩千年前……？」

「……這是什麼……不懂……頭……好痛……！」

大概是因為一陣劇烈的疼痛襲向他們吧，魔族們按著腦袋。帶有魔力的濃密黑暗，突然浮現在他們背後，覆蓋住他們的頭顱。

他們就像是被什麼東西附身似的拔出魔劍。

「呃……呃唔唔唔……啊啊！」

「……衝、衝鋒！殺了他……！」

「唔，抵抗得很好。就賜你們獎賞吧。」

我彈了彈手指。下一瞬間，在「獄炎殲滅砲」的火焰籠罩之下，四十七名魔族悉數跪倒在地。

「在這稍等一下。馬上就會讓你們輕鬆的。」

我丟下不斷漆黑燃燒的部下們繼續往前進。不久後，眼前能看到王座之間的大門。

『莉娜，在時機到來之前，妳先在這等候。我會先幫妳施加反魔法與魔法屏障。只要不動，就不會死。』

『嗯。』

我從指尖發出魔力，推開大門走進屋內。穿戴漆黑鎧甲與面具的精靈王就站著那裡。

他坐在王座上，處之泰然地看著我。

「終於見到妳了，阿伯斯・迪魯黑比亞。」

我這麼說完，對方就解除「幻影擬態」的魔法。身穿大衣的阿伯斯．迪魯黑比亞出現在眼前。

她摘下面具後，面具就化為魔力粒子消失了。

「答得漂亮。真虧你知道呢。」

攏了攏細長、有如深海般的秀髮，阿伯斯．迪魯黑比亞露出微笑。

「沒有祕密也沒有機關，就只是施展了『根源等分融合』而已。妳將諾司加里亞與自己的根源分成兩等分融合起來。在這裡的既是阿伯斯．迪魯黑比亞，同時也是諾司加里亞。」

跟我在古尼艾爾階梯挑戰運氣試煉時做的事情一樣。

「當我或雷伊出現在眼前時，就解除『根源等分融合』讓根源恢復原狀。當我出現在眼前時，就恢復成阿伯斯．迪魯黑比亞；當雷伊出現在眼前時，就恢復成諾司加里亞。」

阿伯斯．迪魯黑比亞露出從容的笑容。

「也就是你們一定能和想戰鬥的對手交手。」

「沒錯。就跟你的命運早已注定一樣，一切都在我的掌握之中。」

「……咯、咯咯咯、咯哈哈哈。妳還是老樣子，說著像是冒牌貨會說的話啊。」

聽到這句話，我忍不住笑出聲來。

阿伯斯．迪魯黑比亞俯瞰著笑出聲來的我說道：

「哎呀，不服輸嗎？還是你想說勇者加隆與諾司加里亞交手，一如你的預期呢？」

「唔，妳真的是從我的傳承之中誕生的嗎？該不會是受到皇族至上主義的愚蠢傳承影響，連腦袋都變蠢了吧？」

我對不改從容態度的阿伯斯・迪魯黑比亞說道。

「你不這麼認為嗎，雷伊？」

身後傳來腳步聲。通過大門，雷伊現出身影。

「倘若一定要和想對戰的對手交手，會在我面前出現的就必定會是阿伯斯・迪魯黑比亞。因為妳是消滅我的秩序。」

雖然也有可能會是辛先出現在我面前，不過阿伯斯・迪魯黑比亞應該無論如何都會在我面前現身。

「既然如此，就沒必要特意兵分兩路。」

只要確認虛假的魔王現身後，把雷伊叫過來就好了。

「哎呀，原來是這樣啊。前往典禮之間的加隆，是將根源分離出去的冒牌貨呢。」

雷伊在與蘆雪激烈交手時，他早就已經分離成兩個人。帶著四個根源的雷伊本尊用「幻影擬態」隱藏身影，跟著我一起來到這裡，假裝是如他們所願地兵分兩路。

「就算是分身，但也分到了三個根源，所以差不多可以算是本尊了。但一意劍到底是無法回收……」

雷伊畫起魔法陣，將冒牌雷伊持有的靈神人劍，超越距離隔閡召換到這裡來。聖劍是為了消滅暴虐魔王而打造出來的，魔族所創造出來的結界對它來說根本毫無意義。

「好啦，阿伯斯・迪魯黑比亞。妳好像掌握到許多事情，但這也在妳的預料之中吧？」

§ 64　【將憎恨留在過去】

「呵呵。」

阿伯斯．迪魯黑比亞笑了。

「呵呵呵，啊哈哈，啊哈哈哈哈哈哈。是啊，你說得沒錯，阿諾斯．波魯迪戈烏多。一切都在我的預料之中，我依然是掌握了一切。」

她倏地伸出白皙指尖，就像在溫柔地抓取空氣似的握拳。

「也就是說，你們兩人的命運，也掌握在我的手裡。」

「喔，雖然是從我的傳聞與傳承之中誕生的，但看來妳不夠謙虛呢。」

「哎呀？並非如此喔。至少，我要比你來得謙虛多了。」

她微笑說道。

「我們來聊聊吧。」

「唔，即使是我，心胸也沒狹窄到會不由分說就開打。如果是妳要全面投降的話題，我就姑且聽聽吧。」

她倏地抬手，施展「遠隔透視」的魔法。空中出現水晶，顯示著競技場的模樣。

「傲慢的發言，就等看過這個再說吧。」

在「遠隔透視」的水晶上，大大顯示著一座處刑臺。一名白制服學生站在上頭，被「拘束魔鎖」綑綁著。那個學生是轉生成魔族的伊卡雷斯。

「三年級生阿拉密斯・艾魯迪墨。他在兩千年前是名叫伊卡雷斯・伊捷伊西卡的人物呢。你認識他對吧？」

「是我以前救助過的人類孩子。」

「很好。他現在就要被處決了。」

梅魯黑斯畫起魔法陣，將魔力送入「拘束魔鎖」，把伊卡雷斯吊在處刑臺上。

「妳就試看看吧。假如妳做得到的話。」

「呵呵，還真有自信呢。是因為你的部下混進裡頭了嗎？」

充滿執著的眼神，緊盯著我的身體。

「天知道。」

「哎呀，如果你以為我沒發現到的話，那麼這反應還真是可愛呢。」

阿伯斯・迪魯黑比亞殘虐地咧起嘴角。

「為了救他逃離處決，你的部下不得不現身。如此一來，那些部下必定會迎來殘酷的死亡吧。」

她用指尖向水晶輸送魔力。

『呃……嗚嗚……啊啊……』

『……救、命……』

『住……住手……』

競技場裡紛紛發出呻吟，白制服的學生們痛苦掙扎起來。眼看魔力不斷從他們的身上、他們的根源被抽出。與此同時，待在競技場的七魔皇老身上被漆黑淤泥所纏繞。

那些淤泥散發著遠比梅魯黑斯與艾維斯還要邪惡且巨大的魔力。

「你明白了吧，『闇域魔王軍(demeragaizu)』的力量。」

「唔，是在妳的魔力上追加『闇域』所吸收而來的魔力，藉此提高『魔王軍』的魔法效果啊？」

虛假的魔王忽然微笑起來。

「阿諾斯．波魯迪戈烏多，你擅長下棋嗎？」

「天知道，棋盤遊戲我就連規則都不懂。儘管如此，我也不覺得會輸給妳就是了？」

「那就來比一場吧。以這座競技場為棋盤，將部下作為棋子來較量智慧。還是說，因為棋子少所以你要棄權？不過如此一來，伊卡雷斯會無法得救就是了。」

她就像在挑釁似的，以令人厭惡的語調說道。

「妳就這麼害怕與我正面對決啊，阿伯斯．迪魯黑比亞？」

我把手舉到眼前，當場畫起魔法陣。只要用反魔法衝擊「幻影擬態」，在王座之間畫得密密麻麻的魔法文字就會顯現出來。

那是將德魯佐蓋多魔王城當作立體魔法陣時使用的術式。那上頭當然張設了好幾道反魔法，讓我以外的術者都無法控制。

反魔法術式隨著時間被一一突破，所記述的魔法文字接二連三地遭到改寫。只要用魔眼凝視，就能輕易知道這是阿伯斯．迪魯黑比亞所動的手腳。距離完成似乎還需要一點時間。

「如果是想爭取時間搶奪理滅劍，就別用什麼較量智慧的藉口，直說就好。」

「你很擅長挑釁呢。那要棄權嗎？我這樣也無所謂唷。因為看不適任者的你痛苦為難的模樣，是我最大的樂趣喔。」

阿伯斯．迪魯黑比亞在微微笑了一會兒後說道。

「實行處決吧。」

我這樣命令著。

藉由米夏的視野，我知道黑制服學生們以等間距離排列，而且全都面向位在正中央的處刑臺。再繼續混在學生之中，到底是難以救出伊卡雷斯。

倘若使用「破滅魔眼」或「創造魔眼」，就會自行暴露真實身分。身上纏繞著「闇域魔王軍」漆黑淤泥的七魔皇老，不知我的部下會從哪裡衝出而用魔眼嚴密警戒著四周。

穿著黑色法衣的尼希多向前一步。他為了處決伊卡雷斯，畫出一門魔法陣。

「老師！住手！你是怎麼了？伊卡雷斯一點錯也沒有啊！求求你，老師，恢復正常吧！恢復成往常那個溫柔的老師！」

白制服的女學生儘管承受著魔力被吸取的痛苦，還是拚命叫喚著；不過尼希多卻完全不以為意。

「你自稱是伊卡雷斯吧？勇者傑魯凱的親族，作為最起碼的憐憫，你最後有什麼話要說的嗎？」

伊卡雷斯瞪著尼希多，堅定地開口說：

「阿伯斯·迪魯黑比亞是冒充者。我知道真正的魔王。那位大人是個溫柔、強大，絕不會歧視他人的人物。你們當中若是有人知道兩千年前的他，為什麼還會遺忘這一點啊？」

儘管伊卡雷斯如此傾訴，在場卻無人理會。

「這就是你的遺言嗎？」

面對尼希多的詢問，伊卡雷斯陷入沉默。

「……我的使命已了，沒有後悔。」

就像要傳達給我似的，伊卡雷斯如此說道：

「我相信真正的魔王絕對會打倒阿伯斯·迪魯黑比亞……然後，人類與魔族一定能攜手合作，共創真正的和平……」

「這樣啊。那麼——」

魔法陣中出現一顆漆黑太陽，拖曳著彗星般的尾巴逼近伊卡雷斯。他沒有別開目光，而是瞪著漆黑太陽。

然而發射出去的「獄炎殲滅砲」卻稍微偏離目標，燒斷綁住他的「拘束魔鎖」，向處刑臺後方的梅魯黑斯衝去。

「什麼——！呃哦哦哦……！」

梅魯黑斯被火焰吞沒，全身漆黑地燃燒起來。

「我也有同感。伊卡雷斯，就放你從這裡逃走吧。」

尼希多說道。

「……這還真是令人傷腦筋啊……」

梅魯黑斯注入魔力，從漆黑淤泥之中發出黑泥，吞噬附著在身上的「獄炎殲滅砲」，轉眼間便把火撲滅。

「沒想到皇族派的你會背叛啊，尼希多。難道忘了反叛阿伯斯．迪魯黑比亞大人，就意味著死亡嗎？」

「背叛？尼希多？你在說什麼啊。」

他走出一步大聲喊道：

「吾名為迪比多拉！吾君至始至終都只有阿諾斯．波魯迪戈烏多大人一個。你才是，難道你忘了阿諾斯大人所賜予的生命了嗎？梅魯黑斯！」

迪比多拉蹬地衝出，拔出腰間的魔劍。他朝梅魯黑斯揮下的斬擊，在命中之前即被漆黑淤泥擋下。

「……兩千年前的魔族，應當全向阿伯斯．迪魯黑比亞大人宣示忠誠了……為何你要背叛有如此人望的那位大人……」

「你差不多注意到了吧，梅魯黑斯？因為阿伯斯．迪魯黑比亞的蠻橫洗腦，許多事情都破綻百出，互相矛盾。」

迪比多拉雖是兩千年前的魔族，但轉生者是在留下根源後，成為另一個人。由於無法斷言是我兩千年前的部下，因此也讓阿伯斯．迪魯黑比亞的洗腦效果降低的樣子。

「……增加一名夥伴也無濟於事。蓋伊歐斯，不論是誰都無妨，處決白制服……！」

身軀巨大的蓋伊歐斯手裡握著極大魔劍格拉傑西歐。

「哼，那就作為背叛阿伯斯．迪魯黑比亞大人的懲罰，讓這名反賊眼睜睜看著自己的學生死去吧。」

「……不、不要……」

白制服的女學生露出害怕的眼神。

「去死吧。」

他將足以斬斷山脈的格拉傑西歐，不由分說地朝競技場的地面劈下。耳邊響起刺耳的轟隆聲響，那裡開出一個有如隕石坑的坑洞。

「連灰也不剩啊。」

蓋伊歐斯喃喃說道，緊接著一道話語聲從背後傳來。

「不要這樣啦。人家只是稍微加快速度，你就看不見了嗎？」

「什、麼……！」

蓋伊歐斯轉身，他背後站著方才那名在害怕的白制服女學生。

「『獄炎殲滅砲』。」

她在眼前畫起魔法陣，顯現出三顆漆黑太陽，並在瞬間吞沒掉蓋伊歐斯，發起轟隆隆隆的巨響，劇烈燃燒起來。

「……唔、呃哦哦哦……！怎……怎麼可能……！」

蓋伊歐斯揮出纏繞著漆黑淤泥的極大魔劍，以反魔法消除漆黑太陽。

「……不過是白制服，居然能同時擊出三發『獄炎殲滅砲』……！」

「初次見面您好，蓋伊歐斯先生。兩千年前沒能跟你打到招呼呢。我是妮翁・亞梅魯卡，阿諾斯大人忠實的部下。然後——」

在她舉起手後，兩名白制服學生與三名黑制服學生，就分別對其餘五名七魔皇老發射「獄炎殲滅砲」。

「呃喔……！」

「……怎麼……可能……」

這些人大概都是我從兩千年前轉生過來的部下，他們與七魔皇老進行對峙。

「這是無謂的掙扎唷，迪比多拉大人。就算是兩千年前的魔族，如今在『闇域魔王軍』的影響下，是怎麼樣也敵不過老身的。」

梅魯黑斯用反魔法打掉迪比多拉發射出來的「獄炎殲滅砲」後，施放出起源魔法「魔黑雷帝（jirasudo）」。漆黑雷電發出刺耳的劈啪聲響爆發開來，以要將競技場的一切轟走般的氣勢襲向迪比多拉。

「唔……哦哦哦哦哦……！」

就在「魔黑雷帝」即將突破迪比多拉的反魔法時——

「喝啊啊啊啊啊啊！」

伊卡雷斯從梅魯黑斯的死角用力撞去，在零距離下發射「大霸聖炎」的魔法。無法完全擋下這一招，使得梅魯黑斯被打退了。

「魔黑雷帝」隨即往錯誤的方向飛去，將一部分的觀眾席炸成粉碎。

「……唔……！」

受不住傷害，梅魯黑斯就像要甩掉伊卡雷斯似的跳開，與他拉開距離。

「有魔劍嗎？」

經伊卡雷斯詢問，迪比多拉就從魔法陣中拔出一把魔劍遞給他。他舉起劍，與迪比多拉並肩站在一起。

迪比多拉一面瞪著梅魯黑斯一面問道：

「……為何要救我？兩千年前我對你做過的事，你並沒有忘記吧？」

聞言，伊卡雷斯笑了笑。

「你也一樣。兩千年前人類做過的事，你並沒有忘記吧？」

迪比多拉沉默了一會兒，然後畫起魔法陣。

「……我將憎恨，留在兩千年前了……！」

迪比多拉發射出「獄炎殲滅砲」，與伊卡雷斯兩人一齊逼近梅魯黑斯。過去打算處決伊卡雷斯的迪比多拉，這次救助了他。然後現在，兩人一同為了和平並肩作戰。

過去，確實是改變了。被他們改變了。

「耍這種小聰明。」

梅魯黑斯同樣發出「獄炎殲滅砲」，抵消迪比多拉的魔法。接著他以起源魔法「魔黑雷帝」，貫穿伊卡雷斯與迪比多拉。

然而——應該確實直擊他們的漆黑閃電忽然消滅。

「……這是……！」

梅魯黑斯連忙仰望天空。莎夏就飄浮在那裡。突破魔法屏障，從能將整個競技場納入視野的高度發出「破滅魔眼」。

「……反賊的部下……終於現身了啊……！」

梅魯黑斯用力蹬地，衝向莎夏。

「冰貓。」

不帶一絲情感的聲音響起。

梅魯黑斯的魔眼（眼睛）望向遙遠的上空，那裡有座城堡。德魯佐蓋多魔王城的上空，飄浮著另一座魔王城。米夏創造的德魯佐蓋多、模擬性的神力，在此顯現。

「創造魔——！」

當梅魯黑斯注意到時已經太遲了。

因為兩千年前的魔族現身而分心的七魔皇老，以及受到阿伯斯・迪魯黑比亞洗腦的人們，全都在米夏的「創造魔眼」之下，束手無策地被變成冰貓的模樣。

勝負已分。藉由米夏等人之手，原本預定處決的白制服學生們立刻獲得解放。

我將魔眼（視線）離開她的視野，看著王座之間。

阿伯斯．迪魯黑比亞以冰冷的眼神，隔著水晶注視著競技場的情況。莎夏使用「破滅魔眼」隔離「闇域」對她們的影響，這場戰局已經無法顛覆。

「兵法的基本，是以多數壓制少數。妳的戰術相當照本宣科啊。」

我對看向我的阿伯斯．迪魯黑比亞說道：

「不過，妳是基於棋子不會被奪走，才打算下棋的吧？然而很抱歉，我不懂規則。就算是下棋，我也會強行把棋子奪走喔。」（註：指日本將棋的吃子規則，可將吃掉的棋子當作自己的使用）

§65 【反賊之劍】

阿伯斯．迪魯黑比亞瞇縫著眼，優雅地微笑起來。她用魔眼冷冷地瞪著我。

「不過才贏了一場，不要這麼囂張。還真是器量狹小呢。」

「的確，只輸一場有時也會讓人看不出水準差距。」

她的視線變得更加犀利。

「那我就再贏三場。這樣的話，就算是妳的腦袋也能理解吧？」

在我這樣挑釁後，她就施展「遠隔透視」的魔法，讓五塊水晶分別顯示著不同的影像，而且上面都出現一間寬敞的房間。房間裡的白制服學生都被「拘束魔鎖」綁住身體，並且被

「闇域」吸取著魔力。

「她們分別被綁在西樓、東樓、南樓、北樓與本樓喔。」

阿伯斯．迪魯黑比亞朝水晶輸送魔力，對這五個房間局部性地提高「闇域」的威力。瞬間，白制服的學生們發出痛苦的哀號，他們的魔力眼看著被不斷吸收。

「距離斷氣，還剩下十分鐘左右吧？」

「喔，然後呢？」

「你剩下三名部下。艾蓮歐諾露、潔西雅，還有梅諾。就算她們兵分三路，也無法抵達剩下的兩個地方喔。話雖如此，兵分三路會讓戰力分散，或許沒辦法救出她們呢。」

她沒有把競技場的人數也算進來啊……恐怕那邊也派兵過去爭取時間了吧。

「妳忘了方才在競技場看到的事情始末了嗎？雖說是兩千年前的魔族，但只要轉生的話，就能逃離妳的支配。我說不定還留有其他棋子喔？」

阿伯斯．迪魯黑比亞揚起輕柔的微笑，並且開口說：

「你就別再虛張聲勢了。你以為我沒注意到部下的根源嗎？在這座城裡的魔族，我全都事先用魔眼確認過是不是兩千年前的魔族了喔。在競技場上的他們能逃過檢查，是好運在我確認之後才轉生的。」

她知道兩千年前的魔族要是轉生，自己支配的力量就會不夠確實吧。既然如此，儘管有兩千年前的魔族轉生，認為阿伯斯．迪魯黑比亞早在現身時就已經對他們作出相應的處置會比較妥當吧。

「也就是說，只有轉生才過數小時的魔族會是你的夥伴。」

「沒有確認在這數小時內轉生的魔族，只能說是愚蠢啊。」

話雖如此，她應該只是以取得理滅劍為優先吧。

「哎呀，沒有這種必要喔。」

阿伯斯·迪魯黑比亞十分得意地微笑。

「只要思考就會明白了吧？你在這數小時內轉生的部下，並不清楚自己的同伴是誰喔。要是說出像是阿諾斯·波魯迪戈烏多同伴的話語對方如果是阿伯斯·迪魯黑比亞的同伴，倘若想確認，就反而會被我的部下盯上——不能打草驚蛇。」

在周圍全是敵人的狀況下，很難召集為數不多的同伴，組織起來展開行動。只要召集的同伴之中混進一名敵人，行動一下子就會被阿伯斯·迪魯黑比亞知曉。

「在這數小時內，要確認誰是阿諾斯·波魯迪戈烏多的同伴，誰是阿伯斯·迪魯黑比亞的同伴，可是很困難的喔。方才能勉強做到，是因為在競技場裡的同伴就只有六人吧？」

「你說不定自認為順利地領先我一步，但實際上，這只是讓你潛伏的部下曝光罷了。」

她就像嘲弄似的呵呵笑。

她坐在王座上，鄙視著我說道：

「去救他們吧，阿諾斯、加隆。等回來之後，我再來對付你們——就用你那自豪的貝努茲多諾亞。」

阿伯斯・迪魯黑比亞一舉起手掌，一部分的室內魔法文字就迸開，被改寫成別的內容。只要往來這一趟的時間，她就能取得理滅劍了啊……

「唔，轉生者要在數小時內找到同伴，確實相當困難。我也沒時間找出他們，並且下達命令了。」

我一面說一面朝某顆水晶發出「意念通訊」。

「不過有一個方法能夠瞞過敵人，找出轉生的夥伴。」

我向身在競技場上的兩千年前部下說：

「你說是吧，迪比多拉。」

隨後，他立刻回答：

『虛假的魔王，阿伯斯・迪魯黑比亞。』

從水晶傳來的「意念通訊」在王座之間響起。

『妳認識阿諾蘇・波魯迪柯烏羅嗎？』

就在阿伯斯・迪魯黑比亞露出無法理解的表情時，五顆水晶傳來劇烈的爆炸聲響。

只見顯示在五道「遠隔透視」上的白制服學生們，從「拘束魔鎖」之中解放。有人是被趕來的黑制服學生們救助，有人是自行扯斷鎖鏈，也有一些人是被教師們救出。

白制服的學生們全都立刻被施加了反魔法，將「闇域」的威力減到最弱。

這很明顯是全員在經由討論之後所執行的救援作戰。

「我在此向部下下令。帶著學生與艾蓮歐諾露會合。倘若是她的魔法結界，應該有辦法抵擋『闇域』，支撐到我打倒阿伯斯·迪魯黑比亞為止。」

我經由施加在水晶上的「遠隔透視」魔法的魔法線，向部下們發出「意念通訊」。他們想必都是兩千年前，與在那個競技場上處決伊卡雷斯有關的人吧。他們以阿諾蘇·波魯迪柯烏羅作為暗號找尋同伴。

就像方才阿伯斯·迪魯黑比亞表現出的反應一樣，敵人就算聽到阿諾蘇的名字，也聽不懂那是什麼意思。不過，唯有兩千年前的同伴知曉這個名字。

說到底，部下們會在這麼剛好的時機完成轉生，並非出於偶然。應該是有所防備的伊卡雷斯前去接觸轉生完成之前的他們，並用魔法調整了覺醒的時期吧。伊卡雷斯在對梅魯黑斯的說明中說謊，只有他是在很早以前就完成轉生的。

『『『謹遵諭令。』』』

得到這個答覆後，艾蓮歐諾露也傳來聲音。

『我知道了喔。』

「闇域」很強大。而其中最主要的原因是術者阿伯斯·迪魯黑比亞的影響很大。話雖如此，由於影響覆蓋了整個密德海斯，因此力量無論如何都會被分散。

艾蓮歐諾露是我的魔法。只要她以「聖域」將魔力提升到最大，在狹小範圍內構築結界的話，應該就能爭取時間。

我經由自己連結起「意念通訊」，讓她能與兩千年前的部下聯絡。只要準備好這些條件，他們就能確實實行命令。

「……阿諾斯・波魯迪戈烏多……」

阿伯斯・迪魯黑比亞露出無法理解的表情。

「你到底做了什麼？」

「不懂嗎？」

在她眨眼的瞬間，我與雷伊已經蹬地衝到王座前方。

「阿諾蘇・波魯迪柯烏羅。」

剎那間，阿伯斯・迪魯黑比亞脫下大衣，就像要藏起自己似的擋住我們的視野。

雷伊毫不在意，用靈神人劍橫向斬出劍光。這一劍連同大衣一起將王座輕易斬斷，但是阿伯斯・迪魯黑比亞卻一個跳躍躲過了聖劍。

她降落在我們方才所站的位置。

「這樣啊。我充分明白了。你改變了過去呢，不適任者。居然忤逆神的秩序，還真是個不肖之徒啊。」

「既然知道，妳也差不多該放棄對理滅劍注入魔力，拿出真本事來了吧？不然的話，甚至不用戰鬥，妳就會死去喔？」

我用自己發出蒼白光輝的五指，用力往空中一抓。隨後，阿伯斯・迪魯黑比亞就一臉痛苦地按住左胸。

「以為避開了嗎？妳的心臟，早已落在我手中了。」

那是施展「森羅萬掌」的手。能超越距離，將萬物納入手中的這支手，握住了阿伯斯・

迪魯黑比亞的心臟。

「……是這樣嗎？我覺得這還不到拿出真本事的狀況喔。我依然掌握著一切。即使你掌握著我的性命，也絲毫算不上是危機。好啦，勇者加隆。就用那把靈神人劍砍我看看啊。」

雷伊默默舉起聖劍。

「不論妳有何企圖都無所謂。反正不論是什麼，我都只能斬斷──連同她那可悲的宿命一起。」

雷伊微微點頭，蹬地衝出。他有如一陣風般地接近虛假的魔王。途中，他背後出現閃耀著寶石光澤的劍尖。眼前看不到持劍者的身影，就只有劍從空間裡突然出現。

「是杰奴盧啊。」

當我如此喃喃說道時，人就已經為了保護雷伊而來到他身後。我用纏繞著「四界牆壁」的左手擋下劈來的寶劍艾盧亞隆。就在這個瞬間，景色變了。

「…………」

周圍雖處於城堡之中，但不是位於德魯佐蓋多。

遠方能看到木造的王座，自窗外灑落著朦朧月光。

我看過這裡。

這裡是艾尼悠尼安的頂端，雲上的城堡。然而，我不覺得自己是在瞬轉間被轉移過來的。只要窺看深淵，就能知道這個空間全是由魔力創造出來的幻影。

「唔，原來如此。是在神隱的精靈體內啊。」

大概是在擋劍的瞬間被拖進來的吧。

「沒錯。」

耳邊傳來平靜的話語聲。伴隨著腳步聲，從對面的昏暗之中，走來一名身穿漆黑鎧甲、戴著面具的男人。

他把手放在面具上，緩緩摘下。他露出的那張臉與根源，確實是我十分熟識的魔族。

「久違了，阿諾斯大人。我——」

魔王的右臂，辛・雷谷利亞一如兩千年前，以冰冷的魔眼（眼神）說道：

「——背叛了你。」

§ 66 【榮耀與愛的天秤】

辛在將寶劍艾盧亞隆收鞘後畫起魔法陣，並把手伸進中心裡。

伴隨著「滋滋滋滋」的劇烈聲響，魔力粒子當場捲起漩渦。隨後拔出、顯現出來的那把魔劍，劍刃散發著冰冷徹骨的寒光。

其劍名為斷絕劍提魯特洛茲。這把劍具有被碰觸到就能斬斷物體的銳利鋒刃，以及會啃食使用者魔力的詛咒，是一把雙面刃魔劍。

在辛持有的千劍之中，這是能使出最強一擊威力的魔劍。

「唔，帶著半吊子的覺悟，不要拔出那把劍。」

辛沒有回答我的問題，無力地垂下斷絕劍提魯特洛茲。人劍合一的他沒有一絲破綻，用雙眼直直注視著我。

「我問你。」

我強硬地向他發問。

「辛，你是為何而戰？」

他瞬間垂下眼眸，同時反問我：

「您知道嗎？」

這是在指什麼，事到如今已沒必要再問。

「沒錯。我方才才在兩千年前看過。我不懂的是，你現在對我刀劍相向的理由。」

我向無言注視著我的辛繼續說道。

「我要消滅阿伯斯．迪魯黑比亞。不過，我會拯救米莎。這樣一切就結束了。為此，我回到了兩千年前。」

「……我想如果是您，就一定會這麼說。」

辛魔眼中的戰意沒有消失。一旦鬆懈，提魯特洛茲的一擊就會在下一瞬間朝我襲來吧。

「你為何會養育阿伯斯．迪魯黑比亞。在知曉那個理由之後，我的心胸沒有狹窄到會繼續責怪部下。」

彼此的眼神交會，我向辛說道。

「我不怪你。要是我在場的話，應該也會命令你做同樣的事吧。你從兩千年前起，就沒有一刻不是我的右臂。」

「對此身來說，這是太過寬容的一句話。這才是暴虐魔王，我所認同──弒神凶劍的持有者。」

辛朝我這邊緩緩走來。

「要是您說自己依舊承認我是您的部下，就請在最後賜予您的慈悲吧。」

他毫無氣勢，平靜地說道：

「讓我們繼續那一夜吧。我想賭上彼此的性命向您挑戰。」

我不會不知道他這是什麼意思。辛不會傲慢到自認為能贏過暴虐魔王，也不是不清楚自身實力的男人。

他的心願只有一個。

「你想死啊？」

「不論是現在還是過去，我都是魔王的右臂。除了您以外，我絕不會死在他人手下。」

在斷絕劍提魯特洛茲攻擊距離的一步之外，辛戛然止步。

「兩千年間，我暗自守護著米莎。為了不讓暴虐魔王的傳聞斷絕，我與阿諾斯大人為敵。而她的真體總算是覺醒了。既然您在這裡，那麼米莎就跟已經獲救了一樣。」

從他冰冷的眼神中，流露出些許溫柔。

「……我失去了一切。不論是作為一把劍，向您盡忠的榮耀，還是您賜予我，在這胸口裡的些許人心。就連確實感覺到萌生的愛情，都從我的掌中滑落。對於終究是一把劍的此身，或許本來就無法獲得任何事物吧……」

辛說他甚至失去了人心。但他那冰冷的話語，卻充滿著無可奈何的悲傷。

「我曾想讓吾妻幸福。她不斷對我灌注著愛。但是，最後全都白費了。這個非人的器皿破了一個大洞。不論再怎麼注入心血，都絕對無法填滿這份空虛。」

辛淡然地說道。不帶一絲情感的話語，透露著宛如刀割般的心情。

「在那之後，我啟程周遊。回到迪魯海德，前往亞傑希翁，造訪各式各樣的地方，然後聽聞她的傳聞——疼愛著精靈們、一切精靈的母親，總是面帶笑容、充滿慈愛——多到不計其數。」

大精靈蕾諾的傳承直到兩千年後的現在仍然保留著。在某處有著這種精靈的傳聞，子傳孫、孫傳子地代代相傳下來。

這肯定就像童話故事一般。

「……要是沒有愛上無愛的我，要是我沒有追求什麼愛的話……」

他垂下眼睛，咬緊牙關。

「她就還會在這塊土地上的某處——」

辛一抬頭，便毫不遲疑地踏入劍的攻擊距離內來到我眼前。

「這兩千年間，我為了贖罪而忍辱偷生。」

辛倏地跪下，用雙手拿著提魯特洛茲的劍身，就這樣把劍柄遞到眼前。然後我拿起那把魔劍。

「請賜死於我，吾君。」

他就像懇求似的垂下頭。

「請您親手，結束我這段空虛的日子吧。」

兩千年前，比任何人都還要忠誠於我的魔王的右臂。即使我不怪他，但不是別人，正是辛自己知道這是背叛。

他追求著愛，遭愛所背叛，然後失去了一切。對主人刀劍相向，甚至違背了作為魔劍的根源。

留在他心中的，一如字面意思，就只剩下空虛吧。在這兩千年間，他獨自一人懷抱著空虛苟活至今。

為了遵守與蕾諾的約定。就只為了這件事，他一面懲罰自己，一面活到今日。

魔劍大會那天，辛戴著面具出現在我面前，內心究竟縈繞著多大的痛苦呢？

他甚至無法表明身分，對我刀劍相向。這對辛來說，是沒有任何事情可以彌補的大罪。

他不惜違背自身的榮耀與信念希望著。

要保護米莎；要遵守向已經滅亡的蕾諾作出的最後誓言。而他的心願，如今已然實現。

因為我就站在辛的面前，因為暴虐魔王就在這裡。

「辛，我忠實的部下啊。」

我手持魔劍，像是再次收他為部下一樣，輕點著他的左右肩膀。

「在這兩千年間，你撐過了這場地獄；你做得很好，我以你為榮。」

我將斷絕劍提魯特洛茲刺在地面上。他仍像當初一樣，胸懷那天失去蕾諾的空虛。

在這兩千年間，一直停留在那場悲劇之中。

我轉身走了數步，與辛拉開距離。

「還記得約定嗎？」

辛站起身，悄悄拿起斷絕劍。

他側過身來，用魔眼直盯著我。

「把這條右臂拿走。既然想死，就取回作為劍的自尊再安息吧。我會送你去同一個地方見她的。」

「對一無所有的此身來說，這是黃泉路上最好的餞別。阿諾斯大人，我深深感謝您賜予的慈悲。」

周圍闃寂無聲。

男人在緩緩舉起魔劍後，魔力倏地消失。辛將身體與魔劍同步，根源化為一體，然後輕輕吐了口氣。

「斷絕劍——祕奧之三，『絕』。」

吸取魔力的詛咒魔劍提魯特洛茲——

其祕奧是讓劍吸收自己的根源，並且化為劍刃。雖是會縮短根源壽命的詛咒劍技，但如今的辛對此毫無保留。

這是最後了——正因為如此，他將根源的一切給了提魯特洛茲。冷得令人顫抖，美得無法想像，斷絕劍提魯特洛茲化為無物不斬的超常劍刃。

「此乃以我人生錘鍊出來的全靈之劍。」

「唔，那麼——」

我把右臂悄悄往前伸，手背朝著辛。

「我就挑戰看看吧。」

辛的重心微微放在右腳上。沒有花招。他要正面挑戰我，斬斷我的右臂吧。

投入一切的生命，最後就只作為一把劍——

「請接招。」

辛蹬地衝出，身體化為閃光。

雖是目不暇給的速度，但我的魔眼(眼睛)鮮明留下那名男人直率挑戰的身影。

他以不帶多餘的洗鍊動作舉起斷絕劍，然後毫不保留地向我的右臂斬下。

辛的身體纏繞著淡淡的漆黑光芒。這是根源破滅之前的最後光輝。他那瀕死的身軀，以生命作為交換，發揮了超越一切生者的力量。

擁有的力量被譽為魔族最強劍士的他，位於拋開一切才初次抵達的遙遠劍術的巔峰。

這一劍，簡直就是奇蹟——

「…………」

儘管如此——

就連如此傾注靈魂的一劍，都無法斬斷我的右臂。

我不能失去這隻手臂。

「斬不斷啊，辛。即使你捨棄生命也一樣。」

斬下的斷絕劍砍入我的手臂，劍刃直達骨頭。

只不過，我確實擋下了。

「……斬不斷啊……」

顯得很悲哀的樣子，他脫口說道：

「不，這可是魔王的右臂捨命的一劍。既然如此，這隻手臂就不可能斬不斷。」

辛就像虛脫似的，讓劍柄從手中滑落。他已經連握劍的力氣都不剩。

「那麼，為何你會斬不斷？」

他沒有回答，茫然注視著我的魔眼（眼睛）。

「因為你想作為魔族。你的心拒絕當一把劍。」

辛無法回答。

彷彿心意已決，他只是用冰冷的眼神看著我。

「伴隨著空虛度過兩千年，忍辱苟活的你，想必是見識到地獄了吧。儘管如此還要命令你活下去，未免也太殘酷了。」

死亡有時是最好的救贖。比毀滅還要痛苦的事，在這世上比比皆是。

「親手送可憐的部下上路，是最起碼的慈悲。我可不是這麼無情的男人，會將追求著救

瀆、苟活至今之人再度推落地獄。」

我拔起砍在手臂上的斷絕劍，就像捏碎似的把劍身折斷。

「如果是兩千年前的話。」

將根源魔力全都注入魔劍的辛當場兩膝著地，就像斷了線的人偶般向前倒下。

我將斷絕劍吸走的根源，從折斷的劍尖處吸收回來，歸還到辛身上。然後，向趴伏在地上的他說道：

「我在這個時代有個父親。」

我知道自己的嘴角很自然地上揚。

「他是個非常愚蠢的男人。別說是忍辱苟活了，他是整個人生就是恥辱的那種人類。但是啊，辛。」

就像在據實說出事實一樣，我向他說道：

「儘管如此也無所謂。爸爸愛著我。不論什麼時候，不論他會做出什麼樣的蠢事，這都是不變的事實。而這也是最重要的事。哪怕爸爸墜落到地獄深淵，或是尚未發現救他出來的手段。」

我明確地向辛說道。不是作為魔王，而是作為有著溫柔雙親的一名孩子。

「要他帶著榮耀死去這種話，我是怎麼樣也說不出口。」

辛微微轉動他的臉。他的眼睛確實地朝我看來。

「我希望他活下去。就算要忍辱苟活，也希望他能作為我的爸爸跟我說話。不論有多麼痛苦，我都不希望他死。」

我悄悄把手伸到辛的眼前。

「辛，活下去。你打算奪走米莎的父親嗎？」

辛握緊拳頭。他那冰冷的眼神，感覺帶著些許光芒。

「即使這個世界是地獄，你還是必須活下去。你不得不去尋求愛。直到米莎對你說，她不需要你的愛，你已經可以死去了為止。」

辛顫抖著雙唇。

「……她會……」

然後，他以彷彿勉強說出的畏懼語調問道：

「…………認我這個父親嗎……？」

「除了你以外，還有誰會是她父親？為了拯救她的性命而拋棄一切的你倘若不是父親，到底還有誰會是她的父親？」

這句話讓辛陷入沉默。

我畫起魔法陣，從中拔出一把魔劍，然後將掠奪劍基里翁諾傑司刺在地上。

「你所贈送的一半的魔劍，米莎可是一直看著喔。她說這是無法跟她說任何話的父親送來的訊息。她似乎認為這是父親在跟她說，絕對會去迎接她，要她好好等著的意思。」

他在手上施力，並打算站起身來。

「……經過兩千年，沒有事情是不會改變的……」

就像清醒過來似的聲音。

我向他伸出手。

「吾君，您變得比以前更加強大、更加嚴厲，也更加溫柔了。」

說完，辛緊緊握住我的手。

§ 67 【與她的意念同在】

雷伊宛如疾風般奔馳，用靈神人劍伊凡斯瑪那揮出劍光。

「……喝……！」

面對朝肩膀斜劈下來的聖劍，阿伯斯．迪魯黑比亞的四周全部圍繞著「四界牆壁」，彈開了劍刃。

「『獄炎殲滅砲』。」

雷伊急忙跳著躲開阿伯斯．迪魯黑比亞發射出來的漆黑太陽。地板開出一個大到誇張的坑洞，並且漆黑地燃燒起來。

「哎呀，真是意外。你不擔心阿諾斯．波魯迪戈烏多呢。」

我被神隱的精靈隱狼杰奴盧吞入體內。然而，雷伊一刻也沒有分心，直往阿伯斯．迪魯黑比亞砍去。

「因為很少會有比擔心阿諾斯還要沒意義的事啊。」

雷伊用雙手舉起靈神人劍，直盯著眼前的她。

「妳才是失算了吧？」

「你指的是什麼事呢？」

阿伯斯．迪魯黑比亞不改狂妄笑容，朝他反問道。

「妳身為暴虐魔王，應該不會想對上我與這把靈神人劍。」

「還以為你要說什麼，原來是這種事啊。」

阿伯斯．迪魯黑比亞在右手聚集漆黑雷電，並且捲起激烈的漩渦，化為暴風朝著雷伊發射出去。

那一招是起源魔法「魔黑雷帝」。雷伊用靈神人劍揮出劍光，消除掉發出刺耳的聲響，並一面破壞室內一面逼近而來的漆黑閃電。

「勇者加隆，你能消滅我嗎？」

「我身負讓妳誕生的責任。」

就在雷伊這麼說的瞬間，阿伯斯．迪魯黑比亞已逼近到他眼前。

「……呼……！」

伊凡斯瑪那劈向她的肩口。禮服輕盈飄揚，阿伯斯．迪魯黑比亞避開了這一劍。靈神人劍的劍尖挑起，由下往上朝她襲去。不過，這一劍在途中就戛然停止。

阿伯斯．迪魯黑比亞用指尖掐住雷伊的手腕壓制了下去。

「別再逞強了。就算你有斬殺我的力量，你的心也拒絕斬殺我喔。」

少女的右手倏地伸向雷伊的臉，而雷伊用左手抓住她的手。

「是我錯了……散布虛構魔王的傳聞，並作為勇者死去。這種作法是不可能會順利的。我意圖行使的扭曲正義，其造成的代價就是阿伯斯·迪魯黑比亞，妳這個可悲的存在。」

雷伊在持著靈神人劍的右手上使力。就像在對抗似的，阿伯斯·迪魯黑比亞用力壓著那隻手。

「妳不該誕生。」

「哎呀？你真的能這樣斷言嗎？」

她靜靜微笑。

「你其實還在迷惘吧？」

就像在引誘雷伊動搖似的，阿伯斯·迪魯黑比亞朝他說道：

「儘管如此，但要是沒有我的話，米莎也不會出生喔。」

她冰冷的魔眼（眼瞳），直直窺看著雷伊的深淵。隨後，阿伯斯·迪魯黑比亞輕柔地笑了笑。

「你愛上了那個女孩吧？」

「……是啊……」

「那麼，就委身於我吧。」

阿伯斯·迪魯黑比亞在雙手上使力。乍看之下以為纖弱，但那可是魔王的雙臂。她用恐怕不是尋常人物可以匹敵的力氣，一副綽綽有餘的模樣往雷伊壓制過去。

靈神人劍被完全封住，現在反而是雷伊無法壓制住她的右手。她的指尖，輕輕碰觸雷伊的臉頰。

「成為我的人吧，加隆。一時性的身軀，如今成為了真體。我既是米莎，也是阿伯斯．迪魯黑比亞。」

「……妳和我認識的她，差距相當大的樣子呢……」

「這些都是無關緊要的小事。米莎的心情，在我心中昇華——讓我愛上了你。」

雷伊直盯著眼前的她。

「要是我拒絕呢？」

「這樣的話，我會不惜逼你就範。在把你粉身碎骨之後，將根源裝入魔力瓶中，讓你成為專屬於我的東西喔。」

阿伯斯．迪魯黑比亞碰觸雷伊臉頰的指尖聚集起魔力，染成了漆黑。

那是「根源死殺」。

「……妳愛著我的心情，並不是妳的……」

雷伊用力握住阿伯斯．迪魯黑比亞施展「根源死殺」的手。她的手腕發出嘎吱嘎吱的扭曲聲響。

「這份心情是她的。米莎還活在妳的體內。」

「十分遺憾，她是一時性的人格，只不過是在我覺醒之前的代理身分。叫做米莎的人格，如今已徹底消失了。你就放棄吧。」

「根源死殺」的指甲抓破雷伊的臉頰，淌下鮮血。他瞬間蹙起眉頭，狠狠向前瞪去。同一時間，他強行把阿伯斯・迪魯黑比亞的手臂扯開。

「…………！」

雷伊強化到跟數秒前無法相提並論的腕力，讓她微微吃驚。

「冒牌貨是妳，阿伯斯・迪魯黑比亞。」

雷伊全身纏繞著光芒。意念被轉換成魔力，強化了他的力量。

「……這是…………？」

阿伯斯・迪魯黑比亞將魔眼（視線）朝向自己的內側；朝向那個自根源流露出來——埋當消失的意念。

雷伊施展的魔法是「聖愛域（teo asuku）」。勇者的最後王牌，可以讓兩人的愛合而為一，轉換成龐大的魔力。能與他的愛合而為一的對象，這世上只有一人。

「……喝啊啊啊……！」

雙方的力量互相對抗。就在阿伯斯・迪魯黑比亞想要壓制回去的瞬間，雷伊以流水般的動作撥開力道，鎖住她的關節。

阿伯斯・迪魯黑比亞加強力道，揮動手臂試圖將他甩開，而雷伊沒有抵抗，就這樣放開了她的手。

兩人拉開距離，剛好出現能揮劍的空隙。

「『聖愛劍爆裂（teo torearosu）』！」

靈神人劍伊凡斯瑪那噴出光焰。垂直劈下的劍光軌跡，掀起激烈的大爆炸。

阿伯斯．迪魯黑比亞用反魔法彈開爆炸，但是身體卻遭到斬傷，淌下了鮮血。

「……瞧你幹的好事……」

雷伊將靈神人劍的劍尖指向殺氣騰騰怒瞪而來的她。

「這個魔法就是證明。她還活在你的體內，像這樣與我一同並肩作戰。即使成為暴虐魔王阿伯斯．迪魯黑比亞，這份愛也與我同在。」

他踏出一步，在第二步時突然加速，逼近阿伯斯．迪魯黑比亞。

「哎呀，不過這樣行嗎？假如真是這樣，你就是在對心愛的女人刀劍相向啊。你難道不會害怕嗎？」

「妳什麼也不懂！對於她，妳什麼也不懂！」

阿伯斯．迪魯黑比亞在千鈞一髮之際避開靈神人劍的劍光。不過，她緊接著就遭到「聖愛劍爆裂」的爆炸波及，使她的身體被轟飛了出去。

「魔族統一，是她的心願。她是不會原諒妳的，不會原諒推進皇族至上主義的妳。」

雷伊展開追擊，往阿伯斯．迪魯黑比亞被轟往的後方追去。

「要是我輕視她的決心，認為她不會為了保護我、不會為了打倒妳而賭上性命的話，我就沒有資格愛她！」

雷伊大幅舉起伊凡斯瑪那。就像要迎擊似的，阿伯斯．迪魯黑比亞發出極大的「獄炎殲滅砲」，但被雷伊以靈神人劍一刀斬成兩斷。

漆黑爆炸波及四周，破壞牆壁。雷伊仍然緊追不捨，橫向揮出劍光，使她以「四界牆壁」纏繞住全身。

當灌注全身力量的「聖愛劍爆裂」斬斷漆黑極光後，她的漆黑手臂就刺進雷伊的腹部。

「『魔咒壞死滅』。」

雷伊身上浮現一道蛇形黑痣。詛咒的毒蛇激烈暴動，以尖牙咬住他的根源。

然而，他沒有退卻。

「我要斬斷暴虐魔王的宿命，將妳奪回──」

充滿決意，雷伊喊道：

「借給我力量吧，米莎！」

「聖愛域」在他體內捲起漩渦，轟走「魔咒壞死滅」的魔法術式。

「『聖愛劍爆裂』──！」

無法避開的完美時機──

擁有暴虐魔王傳聞與傳承的阿伯斯・迪魯黑比亞，果然還是敵不過勇者加隆與靈神人劍伊凡斯瑪那。

能夠消滅魔王的那把聖劍，就在要突破她的反魔法，並且貫穿她的根源時──

不知從何處傳來了聲音。

「神劍，平息吧。神的話語乃是絕對的。」

靈神人劍失去光輝，阿伯斯・迪魯黑比亞一把抓住劍身。為了消滅她的劍，喪失了這份力量。

「『獄炎鎖縛魔法陣（zora edeifuto）』。」

阿伯斯・迪魯黑比亞畫起魔法陣。

漆黑火焰化為鎖鏈，從四面八方襲向雷伊。即使想用靈神人劍斬斷鎖鏈，失去光輝的聖劍也無法斬斷，使得雷伊的四肢遭到獄炎鎖綁住。漆黑燃燒的黑焰，連同「聖愛域」一起灼燒著雷伊的身軀。

「哈哈！」

伴隨著冷笑，天父神諾司加里亞在此現身。

「一切就如同神的計畫。勇者加隆，你讓阿伯斯・迪魯黑比亞誕生的職責已盡。慘遭戀人殺害後消失，是眾神為你寫下的劇本。」

封鎖敵人的行動與魔力，同時組成魔法術式的起源魔法「獄炎鎖縛魔法陣」，如今正注入足以滅國的魔力發動「獄炎殲滅砲」。

阿伯斯・迪魯黑比亞朝著天空瞄準，並且說道：

「雷伊，永別了。要是你肯乖乖成為我的人就好了。」

以雷伊為中心，「獄炎鎖縛魔法陣」召喚出漆黑太陽，巨大球體的黑炎將他完全吞沒。

「就連同根源一起毀滅吧。」

阿伯斯・迪魯黑比亞朝魔法陣送出魔力，發射「獄炎殲滅砲」。不過在這之前，漆黑太陽就像被打碎的玻璃般，消滅得無影無蹤。

阿伯斯・迪魯黑比亞驚訝地用魔眼看了過去。

「…………『破滅魔眼』……」

緊接著，「獄炎鎖縛魔法陣」就像被劍斬斷似的斷成好幾截，讓雷伊獲得解放。

「真是無聊的劇本啊，諾司加里亞。」

諾司加里亞看著從神隱的精靈之中出現的我與辛，然後以泰然的態度說道：

「接著就會變有趣了，不適任者。在奪走你的一切——唔呃——！」

「休得放肆，小子。有話想說，就給我趴在地上講。」

諾司加里亞在把話說完之前就被我一拳揍飛，接著「砰咚」一聲，猛烈陷進牆壁裡。

我筆直朝向諾司加里亞。

「哎呀，你是要去哪啊？來陪我玩玩嘛。」

阿伯斯・迪魯黑比亞站在前方阻擋我的去路。

她在雙手重疊纏繞著「四界牆壁」與「魔黑雷帝」。

她的魔眼不敢大意地注視著我。不過無所謂，我筆直走到她面前。她就像是無法理解我的態度一般，眼神凝重起來，擺出架式一動也不動。

即使想要攻擊，也警戒著我在引她出招，一步也動彈不得的樣子。

腳步聲響起。

辛邁步向前。當阿伯斯・迪魯黑比亞朝他看去時，我已站在她的斜側方。

犀利的殺氣朝我刺來。在那雙染成漆黑、纏繞著雷電的雙手逼近之前，我先拍了拍她的肩膀。

「先暫時讓雷伊陪妳玩玩吧。」

留下這句話，我不慌不忙地從阿伯斯．迪魯黑比亞的身旁走過。

「諾司加里亞。」

我緩緩指著坐在地上，倚著損壞牆壁的天父神。

「你就好好體驗一下恐懼吧。」

§ 68 【復活的愛】

「哈哈！」

諾司加里亞發出冷笑，慢慢站起身。

「恐懼？你要讓我恐懼？讓身為神的我？」

他靜靜地朝我看來。

「啊啊，你還真是說了無意義、無價值、無用的話啊，阿諾斯．波魯迪戈烏多。」

他就像是完全沒受到被揍飛的傷害一樣，悠然地朝我走來。

「神是秩序。對生活在這世界上的魔族、人類、精靈，以及其他萬物來說，是絕對的存在。這是世界的常理。你們這些生命就只是依循秩序出生，依循秩序死亡。對神感到氣憤根

本毫無意義。何況還是要讓神恐懼，更是無意義至極。」

諾司加里亞莊嚴地高舉雙手。

「就授予蒙昧的你智慧吧。我們不是任何人。沒有憤怒，沒有悲傷。神乃不滅，因此甚至沒有活著。所以也沒有恐懼，就只是持續作為這個世界的常理。」

「所以就連理解話語的腦袋也沒有啊？」

我向望來傲慢眼神的天父神，宛如命令般地說道：

「我說過休得放肆。」

「秩序會恐懼什麼？你說的話，是對東西燃燒一事感到氣憤，要讓燃燒的常理感到恐懼畏怯啊。」

「沒錯。在我眼前，就算是點起了火，也不允許擅自燃燒。不論是常理還是秩序，都要讓它牢牢記住恐懼，這就是我的作風。」

「哈哈！」

諾司加里亞再度發出冷笑。

「朝天吐痰的愚者，就接受違背秩序的懲罰，瞻仰神的姿態吧。」

就跟之前一樣，諾司加里亞發出能引發奇蹟的神的話語。祂的身體籠罩起耀眼光芒，魔力超乎常規地膨脹。

耶魯多梅朵被祂奪走的魔族身軀，就像翻面似的改變模樣。他帶有一頭黃金頭髮，以及燃燒般的火紅魔眼，背上出現以魔力粒子構成的光翼。

轟隆隆隆隆——地鳴聲響起，德魯佐蓋多出現劇烈的震動。

超乎常理的魔力，自諾司加里亞身上散發出來。祂光是存在著，就讓空氣捲動，城堡搖晃。儘管與傑魯凱的魔法體很像，但明顯是不同的物質。宛如帶有質量的龐大魔力，形成了神真正的姿態——神體。

「阿伯斯・迪魯黑比亞沒能掌握理滅劍。但刻印在德魯佐蓋多的立體魔法陣術式已被改寫大半，而那把劍，如今也不在你手中。沒有破壞神的力量，你是不可能消滅神的。」

諾司加里亞泰然地佇立於此，以火紅魔眼看著我。

「認清在秩序之前，一切都是枉然吧，阿諾斯・波魯迪戈烏多。」

「你在說什麼啊？」

我這麼說完，辛就走到我身前。

「神與秩序，在我面前都只是無聊的遊戲規則。諾司加里亞，祢別說是挑戰我了，就連我的右臂都比不過。」

辛以右手空輝，畫起魔法陣。他一面纏繞著不祥魔力的奔流，一面從魔法陣中心拔出斬神劍古涅歐多羅斯。

「我要向寬大的吾君獻上深切的感謝。」

辛緩緩舉起古涅歐多羅斯說道：

「賜予我能親手為亡妻報仇的機會。」

「你就儘管消滅祂吧。不用在意之後的事。」

辛單手舉起魔劍，面向諾司加里亞。

「遵命。」

必須做的事，主要有兩件。

不消滅這個世界的秩序，消滅掉天父神諾司加里亞；不消滅米莎，消滅掉阿伯斯．迪魯黑比亞。

雷伊與阿伯斯．迪魯黑比亞在後方對峙。我沒有過去協助，而是以一雙魔眼（眼睛）窺看著諾司加里亞的深淵。

謹慎地潛入其根源，就像要揭露一切似的。

「向蒙昧的魔王與弒神凶劍宣告。」

諾司加里亞高聲喊道。

「要賜予不遜的你們，神的毀滅。」

帶有奇蹟的聲音，朝我們襲來。

辛用左手拔出掠奪劍基里翁諾傑司，用比音速還快的速度斬斷神的話語。辛蹬地衝出的身影，在下一瞬間已來到諾司加里亞眼前。在祂說出任何話之前，斬神劍貫穿了祂的心臟。

不過諾司加里亞絲毫不以為意，那副身軀一滴血也沒有流下。

「神的身軀乃是絕對的。」

在這一瞬間，辛的魔力化為虛無。

「斬神劍祕奧之二——『死神』。」

此乃弒神、破壞秩序之刃。斬神劍的劍身纏繞波浪般的魔力粒子染成了暗紅色，然後捅進諾司加里亞的胸口。

「……唔喝……」

祂的心臟溢出鮮血，其根源遭到「死神」刺穿。

「……弒神凶劍……愚蠢的男人……可悲的魔劍啊……」

諾司加里亞流出的血滴落地面。突然間，鮮血發出金黃色的光芒。不對，是燃燒起來了。祂的血化為黃金火焰，從地面猛烈竄起。

「接受神焰的制裁吧。」

噴出的數道火焰附著在辛身上，燒灼著他的身體。儘管纏繞著反魔法，仍無法抵禦神焰，使他的漆黑鎧甲逐漸融化。

辛將斬神劍古涅歐多羅斯從諾司加里亞身上抽出，斬斷燃燒己身的黃金火焰。古涅歐多羅斯有如閃光般地再度斬向神體，但這次卻揮空了。

就像是瞬間移動一般，諾司加里亞出現在遠處。

「毀滅吧。」

諾司加里亞的眼瞳發出紅色光輝，下一瞬間，辛的身體燃起淡淡的白銀火焰，表情微微扭曲。

「神焰會授予罪人這世上一切的痛苦。那是為了讓你悔改罪過的慈愛之火。每過一秒就增加痛苦，一分過後就完成斷罪。等著你的，是根源的完全毀滅，也就是救濟。」

「原來如此，也就是一種詛咒吧。只要進到那雙魔眼的視野範圍，就會持續遭到神焰灼燒啊？把需要花上一分鐘完成的詛咒說成斷罪，祢所準備的藉口還挺不錯的。」

儘管受到白銀火焰灼燒，辛還是瞬間逼近諾司加里亞，用掠奪劍基里翁諾傑司往祂的魔眼揮出劍光。掠奪劍只要斬傷眼睛，就能奪走視力。

然而，黃金火焰竄起，有如盾牌般地擋下這一劍。一副在計算之內的樣子，辛再踏出一步，用右肘打向諾司加里亞的背。雖然這一招也被火焰阻擋，但辛也同時進入祂的死角。

不過，附著在辛身上的白銀火焰並未消失。

「神的魔眼沒有死角。這場斷罪乃是絕對的。」

黃金火焰聚集在諾司加里亞手上，朝辛的身體燃燒過去。火焰就這樣開始化為劍形。

「然後，我以神劍羅德尤伊耶下達審判。你就好好體會，即使是弒神凶劍，魔族最強劍士的本領，在神劍面前都形同兒戲。」

火焰變化為閃耀黃金光芒的神劍羅德尤伊耶。這把黃金之劍輕易破壞掉漆黑鎧甲，但辛在千鈞一髮之際抽身避開劍刃。

伴隨著微微飛濺的鮮血，從被破壞的禮服之中落下一張紙片。那是兩千年前蕾諾遞給他的愛情妖精芙蘭的頁面。

辛連忙拋開斬神劍，朝頁面伸手。神劍羅德尤伊耶從正上方重重落下，刺穿他的手，把人釘在地面上。

「……唔……！」

辛的手背滲出血液。

「哈哈！」

諾司加里亞垂眼看著落在地面上的頁面發出冷笑。

「多麼愚蠢的凶劍啊。你就這麼想要愛嗎？但可悲的是，你的愛是神的奇蹟。早在阿伯斯・迪魯黑比亞誕生之時，就已結束職責了。」

諾司加里亞以火紅魔眼直直睥睨著辛的身體說：

「斷罪之時即將終了。你就帶著懺悔死去吧，弒神凶劍。你的罪，是沒有感謝神賜予你的愛。」

剩下數秒。

白銀火焰即將燒盡辛的根源——就在這之前，他的身影忽然消失。

儘管被羅德尤伊耶釘在地上，辛卻輕而易舉地逃出生天。

「——他才不愚蠢呢。」

一道聲音傳來。

諾司加里亞緩緩將魔眼轉移過去，只見王座之間的入口站著一名戴著兜帽的少女。

辛就在她的身旁。

他茫然注視著少女的模樣。

「這才不是什麼奇蹟。我總算明白了。」

在兜帽底下，能看到一對琥珀色眼瞳。

那是曾經在某處見過，古老大精靈的光輝。

「我的丈夫是魔王的右臂。他的劍一次也沒有遺漏地斬斷了祢的話語。辛沒有聽見祢的話語。什麼神的話語，他一次也沒有聽到！」

她全身籠罩著淡淡綠光，頭上戴著的兜帽忽然被風捲走。顯露出來的秀髮如清澄湖水一般美麗，背上還長著六片翅膀。

身穿一席潔淨翡翠色禮服的那名少女，正是至今也在傳承中受到世人流傳的精靈之母大精靈——

蕾諾就在那裡。

「辛的愛一直都在我心裡。我所教導、跟我一起培養的愛，才沒有被什麼神的奇蹟汙染。搞錯的人是祢！這才不是什麼奇蹟！」

諾司加里亞朝蕾諾看去。曾說過自己沒有憤怒、沒有悲傷的那傢伙，眼神看起來就像透著陰暗光澤。

就像要從那對魔眼的視線之中保護她似的，辛擋在前方。

「……蕾諾……」

蕾諾就像以前一樣，對微微看向後方的辛嫣然笑著。

「……辛，我守住約定了唷。抱歉，讓你等了兩千年……」

辛靜靜搖頭，舉起掠奪劍。

「去奪回來吧。米莎不是神的孩子。」

辛笑了起來，接著說道：

「她是我們的孩子。」

蕾諾點頭之後，辛就蹬地衝出。

她將雙手舉到眼前畫起魔法陣。經過兩千年的歲月，為了傳達愛，大精靈復活了。身旁還有她的伴侶，精靈們的王。

兩人毫不畏懼、毫無迷惘，向站在眼前的悲劇元凶發起挑戰。為了親手奪回曾經被神奪走的心愛孩子——

§69 【被斬斷的話語】

辛高速奔馳。

「原來是借用愛情妖精的身體，得到一時性的生命啊，精靈之母大精靈？就算恢復了記憶與模樣，愛情精靈渺小的身體，也沒有多少魔力。」

諾司加里亞高聲強調。

祂直接道出蕾諾一旦發現自己早已死去，只是借用愛情妖精芙蘭的身體暫且復活的話，她就只能消失的這個事實。

然而，蕾諾毫不畏怯。也許是早就有所察覺了吧。她的消失就只是時間的問題。

「不論你挑戰多少次都只是枉然。神的魔眼沒有死角。要知道，我是不會再度看丟你的身影。」

就在天父神用魔眼凝視辛，發動神蹟的瞬間——跟方才一樣，辛的身影忽然消失。

宛如遭到神隱一般。

「就算神的魔眼沒有死角，這世上可是有著只要看著，就不會存在的事物喔！」

蕾諾說道。

那是隱狼杰奴盧的力量。只要想用眼睛看，就連存在都會消失的不可思議的精靈之力，如今就寄宿在辛身上。

「哈哈！」

諾司加里亞發出冷笑，將魔眼閉上。在這瞬間，辛現出身影，撿起掉在地上的斬神劍。

「神的力量乃是絕對的。即使封住我的一、兩項權能，你們的命運也不會改變。」

趁著諾司加里亞說話的空隙，辛進到攻擊他的範圍內。他劈下的斬神劍，受到神劍羅德尤伊耶所迎擊。

雙方的水準差距太大，辛輕而易舉就將神劍打飛。無視在空中打轉的羅德尤伊耶，辛手上的魔劍染成暗紅。斬神劍祕奧之二「死神」就像要砍下諾司加里亞的首級似的化為閃光。

「神的劍術乃是自在。」

應該被打飛的神劍羅德尤伊耶，彷彿擁有自己的意志一般，打掉了辛的古涅歐多羅斯。

「畏懼吧、敬重吧，這正是神劍。不用勞煩我動手，我的神劍就會自動消滅反抗神的敵人。不得不仰賴雙手的魔族之劍，不可能敵得過這項奇蹟。」

羅德尤伊耶在空中飛舞。就算刺出的光速刺擊被辛打落，也依舊順勢轉圈，由下往上地斬向他。

辛雖然看穿此招退開一步，但羅德尤伊耶沒有攻擊距離的限制。離開諾司加里亞身旁，它一味地刺出光速刺擊。

速度目不暇給。不受肉體所束縛，它的攻擊相對變得自在。能以兩把魔劍抵禦這種神速之劍，該說真不愧是辛吧。不過，再這樣下去會愈來愈不利。

「……拜託大家……借給我力量……將大家的魔力，將大家的力量，借給我與辛——」

蕾諾將意念注入用雙手畫出的魔法陣中。憑藉愛情妖精芙蘭的身體，就算想畫魔法陣，魔力也不足以使用。然而，魔力粒子開始聚集起來，她的全身發出朦朧綠光。

「蒂蒂。」

蕾諾叫喚著精靈之名。長著翅膀的小妖精，出現在正與羅德尤伊耶對打的辛身旁。

「來玩吧。」

「來玩吧，使劍的大叔。」

「帶來了唷。」

「大家一起玩吧！」

諾司加里亞瞪向突然出現的精靈們。

「渺小的精靈，接受在神前無禮的懲罰吧。」

羅德尤伊耶斬斷妖精蒂蒂。然而，她的身體卻像霧氣般一分為二，變成了兩個人。

「呀哈哈！」

「被砍了耶。」

「被砍之後，增加了唷。」

「常識、常識！」

無視咯咯發笑的蒂蒂，羅德尤伊耶朝辛逼近。就在他要打掉攻擊的瞬間，黃金火焰從地面噴出，束縛住他的四肢。

「接受審判吧。」

伴隨著諾司加里亞的話語聲，羅德尤伊耶將辛劈成兩半。

然而，這次是他的身體像霧氣般分裂，變成了兩人。就跟方才一樣，蒂蒂的能力寄宿在辛身上。

「鬼先生。」

「在這裡。」

「到拍手的。」

「方向來。」

蒂蒂們相繼增殖，並在下一瞬間通通變成辛的模樣。

「捉迷藏。」

「可怕的神明大人當鬼～」

「被抓到的話。」

「會死翹翹唷～」

三十人以上的辛在各式各樣的場所忽隱忽現，逼近諾司加里亞。羅德尤伊耶就算斬斷這些辛，這種行為也只是在增加辛的數量。

「對神無禮至極的此等行為，須處以火刑。」

在諾司加里亞發話之後，地面畫起一道巨大魔法陣。上頭的魔法文字變成黃金火焰，竄起無數的火柱。

「里尼悠！」

在蕾諾大喊之後，她的背後突然出現水龍的八顆頭。里尼悠的身體變化成水，用頭衝撞黃金火焰。

帶有龍之力的水流與神焰正面衝突、糾纏，讓雙方的力量互相抵消。

「基加底亞斯。」

巴掌大的妖精出現在蕾諾肩上，揮出手中的小槌。隨後，雷電的弓與箭出現在蕾諾的雙手上。蕾諾把箭搭上弓，用力拉開。

在射出箭矢後，響起轟隆隆隆隆隆隆隆——激烈的雷鳴，一道雷電射穿了諾司加里亞的身體。

「受神焰焚燒致死吧。」

諾司加里亞毫不在意雷電的一擊，說出奇蹟的話語。八頭水龍遭到增強的黃金火焰纏

身，被這股神聖之力單方面蒸發消散。

「賽涅提羅。」

朦朧綠光籠罩著里尼悠。隨後，就像傷勢恢復一般，水龍體內湧出大量的水。

「愚蠢的精靈們啊，敢忤逆神，是打算毀滅嗎？」

「精靈才不會輸給什麼神族！辛由我來守護！絕對會守護住的！」

「沒有什麼守護不守護。此乃秩序。」

諾司加里亞背上的光翼緩緩展開。瞬間，在場的一切受到金色火焰所覆蓋。

「無法理解神的愚蠢精靈們啊，就體會這個世界的常理吧。」

火焰退去後，精靈們全都當場倒下。即使他們好不容易爬起來，身體也變得淡薄透明，彷彿即將消滅一般。

「……大家…………」

——蕾諾，放心吧——

一道聲音響起。那是令人懷念的話語聲。

半透明的樹木出現在蕾諾身後。那是在兩千年前就應該已經確實消滅的大戰樹木米凱羅諾夫。

「……婆婆……怎麼會……？」

「……就跟妳一樣唷。借用愛情妖精芙蘭的身體回來了。因為我有件事，忘記跟心愛的孫女說……」

米凱羅諾夫的樹葉翩翩落下，落在蕾諾的胸口，倏地消失無蹤。

「蕾諾，不需要顧慮我們唷。我們深愛著妳。妳所愛之人，我們也一樣愛著。妳所前往的道路，就是我們要前往的地方。」

米凱羅諾夫彷彿在授予她最後的智慧一般，漸漸化為光粒子，在蕾諾的手掌上畫起一門魔法陣。

「好啦，讓我們來一起守護吧。向這兩千年來一直守護著我們的精靈王大人報恩的時候到了喔。」

蕾諾點點頭，發動米凱羅諾夫傳授給她的魔法術式。無數的精靈們聚集在她身旁，將魔力注入魔法陣之中。

她背上的六片翅膀開始淡淡地、微微地散發光芒。

「『精靈們的軍隊（aruha arufuremu）』。」

精靈們散發綠光，聚集到辛的身邊。

蒂蒂、杰奴盧、里尼悠、基加底亞斯以及蕾諾，眾精靈化為散發綠光的朦朧魔法體給予他力量。

「……蕾諾，我要感謝妳。」

辛拿起斬神劍與掠奪劍，再度朝諾司加里亞突擊。

「就跟蒙昧的精靈們一塊毀滅吧，弒神凶劍。」

諾司加里亞展開光翼。黃金火焰即使覆蓋住周遭，辛的雙劍也將火勢斬斷。

由於劍上寄宿著八頭水龍里尼悠的力量，強化了魔劍，使得劍尖上滴著水滴。方才辛能使用杰奴盧與蒂蒂的能力，應該都是「精靈們的軍隊」的部分力量吧。

在諾司加里亞瞪向辛的瞬間，他化身為霧，分裂成無數道身影。藉由喜歡惡作劇的妖精蒂蒂的能力，辛將諾司加里亞團團包圍。

光翼再度展翅，全部的辛都燃燒起來。當黃金火焰退去後，到處都不見他的人影。

「對神再三使用同一招的愚者。」

諾司加里亞閉上魔眼（眼睛），讓神劍羅德尤伊耶飛出。神隱的效果結束，辛現出身影。

他就這樣將古涅歐多羅斯插在地面上。隨後，該處接二連三飛快地長出樹木。在羅德尤伊耶刺中樹木的瞬間，樹就變得像是硬繭一樣，將神劍重重包住。那是艾尼悠尼安的能力。

「那麼，千把如何？」

說完，諾司加里亞展開翅膀射出無數羽毛。這些羽毛全都變化成神劍羅德尤伊耶，成為一千把劍襲向辛。

沒有空間避開，也不可能用劍打落。不過，就在辛蹬地的瞬間，他的身體一如字面意思地化為閃電。

雷鳴響起，這道閃電以Z字形穿過神劍之間的空隙飛來，貫穿諾司加里亞的心臟。

「……啊……唔……」

辛發出「颯」的一聲著地。他恢復原貌，轉過身去。緊接著，他以高速刺出斬神劍。

光翼就像要守護諾司加里亞一般合起。不過，它稍微慢了一步。在雙翼完全閉上的剎那，辛穿過只有針眼大的微小隙縫，用古涅歐多羅斯刺穿神體。

鮮血四濺，光羽稀稀落落地飛舞於天際。諾司加里亞儘管被貫穿身體，仍然笑容滿面。

「……毀滅吧，弒神凶劍……」

辛毫不在意，將古涅歐多羅斯刺得更深，插進諾司加里亞體內。

「……哈哈！」

諾司加里亞發出冷笑。

「就授予蒙昧的你，神的智慧吧。神的話語乃是絕對的。就如同你獲得了愛，就如同你養育了阿伯斯．迪魯黑比亞，你是絕對逃不出我的話語。永別了，弒神凶——」

諾司加里亞的身體出現龜裂。貫穿他的斬神劍，暗紅劍身上開始冒出畫著螺旋的不祥魔力粒子。

「斬神劍祕奧之三——『無間』。」

諾司加里亞的根源在剎那間被斬成兩半。辛放開斬神劍後，天父神踉蹌了一下。不過，祂立刻就抬起頭來。

「……哈哈……神的根源乃是不滅……絕不——唔呃……！」

復活的諾司加里亞，根源被仍刺在身上的斬神劍斬成兩半，然後再被分割成四塊。

「……神乃是不——唔咳……！」

辛以冰冷的眼神，注視著發出悲鳴的諾司加里亞。

「『無間』是將根源分割的劍刃地獄。這是斬神劍對神所判處的懲罰。」

分割成四塊的根源變成八塊，然後是十六塊，並在下一瞬間被分割成三十二塊。神的根源絕不會毀滅，因此斬神劍的祕奧將會無止盡地切割祂的根源。直到根源變得無法分割為止，祂都會一直被斬斷根源的痛苦所折磨吧。

「我曾以為當時是我沒斬到。」

當場跪地的諾司加里亞，被辛用掠奪劍劃開喉嚨。他立刻拔出寶劍艾盧亞降。

「不過，就跟蕾諾說得一樣啊。」

他在諾司加里亞身上劃出五芒星的劍痕。被斬神劍刺著根源的祂，就這樣遭到封印。神體消失，留在原地的只有封住祂的紅寶石。

「就憑祢的話語，確實不論試多少次，我都不可能沒斬到。」

不論現在還是過去——

神所發出的話語，辛都確實斬斷了。

§ 70 【為了斬斷那個宿命】

時間稍微回溯，回到剛好是辛與諾司加里亞對峙的時候——

在王座之間的另一側，雷伊與阿伯斯．迪魯黑比亞面對著面。

雷伊眼神銳利，警戒著虛假魔王的一舉一動。她輕柔地微笑說：

「要對上誰我都無所謂喔。只不過，加隆，你還有力氣陪我玩嗎？」

虛假的魔王指著雷伊失去光輝的聖劍。

「靈神人劍伊凡斯瑪那是受到神祝福的聖劍。在天父神的話語之前，那把劍如今已然失去本來的力量。也就是說，那已經不再是我的弱點了。」

微微把臉偏過來，阿伯斯・迪魯黑比亞說道：

「阿諾斯，你還是幫他一把會比較好吧？」

「我知道妳想要我理睬妳，但不好意思，我也很忙啊。這種狀況沒什麼，妳不用擔心。沒持有理滅劍的妳，不論如何都贏不了雷伊。」

我一面回應，一面窺看著在與辛交戰中的諾司加里亞的深淵。就像要深深潛入底部似的將魔眼（眼睛）望去後，被祂奪走肉體的熾死王耶魯多梅朵的根源就在那裡。

唔，跟我想得一樣啊。

「阿伯斯・迪魯黑比亞。」

雷伊靜靜說道：

「把米莎還來吧。」

雷伊蹬地衝出，身上纏繞起「聖愛域」的光芒。在猛烈加速後，他一直線朝虛假的魔王衝去。

「……喝……！」

雷伊將纏繞著「聖愛域」的伊凡斯瑪那由上劈下。

阿伯斯・迪魯黑比亞以纏繞在右手上的「四界牆壁」作為盾牌擋下這一劍。聖劍在觸及「四界牆壁」的瞬間，就像彈開似的改變軌道。雷伊以流水般的動作當場回轉，將聖劍朝虛假的魔王左半身橫掃過去。

她打算以左手的「四界牆壁」擋下這一劍。不過聖劍再度彈開，然後改變軌道。光速的突刺直擊阿伯斯・迪魯黑比亞的左胸。

「我才說過那把聖劍已失去力量。」

伊凡斯瑪那帶著渾身力量，卻沒能刺進阿伯斯・迪魯黑比亞的左胸。她的身體表面覆蓋著一層薄薄的漆黑極光，「四界牆壁」擋下了這一劍。

「從兩千年前起，你的戰法就毫無改變呢，勇者加隆。」

像是輕撫一般，她將染成漆黑的雙手指尖貼在雷伊的左右胸口，同時貫穿了他的身體。

「……唔……」

「這樣，就兩個了。加上方才那一個，總共三個。給予分身的根源早已被諾司加里亞處理掉了。如今你的根源就只剩下一個喔。」

從雷伊身上冒出更加猛烈的「聖愛域」，聚集在靈神人劍上。儘管如此，還是無法貫穿阿伯斯・迪魯黑比亞。

「沒用的喔。雖說是勇者的最後王牌，但我的身體可不是力量衰退的聖劍所能斬傷的。你就放棄吧。」

「……我跟她約好了……」

這句話令虛假的魔王眼神兇惡起來。

「你是指什麼事？」

「……要是她背負著某種沉重的命運，我絕對會幫助她。我說過，不論身在何處，不論要拋棄什麼，我都會去幫助她……」

聽到他這麼說，阿伯斯・迪魯黑比亞殘虐地微笑起來。

「既然如此，你就再好好想想。只要你成為我的人，就一定能明白。米莎跟我，就像是溶解混合起來的水。要是消滅我，你的目的就永遠無法達成了吧？」

「那麼，我就成為妳的人吧──」

就在虛假的魔王露出笑容的瞬間，雷伊嗤嗤笑了笑。

「──妳以為我會這麼說嗎？」

她瞬間閉上眼。當再度睜開時，明顯露出煩躁的眼神。

「妳在說謊。」

「哎呀？真是遺憾呢。我明明這麼渴求著你。」

她執著纏上的話語，雷伊就像拒絕似的毅然說道：

「假裝執著於我，但妳只是在爭取時間。只要沒有理滅劍，妳就贏不了阿諾斯。所以即使打倒了我，妳也只會迎來毀滅。」

對於投來冰冷眼神的阿伯斯・迪魯黑比亞，雷伊爽朗地露出微笑。

「你想說的只有這些嗎？瞧瞧你這樣子，明明就連施展『聖愛域』的魔力都不剩了。」

就如她所說的，纏繞在雷伊身上的「聖愛域」光芒，已不知不覺消失。儘管如此，他還是說道：

「如果不是的話，就廢話少說，趕快消滅我吧。只有一個根源，失去靈神人劍力量的勇者。這要是對上真正的暴虐魔王，我早就毀滅了十次吧。」

或許是受到雷伊挑釁吧，她的魔力劇烈地動搖，德魯佐蓋多啪答啪答地震動著。

「這樣啊？我都這麼溫柔地跟你說了，結果卻是這樣啊？那就如你所願，將你的根源一點也不剩地毀滅掉。」

為了將「根源死殺」的手指更深入地刺進雷伊體內，阿伯斯．迪魯黑比亞在手臂上使力。但跟她把手臂刺出的距離分毫不差，雷伊同時向後退。

說是向後退，說不定不太正確——他完全抵消了手指刺來的力道。只要「根源死殺」的手指、她的魔力再刺出數毫米，他的根源就會毀滅。

在這種與死相鄰的狀況下，雷伊完全看穿了虛假的魔王作出的攻擊。方才這種以傷換傷的戰法，並不是勇者加隆會使出的。

這是在與辛對劍時所學會的識破攻擊的奧義。

「雖然那段過去已經消失——」

雷伊的魔力完全化為虛無。他讓根源被毀滅，就是為了這個目的。雷伊擁有七個根源，所以很難讓自己的魔力化為虛無。正因為如此，才特意讓她毀滅，只留下了一個。

「米莎，我想這一定是妳的父親為了拯救妳而傳授給我的劍技。即使他沒有這種意圖，他的命運也想要拯救妳。」

他呼喚著。為了讓她的心、她的意識，能更加明確地與阿伯斯・迪魯黑比亞分離。

「所以，回來吧。」

於是，雷伊的根源掌握到靈神人劍伊凡斯瑪那的根源。

「靈神人劍，祕奧之一——」

怦通！魔力的震鳴聲響徹開來。此乃靈神人劍的搏動。隱藏在聖劍深處，擁有超乎常理魔力的存在，微微地開始覺醒。諾司加里亞的神的話語，遭到拒絕。

「……這是神的——？」

阿伯斯・迪魯黑比亞瞠圓了眼，試圖蹬地跳開。然而，她慢了數毫秒。伊凡斯瑪那聚集起純白光芒，就像要強化劍身般地化為劍刃，劍尖發出耀眼光線。

「……唔……啊……！」

靈神人劍伊凡斯瑪那的光線貫穿了「四界牆壁」的薄膜，在阿伯斯・迪魯黑比亞身上開出一道洞口。

她的身體籠罩著純白光芒。

「——『天牙刃斷』。」

在喘息之間，無數的光之斬擊，同時打在阿伯斯・迪魯黑比亞身上。

無須揮劍，聖劍就揮出無數斬擊斬斷宿命。這就是靈神人劍的祕奧之一「天牙刃斷」。

阿伯斯・迪魯黑比亞的身體籠罩著神聖光芒。而這道光芒，就被「天牙刃斷」斬成兩

半。兩道球狀的光，宛如星辰般劇烈閃爍。

「要將妳從暴虐魔王的可悲宿命中解放——靈神人劍是這樣告訴我的。」

純白光芒緩緩退去，不久後完全消失。一邊的光球裡出現阿伯斯・迪魯黑比亞，而另一邊的光球裡，則出現米莎的身影。

宛如水溶解混合起來的兩人根源，靈神人劍就像是斬斷絕對無法恢復的宿命一般，以祕奧將她們完全分開了。

「米莎……！」

雷伊立刻伸出手；她則以猛然驚覺的表情奔跑起來。

「……雷伊同學……！」

米莎撲向雷伊。他手持靈神人劍，就這樣用左手緊緊抱住米莎。

「我討回來了，阿伯斯・迪魯黑比亞。妳的根源被分成兩塊，被分成魔族與精靈的根源了。即使米莎擁有的魔力並不多，只有一半的根源是活不久的。」

阿伯斯・迪魯黑比亞的身體隱約變得透明。儘管還留有充足的魔力，但就像是無法維持存在一樣，她的身影變得愈來愈稀薄。

那是跟精靈病很相似的現象。

「如同傳承，勇者加隆以靈神人劍消滅了魔王。是妳輸了，阿伯斯・迪魯黑比亞。」

雷伊一手抱著米莎，另一手將劍尖直直指向虛假的魔王。

§71　【魔王的真偽】

「勇者加隆，你做了件蠢事呢。」

儘管身體的存在一分一秒變得稀薄，阿伯斯・迪魯黑比亞依舊優雅地微笑。

「你有辦法用那把聖劍刺入我的胸口嗎？你能默默看著我就此消失嗎？」

阿伯斯・迪魯黑比亞伸出纖纖玉指，緩緩指向米莎。

「就算靈神人劍斬斷了宿命，將我分成精靈，將她分成魔族，我們的根源就如你說的一樣——並沒有增加。一個根源只要被分成兩半就活不久。這點，米莎也是一樣喔。」

就跟莎夏與米夏當時一樣。失去半身的兩人，有著注定會在不久之後消滅的命運。

「加隆，為了拯救世界，不斷犧牲自己的可悲勇者。你這次為了世界，就連所愛之人都要犧牲嗎？」

雷伊沒有回答這句話，就只是直直回望著阿伯斯・迪魯黑比亞。

「米莎，回來吧。妳很清楚吧？我就是妳，妳就是我。再這樣下去，妳會跟著我一起毀滅喔？」

米莎以堅強的眼神看著虛假的魔王，明確地說道：

「這又怎麼了嗎？」

或許是沒想到她會這樣回答吧，阿伯斯．迪魯黑比亞的表情顯得凝重。

米莎繼續對她說道：

「妳也很清楚吧？我是夢想著混血能與皇族攜手同心，讓魔族達到真正統一的日子而活到今天的。我是絕對不會原諒打算毀掉這個夢想的虛假的魔王。」

「那是一時性的人生喔。妳是為了遵從暴虐魔王的傳聞與傳承活下去，而以精靈的身分誕生在這個世界上的。跟在兩千年間培育的這份意念相比，妳的信念就只有十五年，實在太過脆弱了。」

「這才不是什麼一時性的人生，而我的信念也並不脆弱。」

帶著堅強的信念，米莎答道：

「我有一起誓言理想的統一派夥伴；有絕對不會屈服於不講理事物的真正魔王；還有，一定──」

米莎微微撇開視線，看著辛在遠處展開死鬥的背影。

「一定是在等著與我重逢的父親。」

「而且──」她接著說道。

「有我最喜歡的人。」

「仔細想想吧，小笨蛋。愛著妳的人，真的希望妳毀滅嗎？哪怕機率微乎其微，會作出可能讓妳毀滅的選擇嗎？」

就像在引誘米莎動搖似的，阿伯斯．迪魯黑比亞令人討厭地笑出聲。

「不，如果愛妳，才不會這麼做喔。加隆依舊是兩千年前的那個勇者，就只是想拯救世界罷了。就像他不愛我一樣，他也絕對不愛妳。」

然而，米莎不為所動地回道：

「妳說的那是小愛呢。」

被這樣一口否定，阿伯斯．迪魯黑比亞就像是要宣洩煩躁似的瞪著她。

「我從來就沒想過，只要能獲救就好。所謂的活著，是要作為自己而活唷。」

米莎緊緊抱住雷伊，向自己的半身宣告。

「所以，雷伊同學拯救了我，讓我完全不用看到自己凌虐混血們的模樣。比誰都不想傷害他人的他，為了我而傷害了我。」

就像在拒絕她似的，米莎大聲喊道：

「就連雷伊同學這麼單純、這麼簡單的想法都不懂的妳，根本不會是我！」

就像事先講好似的，雷伊與米莎同時蹬地衝出。阿伯斯．迪魯黑比亞舉起手掌，將「獄炎殲滅砲」對準著雷伊，但眼神卻在下一瞬間變得凝重起來。

因為米莎就像是要當他的盾牌似的擋在前方。她的魔力很弱，只要被能傷害雷伊的魔法直擊到，大概就難逃一死吧。

一旦米莎死亡，她也會死去。沒放過阿伯斯．迪魯黑比亞在這瞬間產生的遲疑，雷伊成功逼近到虛假的魔王身旁。

閃光奔馳，劍染鮮血。伊凡斯瑪那刺中了阿伯斯．迪魯黑比亞。

「……啊…………」

伴隨著赤紅的鮮血，她口中漏出微弱的吶喊。靈神人劍釋放的光芒，籠罩住虛假的魔王身軀。

然後——完全消滅了。

「雷伊同學……！」

米莎有如悲鳴般地喊著他的名字。漆黑太陽逼近到雷伊的正後方。

「……呼……！」

他用靈神人劍將「獄炎殲滅砲」一刀兩斷的同時，將視線望向遠處。

「雖說是消滅了根源，你難道以為就能消滅我嗎？」

阿伯斯・迪魯黑比亞就站在那裡。擁有一度被靈神人劍打倒的傳聞與傳承的她，應該能施展「根源再生（aguronemuto）」復活吧。

「我就想說會是這樣呢。所以才把妳的根源減半了。」

「哎呀？要是這樣的話，還真是遺憾呢。」

她吟吟微笑起來。在這瞬間，浮現在周圍牆壁上的魔法文字一口氣增加了。

「我掌握到了喔。」

漆黑的光粒子冒出，充斥整個室內。

「來吧，貝努茲多諾亞。」

回應她的呼喚，充滿室內的無數漆黑粒子全都集中到她的腳邊。

隨後出現一道劍形的黑影。那個東西沒有投影的物體，就只有影子存在。這個影劍，緩緩浮到阿伯斯．迪魯黑比亞的手中。

她握住劍柄。宛如影子翻轉，闇色長劍出現在虛假的魔王手中。

「在我面前的一切道理都將破滅。只剩下一半的根源，難道你以為我就會毀滅嗎？」

「這很難說吧？至少妳那是只有手持理滅劍才能維持的一時性生命吧？」

雷伊舉起靈神人劍，與米莎牽起手來，兩人全身溢出愛的光芒。

「聖愛域」──愛被昇華到極限，那道光芒將雷伊的能力提升到極限為止。

「一切都是枉然呢。」

阿伯斯．迪魯黑比亞緩緩邁開步伐。一步、兩步，在第三步大幅前跳的步法完全遭到識破，雷伊的身影從虛假的魔王視野中消失。

下一瞬間，雷伊來到阿伯斯．迪魯黑比亞背後，緊接著便用伊凡斯瑪那貫穿她的心臟。

「靈神人劍，祕奧之一──」

純白的劍光劈在阿伯斯．迪魯黑比亞身上。

「──『天牙刃斷』！」

她緩緩回頭，用理滅劍貝努茲多諾亞揮出一劍。慢一步揮出的劍刃，宛如逆轉因果般地斬斷「天牙刃斷」。

同時，雷伊的胸口裂開一道傷口，溢出大量鮮血。他的雙腳無力，用靈神人劍勉強支撐站起。

「先揮劍的人，你難道以為就比較快嗎？」

阿伯斯．迪魯黑比亞近距離俯視著雷伊，殘虐地露出微笑。她沒有就這樣給他最後一擊，而是朝著米莎筆直走去。

「你就在那裡乖乖看著吧。心愛的戀人，這次真的要消失了。」

阿伯斯．迪魯黑比亞緩緩邁步走去。

米莎退後一步，用力擺出架式，表情透露著拚命的覺悟。

「永別了，　時性的我。」

她在手邊畫起一門魔法陣，從中出現漆黑太陽。在用理滅劍將漆黑太陽送出後，「獄炎殲滅砲」就以目不暇給的速度發射。

轟隆隆隆隆隆龍——響起不祥聲響，燃燒起漆黑火焰。其火力只要迎面擊中，就足以讓人屍骨無存。米莎會在瞬間化為灰燼，被吸收走根源——

當然也要迎面擊中就是了。

「唔，妳總算是認真了啊，阿伯斯．迪魯黑比亞。」

漆黑火焰炸開。阿伯斯．迪魯黑比亞看著我站在米莎前方的模樣。

「但稍微遲了一點啊，那邊已經結束了。」

聽到我的這句話，虛假的魔王微微撇開視線。諾司加里亞遭到寶劍艾盧亞隆封印的寶石就落在地上。

阿伯斯．迪魯黑比亞發出笑聲。

「啊哈、啊哈哈，啊哈哈哈哈哈哈。結束？遲了？你在說什麼瘋話啊？難道以為只要封印了天父神，事情就已經結束了嗎？」

她將貝努茲多諾亞指著我說道：

「很遺憾，魔王是我，阿諾斯．波魯迪戈烏多。你要喊將軍還太早了吧？」

「我應該說過，我不懂棋規。」

「哎呀，是這樣啊？不過，這你就很清楚了吧？」

阿伯斯．迪魯黑比亞慢慢朝我走來。

「毀滅一切的道理，理滅劍貝努茲多諾亞。讓你作為暴虐魔王最大且最強的魔劍，如今已落到我手中。」

她揚起殘虐的微笑說道：

「我應該一開始就說了。你已被奪走了一切。被奪走名諱、被奪走部下、被奪走城堡，而如今，就連你力量的象徵也被奪走了。」

她突然停下腳步，以下段姿勢舉起理滅劍。

「就只是阿諾斯．波魯迪戈烏多的你，難道以為能贏得了作為暴虐魔王的我嗎？」

「不過就是拿了根棍子，還真有自信啊，阿伯斯．迪魯黑比亞。」

對於我這句話，阿伯斯．迪魯黑比亞回以從容的笑容。

「哎呀？你才是吧？要是有自信的話，就別只是嘴上說說，用力量證明吧。」

她的魔眼朝我狠狠瞪來。

「我瞬間就會把你解決掉的。」

我緩緩跨步向前，輕鬆地說：

「妳就試看看啊。」

我們相互用「破滅魔眼」對望，彼此的視線交錯。一如字面上的意思，火花四濺。

雙方將魔力提升到極限，噴出的餘波把德魯佐蓋多震得嘎吱作響。就只是互相瞪視，王座之間的柱子就被轟飛，天花板崩塌下來。牆壁全都被轟出破洞，天花板崩塌的巨大瓦礫落在我與她之間。

擋住視野——

就在這一瞬間，魔王與虛假的魔王同時踏出一步。她發出「獄炎殲滅砲」，而我同樣用「獄炎殲滅砲」迎擊。

連同天花板的巨大瓦礫一起，兩顆漆黑太陽互相抵消。我用「四界牆壁」將接著射來的「魔黑雷帝」彈回去；阿伯斯·迪魯黑比亞則以「破滅魔眼」消除向自己反射過來的漆黑閃電，然後她繼續前進。

周圍浮現魔法陣，從中出現的「獄炎鎖縛魔法陣」意圖束縛住我的四肢；不過在術式發動之前被我用「森羅萬掌」抓住並撕裂。

緩緩前進的我與她，來到觸手可及的距離。

彼此都將手染成漆黑，刺出「根源死殺」。就在我抓起阿伯斯·迪魯黑比亞的手指時，理滅劍貝努茲多諾亞朝我劈來。

我用魔眼看去，一把抓住劈下的劍刃。就有如確信勝利一般，阿伯斯·迪魯黑比亞咧嘴一笑。

「只要使用『破滅魔眼』，難道你以為就擋得了嗎？」

魔力集中在理滅劍上，讓劍刃毀滅掉一切道理。

不論是「破滅魔眼」還是「四界牆壁」，在貝努茲多諾亞之前就連一張薄紙都比不上。

唯有毀滅——這正是刻在那把魔劍、那個魔法上的唯一且絕對的道理。

「……呃……哈……啊……」

呻吟聲漏了出來。

因為染成漆黑的這隻手、「根源死殺」的指尖，貫穿了阿伯斯·迪魯黑比亞的根源。

「…………………………為、為什麼…………………」

她痛苦地問道。

「……這是……為什麼……？」

儘管都吐血了，還是一副深感疑問的模樣。

「貝努茲多諾亞，我確實……掌握在手中了——」

「只要掌握了理滅劍，難道妳以為就能敵過我嗎？」

阿伯斯·迪魯黑比亞注視著我染成暗紫色的魔眼。

深深注視著我的深淵之底——

「……為什麼……看不到……你的底限……我明明是暴虐魔王……」

「這就是答案。妳終究只是傳聞與傳承。」

我以漆黑的毀滅右手捏碎她的根源。阿伯斯・迪魯黑比亞癱軟倒下。

「妳是冒牌貨啊，阿伯斯・迪魯黑比亞。」

§ 72　【不適任者】

阿伯斯・迪魯黑比亞的根源粉碎。然而下一瞬間，她體內就畫起「根源再生」的魔法陣，將根源再生回來。

她的手虛弱地抓著我的手臂。

「……還沒有……結束呢……」

「妳不會不知道自己毫無勝算。」

她的雙眼亮起不祥光輝，忽然笑出聲。

「我是大精靈蕾諾的親生女兒，暴虐魔王阿伯斯・迪魯黑比亞。以及——」

阿伯斯・迪魯黑比亞張開握起的拳頭，她手中有一顆寶劍艾盧亞隆封印住諾司加里亞的紅寶石。

「——是消滅你的神子呢。」

她在紅寶石上覆蓋魔法陣，發動「封咒縛解復(raeruente)」的魔法，緊接著那顆紅寶石浮上空中。

「就授予蒙昧的魔王，神的智慧吧。眾神的計畫乃是絕對的。阿伯斯・迪魯黑比亞將遵從注定的命運在此覺醒，獲賜我的話語成為神子。」

寶石傳來諾司加里亞的話語聲。祂應該被掠奪劍奪走了聲音才對，大概是貝努茲多諾亞毀滅了這個道理吧。

「神子依照神訂定的計畫發展事態，然後取得理滅劍——取得過去殞落在這塊土地上，名為毀滅秩序的破壞神阿貝魯猊攸。」

紅寶石漸漸出現龜裂，「啪」的一聲粉碎。纏繞著淡淡光芒，諾司加里亞當場現身。祂已經無法維持神體，於是恢復成耶魯多梅朵的魔族身軀。不過，那張臉上帶著像是在說一切都在祂預期之中的傲慢。

「如今正是覺醒之時。」

諾司加里亞高舉雙手。同時，阿伯斯・迪魯黑比亞喃喃說道：

「阿諾斯・波魯迪戈烏多。」

她握著理滅劍的右手微微動了動。

「……我依然掌握著一切……」

說話的同時，她將劍刺進自己的胸口，刺進了自己的根源中。阿伯斯・迪魯黑比亞將魔力輸送到理滅劍上。

轟、轟轟轟轟、轟隆——德魯佐蓋多開始震動。

「過去，破壞神以破壞的秩序照亮世界；但暴虐魔王讓祂殞落在這塊土地上，將破壞神阿貝魯猊攸覆蓋上魔王城德魯佐蓋多的名字，而其神的權能──凝縮著破壞的秩序的奇蹟，則是被更名為理滅劍貝努茲多諾亞。

諾司加里亞莊嚴、有如歌頌地說道：

「為何追求和平的魔王，沒有毀滅帶來一切死亡與破壞的元凶破壞神阿貝魯猊攸？答案太簡單明瞭了。因為哪怕是暴虐魔王，也不可能毀滅得了破壞的秩序阿貝魯猊攸。」

理滅劍散發著比以往還要漆黑、不祥的闇色光輝。

「阿諾斯．波魯迪戈烏多迫不得已，只好限制住破壞神阿貝魯猊攸的力量，藉由改變力量的方向性，從這個世界上奪走破壞的秩序。於是，毀滅一切秩序、一切道理的理滅劍，這個奇蹟就此誕生。」

諾司加里亞緩緩握拳高舉的雙手。

「然而，這個選擇太過愚蠢了。因為神的秩序是永遠不可能改變樣貌的。秩序終究會取回原本的常理。到時，你覺得會發生什麼事？」

諾司加里亞詢問般地說道，並且自行回答了那個疑問。

「就像被堵住的河水不久後會讓堤防決堤一樣，沒有發生的破壞會湧來反作用力。你奪走破壞神的力量，或許以為救濟了世界，但這就只是把問題往後推延罷了。」

就像在指出事實一般，諾司加里亞高聲喊道：

「不，秩序遭到壓抑的年月，會相對讓這股反作用力擴增到超乎常規的程度。」

諾司加里亞的魔眼亮起微微紅光，用視線貫穿我。

「擁有暴虐魔王的傳聞與傳承的阿伯斯．迪魯黑比亞並不是為了打倒你；而是為了要利用那股龐大的魔力，讓破壞神阿貝魯猊攸覺醒。」

或許是用盡了一切魔力吧，「啪答」一聲，阿伯斯．迪魯黑比亞仰天倒下。

刺在她身上的理滅劍自行抽身，緩緩浮上天空。闇色長劍的輪廓扭曲變形，伴隨著不祥的魔力奔流形成球體。

「就仰望天空吧，你們這些愚者。在神話時代，帶來一切死亡與破壞的破壞神的奇蹟，『破滅太陽』莎潔盧多納貝，現在在此復活了！」

承受不住劇烈的魔力餘波，使得德魯佐蓋多的天花板被轟飛。

抬頭仰望，夜空掛著月亮。而另一側，出現了一個巨大的黑影。受到閃爍星辰的照耀，太陽的影子出現在萬里無雲的天幕之中。

漆黑粒子開始往那周圍聚集。月亮漸漸消失，天色有如日夜反轉一般變得明亮。

太陽的影子變得更加深邃，讓天空染上不祥的色彩。

「展現秩序吧，消滅暴虐魔王的神子阿伯斯．迪魯黑比亞。就遵照此理，消滅『兩名』暴虐魔王吧。伴隨著一切的生命！」

天空的巨大黑影反轉，闇色太陽就在那裡現身。

「破滅太陽」莎潔盧多納貝，那漆黑的破滅光芒，散發著冰冷的死亡氣息，照射著德魯佐蓋多。

「就在超過兩千年以上，被你持續扭曲的破壞的秩序——莎潔盧多納貝的光芒擁抱之下，償還這滔天大罪吧，暴虐魔王。」

王座之間一帶籠罩著破滅光芒。此乃消去一切、毀滅一切，「破滅太陽」莎潔盧多納貝的黑陽。

「不守秩序者、擾亂秩序者，會為世界帶來毀滅。阿諾斯·波魯迪戈烏多，假如你沒有愚蠢到忤逆神，阿伯斯·迪魯黑比亞就不會誕生。弒神凶劍與精靈之母大精靈也或許就能平穩度日。儘管你藐視神，但神乃是秩序。沒有意思，也沒有心。」

在被闇色光芒淹沒的世界中，唯獨諾司加里亞的話語聲響徹開來。

「如同物品落下一般，如同根源輪迴一般，神只是持續作為秩序。既然如此，那引發這起事件的人，就是你，阿諾斯·波魯迪戈烏多。神什麼也沒做。引發悲劇的，一直以來都是愚蠢的生者。」

寂靜之光吞沒整座密德海斯城市，彷彿時間靜止了一般。

「破滅太陽」莎潔盧多納貝的黑陽光芒漸漸減弱，讓王座之間慢慢取回原本的色彩。

「就授予你最後的結語，為漫長的舞臺拉下閉幕吧。毀滅乃神的救濟。不毀滅必須毀滅之物，後續的事物就不會誕生。自私自利地扭曲此理，為根本上的錯誤。此乃因果報應。」

「喔。」

諾司加里亞的傲慢表情凝重起來。

「事不關己地以旁觀者自居，待在安全處嘲笑拚命求生之人並凌虐他們，而且還將這兩千年間發生的悲劇責任，推卸到他人身上啊？」

這道聲音，讓諾司加里亞啞然無言。他露出一臉驚愕的表情，視線游移起來。

「這種神，不要也罷。」

闇色光芒漸漸退去，顯露出在場的景象。

「……………什麼……………………」

看到我的臉，諾司加里亞整個人僵住。

不只是我，辛、雷伊、米莎、蕾諾，在場沒有任何一個人因為「破滅太陽」而受到任何傷害。

就連在密德海斯的所有民眾也一樣。遭到「破滅太陽」毀滅的，就只有阿伯斯・迪魯黑比亞。

「…………不可能…………」

祂小聲嘟噥這句話。

「……神的秩序乃是絕對的。掌管破壞的神，不可能連一個魔族都消滅不了……這種事是不可能的……是不被允許的……」

就像相當動搖似的，諾司加里亞不斷重複著一句話。

——不可能。

「祢們這些神遵從秩序，而破壞神能毀滅一切事物——這確實是祢們這些神所制定的常理。但是，我並沒有遵從這種東西。」

我用「破滅魔眼」看向祂，祂便無法浮空，雙腳著地。

「也就是說，神族的計畫打從一開始就有破綻。神不是秩序，你們只是裝成世界的管理者。因為，倘若神真的是秩序，那我就不可能存活。」

「…………不可能無法毀滅……」

「祢就承認吧。這才是現實。」

「……不論你有多麼地超乎常軌，也不可能連其他魔族都守護得住。毀滅的秩序乃是絕對的……」

我踏出一步。

諾司加里亞一動也不動地站在原地，雙眼直愣愣地望著我。

「……神……破壞神阿貝魯猊攸是你的同伴嗎？還是說，就算沒有封印成理滅劍的狀態，你也完全支配了破壞神的秩序嗎……？」

「天知道，說不定單純只是我太強了喔。」

我染成暗紫色的魔眼（眼睛）冷冷地注視著祂。

諾司加里亞的身體顫抖了一下。

「秩序在害怕我嗎？」

「……哈哈……！」

諾司加里亞發出冷笑。

「神沒有恐懼。沒有心也沒有意思，此身就只是一個秩序。」

「既然如此，就趕快退下。祢可以制訂一個新的計畫再來。」

「我會這麼做的。」

我用一雙魔眼望著諾司加里亞，筆直地朝祂走去。

不過，祂站在原地一動也不動。

「…………怎麼了…………？」

天父神露出困惑的表情。

「……不可能……你做了什麼……？我動不了……你對我做了什麼……？」

看我沒回答，祂再度問道：

「你對我做了什麼！」

我還是沒回答，於是祂的語氣粗暴起來。

「我問你對我做了什麼！暴虐魔王！」

「不懂嗎？諾司加里亞。」

我再踏出一步。祂的身體就像在地面紮根似的，完全無法動彈。

「這就是恐懼。」

諾司加里亞倒抽一口氣，瞠圓了眼注視著我。祂的眼神在畏懼，祂的雙腳完全僵住。

「……神沒有……恐懼……神乃是不滅……因此沒有心……」

天父神渾身動彈不得，不停地顫抖著。我輕易走到那傢伙面前，用手指抵住祂的胸口。

「……你無法消滅我……無法消滅讓秩序誕生的秩序。只要消滅天父神，世界就只會走向崩壞一途……」

「唔，確實是呢。」

「……哈哈！」

諾司加里亞像是鬆了口氣似的笑出聲來。就像在嘲笑祂的這種反應，我對祂說：

「祢以為我會這麼說嗎？」

諾司加里亞隨即露出一臉絕望的表情，啞口無言。祂的眼神就彷彿墜落地獄一般。

「怎麼，諾司加里亞？如果宣稱沒有心，那就不會有恐懼。還是作為秩序的祢，打算說自己想要活下去嗎？」

只要消滅天父神，世界就會走向崩壞一途。然而，這種秩序在我面前毫無意義。畢竟方才，我就連破壞神的秩序都消滅給祂看了。

「笑看看。」

「……什麼……？」

「如果能在這種狀況下笑出來，祢就是秩序。不帶惡意，我會作出相應的處置，但不會毀滅祢。但是，祢要是恐懼我，笑不出來的話，就不能置之不理了。」

諾司加里亞以黯淡的眼睛注視著我。

「我數三秒。在這之內展現秩序吧。三。」

諾司加里亞半句話都說不出來的樣子咬緊牙關。

「二。」

祂露出凶狠眼神低垂著頭。

「一。」

祂猛然吐出一口氣，勉強發出聲音。

「……哈、哈哈……！」

諾司加里亞確實展現了笑容。

「這樣啊。祢笑了呢，諾司加里亞。」

我說道。

「也就是說祢想活下去啊？看來祢親自證明了，祢並不是什麼秩序呢。」

轉瞬間啞口無言後，諾司加里亞舉起手臂。

祂的臉上露出憤怒的表情。

「……可、可惡啊……竟敢侮辱神——！」

我輕鬆避開祂的手刀，貫穿祂的腹部。

「……呃……啊……」

我用力抓住神的根源說道：

「這是契約，熾死王。只要你說不會反抗我，我就給你想要的東西。」

在將「意念通訊」與「契約」送到根源深處後，我得到耶魯多梅朵的答覆。

『咯咯咯咯，就等你這句話啊，魔王！』

我在諾司加里亞的根源上畫起魔法陣。

「……你、你打算……做什麼，暴虐魔王……？」

祂以畏懼的眼神問道。

「沒什麼大不了的。只要消滅天父神的秩序，世界就會崩壞。由於這樣會很麻煩，所以只好將祢的神力，全部轉讓給熾死王。」

「……神力乃是絕對……這個秩序不可能轉移給渺小的魔族……」

「喔，祢沒注意到嗎？這兩千年間，耶魯多梅朵都在自己的根源裡鑽研篡奪神力的魔法術式。儘管還處於不完全的狀態，但也早已打入楔子了。」

在諾司加里亞與辛交戰的期間，我窺看諾司加里亞的根源之底，分析耶魯多梅朵開發中的魔法術式。

「再來只要讓術式完成就好。」

「……愚蠢……愚蠢的男人……竟然想……篡奪神力……！我要下達制裁……下達秩序的制裁……」

「就把祢變成蟲子吧。永永遠遠，不論轉生再多次也一樣。」

「……什麼……………」

「有心可是很快樂的喔。比起秩序這種枯燥乏味的生活，還是當蟲子的日子要來得刺激多了。當然，多少也會辛苦一點就是了。」

我將魔力送入構築在祂體內的魔法陣，從諾司加里亞身上篡奪神的秩序，轉移給耶魯多梅朵。

「……擾亂……秩序……愚蠢的……可惡啊……」

就像打從心底湧出的強烈憤怒——不屬於秩序的感情，呈現在諾司加里亞的話語中。

「可惡啊……可惡啊啊啊……可惡啊啊啊啊啊！」

祂慘叫般地喊道：

「……可惡啊啊啊！你這個偏離世界的常理……偏離秩序的……不適任者……！」

「唔，你說話變得非常像蟲子了喔。」

我沒有理會祂的話語，繼續施展奪取神力的魔法。

「……後悔吧。你就後悔吧，阿諾斯．波魯迪戈烏多！你擾亂了常理。不是神有心。你只是對神灌輸了感情、擾亂了秩序啊！你終究會毀滅世界，將世界導向破滅的。神的預言乃是絕——！」

諾司加里亞的身體被光芒所籠罩。下一瞬間，光芒像是膨脹似的炸開，將祂的根源分成兩個。

耳邊傳來「咯、咯、咯」的大笑聲。

熾死王耶魯多梅朵出現在眼前。

「真、不、愧、是魔王啊！竟能輕易地完成『秩序篡奪』的魔法術式，連神力都能輕鬆篡奪，咯咯咯，最強、最壞、不敗千萬！太過無敵，甚至希望能讓你有個敵手的程度啊！」

熾死王耶魯多梅朵一面愉快地大喊，一面抬起腳踩扁一隻想逃離現場的小蟲子。

§ 73 【傳聞與傳承】

「看來……沒事呢……」

雷伊舉著靈神人劍伊凡斯瑪那喃喃說道。

「……是啊……」

辛站在他身旁，同樣拿著斬神劍高舉向天。

在兩人背後，蕾諾正趴在地上，而米莎就在她的懷裡。蕾諾以把她推倒在地上保護的姿勢，將她擁入懷中。

在那一瞬間，當「破滅太陽」莎潔盧多納貝在天空閃耀時，三個人同時動了起來。然後，全員都立刻擋在米莎身前。

「……還好嗎？」

蕾諾向懷中的女兒溫柔詢問。米莎茫然注視著她的臉，微微點頭。

「……妳長大了呢……」

當蕾諾輕觸著米莎的臉龐，她的眼淚就溼濡了指尖。

「……是……媽媽嗎……？」

蕾諾看著茫然詢問的米莎，露出充滿慈愛的笑容。

「……嗯，終於能抱抱妳了……」

說完，蕾諾緊緊抱住米莎。她的身體籠罩著光芒，變得淡薄、變得透明。

能借用芙蘭身體的時間，已經所剩不多了。

「抱歉喔，總是一下子就要跟妳分離……」

蕾諾眼裡噙著淚水。

「抱歉喔，總是無法陪伴在妳身邊……」

米莎連忙喊道：

「……等等……還、還不行！」

淚水自她眼中撲簌簌地落下。

「……還不行……媽……」

最後的聲音嘶啞，泣不成聲。

「……不要走，再待一會……只要再一會……」

蕾諾一臉悲傷地搖搖頭，她的身影變得更加薄弱。

「可是，我才……我才……剛見到妳……我……我一直……」

「米莎，我愛妳唷。抱歉喔……」

蕾諾的眼淚滴滴答答落下，溼濡了米莎的臉頰。然而，這些淚水沒有變成淚花。因為她早已失去精靈之母大精靈的力量。

「……我已經死了，但妳還在這裡。阿諾斯一定會拯救妳的，一定……曾連妳那可憐的半身一起……」

強忍著淚水，蕾諾揚起笑容，溫柔地露出母親的表情。

「……生下妳，真是太好了……」

忽然揚起一陣光粒子，從米莎的身旁離去。辛仰望著這一幕，瞬間，光粒子形成精靈之母大精靈的模樣。

「辛，謝謝你。永別了。還有——」

蕾諾朝他伸手。在辛輕輕抓住後，她嫣然一笑。

「我很幸福。」

「蕾諾。」

一道淚水滑落，辛說道：

「我愛妳。」

暖風吹過，像是帶走了光一般，蕾諾的身影忽然消失。辛的手中留下精靈之母大精靈的眼淚……他供奉在墓碑前的一朵純白的淚花。

「……媽媽……」

「……求求……妳……芙蘭……」

淚水自米莎的眼中不斷溢出，撲簌簌地沿著臉頰滑落，溼濡了地面。

米莎哭哭啼啼地說道：

「……請讓我，再見一次媽媽！可以的吧？既然剛剛可以，那就再多給一點時間……」

米莎站起身，向應該在某處的愛情妖精訴說著，同時像個小孩子一般哭個不停。

她也不是不知道這是不可能的事。儘管如此，她依舊深深地感到悲傷。

「……再多一點時間……就好了啊……」

不論她再怎麼哭訴，愛情妖精都沒有現身。芙蘭借用身體就只限一次。只有在將愛傳達出去，認知到自己早已破滅為止的時間內。

「米莎，別說強人所難的事。那個精靈並沒有這麼強大的力量。她能做到的事，頂多就是讓悲劇得以結束。」

米莎以乞求的眼神望著緩緩走來的我。

「……阿諾斯大人……」

米莎就像硬擠話語似的說道：

「……是我不好……」

米莎一面流下淚水，一面吐露悲傷。

「……要是沒有生下我，媽媽……就不會毀滅了……」

「妳錯了。」

「是哪裡錯了……？就是因為生下我，違背了傳聞與傳承，才會害媽媽死掉……」

作為阿伯斯．迪魯黑比亞覺醒，大概讓米莎取回那段在兩千年前的記憶吧。取回與母親相遇，然後離別瞬間的記憶。

「要是沒有我的話……」

「米莎，我曾說過安慰人的話嗎？」

「………咦？」

米莎流著斗大的眼淚，瞪圓著眼。

「如果是蕾諾的破滅，妳確實就是原因，這點無庸置疑。不論我說什麼來掩飾，大概都無法療癒妳的悲傷。」

米莎茫然地注視著我。

「我說妳錯了，是指她並沒有毀滅的意思。」

「……真的嗎！」

在米莎大喊的同時，辛朝我投來強烈的視線。

「是啊，不過在救她之前……」

正當我這麼說時，米莎的身體開始露出淡淡光芒。只要用魔眼朝她看去，就會知道那具身體的根源正在崩壞。靠著從阿伯斯·迪魯黑比亞身上分離出來、只剩下一半的根源，她是沒辦法活下去的。

「必須先救妳。」

我向站在一旁的勇者說道：

「雷伊。」

他走向前來。

「就依照傳聞與傳承，用靈神人劍消滅米莎吧。」

米莎難掩驚訝地啞口無言。

「我也想說明，但時間不多。妳的根源現今即將要崩潰毀滅，作好覺悟了嗎？」

我向兩人問道。

雷伊與米莎互看一眼，點頭回應：

「……我相信你……」

雷伊將伊凡斯瑪那的劍尖朝向米莎的胸口。在神聖光芒朝她發出後，根源就像被淨化似的逐漸消失。

我伸出指尖，同時在她的根源上畫起某個魔法陣。光芒就像炸開似的變大一圈，米莎的身體才閃耀起來，下一瞬間就忽然消失。

米莎的身影消失得無影無蹤。

「根據暴虐魔王的傳聞與傳承所誕生的大精靈阿伯斯・迪魯黑比亞，形成了米莎的一半根源。」

雷伊朝我看來；辛在身後傾聽著我的話語。

「要是消滅阿伯斯・迪魯黑比亞，米莎也無法活下去。因為即使再怎麼掙扎，她們兩人都無法完全分離開來。」

雷伊雖然用靈神人劍將她們分成兩人，但是沒辦法就這樣永遠保持下去。即使變成兩個人，米莎也還是阿伯斯・迪魯黑比亞，阿伯斯・迪魯黑比亞也還是米莎。

「既然如此，只要將阿伯斯・迪魯黑比亞變成只有名字相同的不同精靈，米莎就能跟存在於體內的精靈之心共存了吧。只要傳聞與傳承改變，精靈也會跟著改變。不過，此時會出現的問題，是最初誕生時的傳聞與傳承會對精靈造成最大的影響。」

這是在回到兩千年前時，向蕾諾詢問到的事。譬如在遙遠的未來，傳播起精靈之母大精靈蕾諾不是精靈的母親這種傳聞與傳承的話，這就跟她破滅了是相同的意思。

與成為精靈根本的傳聞與傳承互相矛盾的傳聞與傳承，就只會縮短精靈的壽命。

「精靈與魔族和人類不同，他們不會轉生。也就是說，他們沒有脫胎換骨變成別人的概念。正因為如此，與精靈本身矛盾的傳聞與傳承就只有害處。」

作為高舉皇族至上主義、憎恨人類的暴虐魔王而生的阿伯斯．迪魯黑比亞，就只能作為邪惡的存在活下去。

「即使有辦法處理這件事，要形成跟目前在世界上流傳的傳承完全不同的傳承，在總量上是絕對不足的。」

就算伊卡雷斯散布起阿伯斯．迪魯黑比亞是善良精靈的傳聞，數量應該也還是遠遠不及原本的傳聞吧。

這乍看之下已走投無路，但還有一個能拯救米莎的方法。

「那麼，該怎麼做？」

只要想到的話，答案就非常簡單。

「只要創作暴虐魔王傳承的後續就好。復活的暴虐魔王，被靈神人劍伊凡斯瑪那再度消滅。於是，阿伯斯．迪魯黑比亞轉生了。受到聖劍的祝福，她不再是半靈半魔，而是作為精靈米莎取回原本的姿態。」

暴虐魔王的傳承儘管敘述了過去，但沒有決定任何未來。

精靈是不會轉生的生物，但暴虐魔王是根據轉生到兩千年後的傳聞與傳承而誕生的。

倒不如說，這是人們最廣為流傳的傳承的根本。既然如此，就算暴虐魔王轉生了，也不會跟傳聞與傳承有任何矛盾。

而最後的轉生會是怎樣的情況，由於這是尚未發生的事，所以不會有任何人講述。有著能補述傳承的空間在。因此，我命令伊卡雷斯散布這個傳承。

他說自己的使命已了。

人類愈是對暴虐魔王感到恐懼，就愈會強烈支持阿伯斯·迪魯黑比亞會經由伊凡斯瑪那轉生成善良精靈的傳承，並且長遠地流傳下去。而當雷伊以靈神人劍的祝福奪走米莎的性命時，我對她施展了「轉生」的魔法。

「然而，本來就不會轉生的精靈，只靠著傳聞與傳承，不知道能否透過轉生重獲新生。畢竟轉生了，她就不再是阿伯斯·迪魯黑比亞，而是跟新誕生的精靈一樣。」

我朝辛倏地伸手。在送出魔力後，他手中的純白淚花就從空中飛到了我身旁。

「精靈會從淚花中誕生。這朵花是從大精靈蕾諾希望辛與米莎過得幸福的眼淚之中開出來的。」

在送出魔力後，淚花就變為光粒子。

「在此復活、破滅的大精靈啊，經過兩千年的時光，將悲傷化為喜悅的時刻來臨了。」

蕾諾曾說過，她不會在悲傷時哭泣。儘管如此，當時還是無法抑制地流下的眼淚，開出了這朵花。

光芒慢慢形成人的模樣，形成一對相互擁抱的母女模樣。

其中一人的身影清楚化為實體。她的背上長著六片結晶般的翅膀，一頭秀髮有如清澄湖水，眼瞳透著琥珀般的光澤。

「……蕾諾…………」

辛喃喃呼喚。

「精靈之母大精靈因為生下魔族，違背了自身的傳聞與傳承，所以破滅了。然而，大精靈阿伯斯．迪魯黑比亞，如今已依照傳聞與傳承，取回原本的精靈姿態。」

因為此時傳承已經改變，阿伯斯．迪魯黑比亞不再是半靈半魔，而是原本名字叫做米莎的精靈。

「既然如此，就再也沒有讓精靈之母大精靈蕾諾破滅的理由了。」

蕾諾違背傳聞與傳承的事實消失。而精靈只要傳聞與傳承沒有破滅，就算死去也能不斷復活。

「……媽……媽……？」

蕾諾擁抱的光芒，身影清楚地化為實體。有著一頭栗色的及肩捲髮以及圓滾滾大眼睛的少女——米莎就在那裡。

「米莎……」

對於緊緊擁抱過來的米莎，蕾諾溫柔撫摸著她的頭。米莎開心地流下淚水。

「……媽媽……媽媽…………！」

「……別哭了……不要緊的。媽媽就在這裡唷，米莎。媽媽今後會一直……陪伴在妳身旁的……」

蕾諾一面這麼說，一面也流下了眼淚。曾經隨著悲傷眼淚開出的淚花，如今確實地化為喜悅的花朵。

「唔，這樣就全都解決了吧。」

我轉過身，朝若無其事地看著這邊情況的耶魯多梅朵說道：

「之後再決定要如何發落你。給我安分一點。」

耶魯多梅朵咧嘴一笑，向我恭敬行禮。既然簽了「契約」，那他應該無法輕舉妄動。不過他是個麻煩的男人，或許有必要放在手邊監視吧。

我就這樣默默離開這裡。雖然多少留下了後顧之憂，但還是取回來了。只要打從心底希望，就絕對會獲得回應。

即使世界變得非常荒廢，戰爭蔓延得非常廣大。

她所創造的這個世界都溫暖地充滿愛與希望。

這點不論多少次我都會證明。

因為她肯定就在某處看著吧。

對吧，米里狄亞——

§74 【魔王再臨典禮】

幾天後——

在德魯佐蓋多魔王城的一個房間裡，放置著一顆巨大的「遠隔透視」水晶。

上頭顯示著梅魯黑斯等七魔皇老們站在正門前的身影。他們走上階梯的那個位置，此時已裝飾成富麗堂皇的謁見臺。

在七魔皇老們的視線另一頭，是將街道擠得水洩不通的人民。人潮一望無際，魔族們排成隊伍，觀望著謁見臺。

魔王再臨的典禮——梅魯黑斯語氣誇張地向民眾說明，自兩千年前轉生的暴虐魔王將會在此現身。

典禮原本預定於一個月後舉行，但由於發生了阿伯斯·迪魯黑比亞占領密德海斯，讓許多魔族受到支配的事件，於是決定倉促舉行。

畢竟在解除「闇域」的魔法之後，迪魯海德的民眾們陷入混亂。皇族派所仰仗的虛假的魔王消失無蹤，讓他們與統一派的關係變得更加險惡。皇族派儘管也有自覺自己等人並不正常，但既然不清楚內情，就算遭到譴責也無法辯解。這讓雙方的對立凸顯出來，而為了讓事態在發展成抗爭之前平息下來，方法就是舉行這場典禮。

梅魯黑斯將阿伯斯・迪魯黑比亞的事情毫無保留地告訴民眾，宣稱她是根據這兩千年間在迪魯海德誤傳的暴虐魔王的傳聞與傳承所誕生的大精靈，藉此讓許多民眾認知到，根據錯誤的傳聞與傳承誕生的暴虐魔王阿伯斯・迪魯黑比亞確實存在。

他們實際目睹過她的模樣，所以對於虛假的魔王阿伯斯・迪魯黑比亞曾經存在這件事，沒有半點懷疑的餘地。而皇族派為了把當時的自己並不正常一事當作逃避責任的藉口，所以也無法否定這一點。

是要承認自己的罪，還是要承認虛假的魔王存在。在典禮之前，與皇族派幹部事先交涉的結果，他們選擇了後者。

阿伯斯・迪魯黑比亞已轉生成精靈米莎。藉由詳細說明這件事，讓這則傳聞與傳承保留了下來。這件事遲早會記載在迪魯海德的歷史書上，並且流傳到後世吧。因此也不用擔心米莎會消滅了。

此外，梅魯黑斯還讓迪魯海德的民眾知道這兩千年間發生的各種事情。

我大略環顧了一下室內。米莎一個人帶著緊張的表情低著頭。

「辛。」

我向隨侍在旁的他說道：

「聽蕾諾說，你還不怎麼跟米莎說話啊？」

「……我不知該說什麼……由於此身乃是一把劍……」

「別說喪氣話。怎麼能在孩子面前說這種藉口呢？」

辛沉默不語。

「她很不安。去跟她說說話吧。」

「……遵命。」

辛帶著凶狠的眼神走過去。在他走到身旁後，米莎慢慢把頭抬起。

「……爸爸……」

「…………是的…………」

唔，辛那傢伙還真不像他，居然在緊張。

「……啊，那個……………」

「…………是的…………」

米莎也在緊張。

兩人之間瀰漫著尷尬的氣氛。

「……啊哈哈，不好意思……我有點緊張……擔心能不能做好……」

米莎無力地笑著。為了讓虛假的魔王向暴虐魔王宣誓忠誠，她接下來要以阿伯斯・迪魯黑比亞的身分出現在民眾面前。這樣一來，那些認為追隨虛假的魔王也無所謂的傢伙，應該就會消失無蹤了吧。

然而，阿伯斯・迪魯黑比亞對混血做了過分的事情是事實。雖說這不是米莎的意思，而她現在也已經完成轉生，但混血確實還是難以接受她吧。

而且對皇族派來說，她是讓他們被剝奪特權的原因，所以他們也有可能會遷怒於她。

「……事、事到如今，就算害怕……也無濟於事呢……跟爸爸你們戰爭的時代相比，這一點也不算什麼……」

辛默默聽她說話。

「……啊、啊哈哈……」

米莎含糊地笑著，就像不知所措似的垂下頭。

「沒、沒問題的……我、我會努力的唷！」

米莎這次則是一副在逞強的樣子，握緊拳頭。辛看著這樣的她，思考了一會兒後，平靜地開口說：

「雖是嚴酷的試煉，但是米莎，妳不是會因為這種程度就害怕的孩子。」

「……咦…………？」

「……我一直看著妳……儘管無法在妳面前出現，但我有看著妳。看著妳為了見我而加入統一派，看著妳為了在那裡遇見的友人們而更加堅定的決心。」

辛露出溫柔的眼神說道：

「不顧自身的性命，對眼前的悲劇伸出援手；妳成長成一個溫柔、堅強的孩子了。」

米莎的眼睛噙著淚水。

「十五年來都無法去迎接妳，真的非常抱歉。」

「……爸爸……嗯嗯……」

米莎撲到辛的懷中，緊緊擁抱著他。

「……因為爸爸送了一半的魔劍給我……看著那把劍，我才能一路努力過來。想說總有一天，爸爸……一定、一定會來接我……我一直這麼想……」

辛一副戰戰兢兢的模樣，把手繞到米莎背上。

「……雖然我無法陪伴在妳身旁，但我的心一直與米莎同在。妳健健康康成長茁壯的模樣，是我僅存的人生價值。」

米莎在辛的懷中啜泣不止。就像是要伴隨著眼淚，悄悄彌補這十五年來的隔閡。

隨後過了一會兒，她擦去眼淚，就像往常一樣笑著。

「我已經沒問題了。這並不需要緊張呢！因為這樣一來，迪魯海德就終於能回到混血與皇族攜手同心的正確模樣！如果是為了這個目標，我什麼都不怕！」

辛點了點頭，就像是理解她的心情一樣。

「走吧。」

辛把手搭上她的肩膀，帶領她前往門口。

「唔，差不多是時候了啊。」

當我看向他們，雷伊、辛還有蕾諾就點點頭。

辛與雷伊把手放在門上，門後通往顯示在「遠隔透視」上的正門謁見臺。我緩緩邁開步伐，朝大門開啟的另一頭走去。

首先進入眼簾的是離開謁見臺，為了迎接我到來而端正姿勢的七魔皇老，後方則是魯海德的民眾。

謁見臺左右設有貴賓席，座位上是艾里奧等治理迪魯海德各地的魔皇與其親屬，以及爸爸和媽媽。

他們方才還坐著，但配合我從正門出現的時機，全員起立。

與此同時，七魔皇老當場跪下。接著是魔皇們，然後是聚集在此的迪魯海德民眾，全員都像是在對我宣誓忠誠般地跪下。

梅魯黑斯說道：

「這兩千年間，我們都在等待著您的歸來，暴虐魔王阿諾斯・波魯迪戈烏多大人。」

在寂靜之中，梅魯黑斯的聲音在密德海斯之中響徹開來。

「把頭抬起，魔族後裔們。」

我說道：

「讓我看看你們的臉。」

魔族們靜靜地把頭抬起，並且注視著我。

「兩千年前，我們魔族與人類、精靈鬥爭。」

我緩緩邁步向前，向在場的迪魯海德人民、亞傑希翁的人類，以及全世界發出訊息。

「有許多人喪失性命。儘管互相殺害、互相毀滅，憎恨的戰火燒盡所有國家，我們依然繼續鬥爭。」

周遭鴉雀無聲，所有人都在聆聽我說話。

「這是為了什麼？」

這個疑問，一直在我心中縈繞。

「有人是為了朋友，有人是為了孩子，也有人是為了家人、部下，甚至是為了主君。而唯一能確定的是，我們都是為了守護而執起長劍。」

有許多人曾是如此。這應該就是那場可悲大戰的開端。

「然而，每當這把劍斬殺敵人，就會沾滿鮮血。為了守護而殺害好幾人的魔劍，曾幾何時附帶著就連自己重視之人都會傷害的詛咒。只要用這把劍攻擊敵人，就必定會受到報應。就在不知不覺中，不論魔族還是人類，所有人都互相帶著詛咒的魔劍，悉數遭到戰火所吞沒，斬殺世間的一切。」

戰火一路擴大。只要繼續殺害，就會遭到殺害；然而即使不殺，也依舊會遭到殺害。

「互相持有詛咒的魔劍之人，要為鬥爭劃下休止符的方法只有一個。那就是拿出勇氣，相信彼此，同時將劍捨棄。然而，互相憎恨、陷入疑心疑鬼的雙方要這麼做，並不是一件容易的事。」

我倏地吸氣，然後開口說：

「儘管如此，他們還是回應了我。」

就像在歡迎英雄登場，我緩緩伸出右手，手掌朝天。

從那裡走出的，是穿著兩千年前勇者正裝的雷伊，腰上佩帶著靈神人劍。他有所覺悟地露出了真面目，想必是因為有米莎陪伴吧。

「兩千年前，與我交鋒過無數次，與我爭奪魔族與人類高下的男人。守護人類直到最後一刻的亞傑希翁的英雄，勇者加隆。」

雷伊拔出靈神人劍伊凡斯瑪那，以祝福之光表明自己就是加隆。

我向另一人伸出左手，蕾諾緩緩從門後走了出來。

「一切精靈的母親，統治大精靈之森阿哈魯特海倫的女王。在兩千年前愛護著、養育著，並且守護著精靈們的大精靈蕾諾。」

我再度伸出右手指示。辛走了過來，站在蕾諾身旁。

「我的右臂，在蕾諾不在之時，守護阿哈魯特海倫的魔族最強劍士。展示魔族與精靈友好，迎娶精靈之母大精靈為妻的精靈王辛。」

最後，我就像要再介紹一個人似的把手伸出。面向前方，米莎穿著阿伯斯・迪魯黑比亞的大衣與面具走了出來。

她的腳邊出現魔法陣後，面具與大衣消失，底下穿著一套偏藍的黑色禮服。

「既是根據暴虐魔王的傳聞與傳承誕生的大精靈，同時也是神子的阿伯斯・迪魯黑比亞。藉由勇者加隆的聖劍完成轉生後，如今也收回長劍聚集在此——她現今名為米莎。」

雷伊讓靈神人劍發光，插在謁見臺的中心處。接著是辛，然後是蕾諾，最後是米莎，他們分別拔起劍，就像互相疊合似的插在地面上。

我接著說道：

「在那之後經過兩千年，世界恢復和平，戰爭結束了。但是，我們不能忘記，為了迎來這一天，是需要極大的勇氣的。如果我們不能人人都將此事銘記在心，總有一天，巨大的戰

火想必會再度燃燒這個國度。」

我在這麼說道的同時拔出劍，插在他們的劍疊合的相同位置上。

「已不再需要持起憎恨的劍。這隻手將會為了與鄰人攜手合作而行動。」

在我伸出手後，其他三人——雷伊、米莎、蕾諾把手疊上來。人類、魔族與精靈，確實攜起了手。

超越兩千年的時光，心願總算在此實現。

迪魯海德的人民就像是同意我的話語一般，當場深深地低下頭。

「下詔。無分魔族、精靈與人類，在迪魯海德生活之人一律平等、一律公平。」

七魔皇老與魔皇們異口同聲說：

「「「謹遵諭令。」」」

「我向人民宣誓。我允許謁見。如果有賭上榮耀、傾注靈魂，也仍然無法顛覆的悲劇，就到我身邊來吧。我會幫每個人實現一個願望。」

說完，現場微微騷動起來。

「……小、小的惶恐，魔王大人……！」

一名男人喊道。

「把頭抬起，起身報上名來。」

默默站起的男人滿臉鬍碴，帶著略為憔悴的表情；然而他的眼中能看到些許希望。

「我名叫雷歐・古萊賽魯。冒著受懲的覺悟，敢請魔王大人准許我發言……」

「沒問題，說吧。」

雷歐恭敬地低頭說：

「我今年十歲的女兒患有心臟疾病……不論是怎樣的魔法都無法治癒……說是恐怕撐不到明年……」

「帶她過來。」

在我這麼說的同時，雷歐的眼中淌下淚水。

「我絕對會救她的。」

「……感激……不敬……」

雷歐低頭行禮後，立刻離開現場。他大概是要去找女兒吧。

「我的子民啊，我不擅長政務。但值得誇耀的是，我國有數名優秀的魔皇。正是他們平日的奮鬥，使得許多城市維持著和平。如今已不需要跟不上時代的魔王干預大小事了。」

我這麼說完，將魔眼望向迪魯海德的全體子民，將每一個人的容貌銘記在心。

「但是，唯有這三點要大家記住。」

我豎起食指。

「第一，這個國家不允許不自由。」

接著豎起中指。

「第二，這個國家不允許惡意。」

最後，我豎起無名指。

「第三，這個國家不允許悲劇。」

我緩緩敞開雙手，溫柔地掌握這個國家。

「當有人侵犯這三點時，不論對手為何，暴虐魔王都會賭上性命而戰，將其毀滅。」

這是我過去沒能實現的誓言——

是我作為統治民眾的王，絕不能違背的約定。

§ 終章 【～魔王的記憶～】

「大家放輕鬆。想站就站、想坐就坐。」

我倏地舉起一隻手後，就不知從何處傳來了樂曲。弦樂器、管樂器和打擊樂器演奏出和諧熱鬧的流麗音樂。

「這是我在兩千年後的世界發現到的美好事物之一。與這場和平的典禮相稱、美麗，而且就宛如風一樣，能將無聊的煩惱通通吹走的歌聲。」

我敞開雙手，在謁見臺的兩側畫起魔法陣後，伴隨著滿溢而出的光輝，眼前出現八名少女。她們是粉絲社的少女們。

大家全都在魔王學院的制服上，披著典禮用的黑色長袍。

「向大家介紹。她們是為了我而獻唱，魔王聖歌隊的少女們。」

她們慢慢把頭抬起，看著眼前大量的魔族們。

多得不計其數的視線落在八名少女身上，但她們依舊維持著沉穩的微笑。

靜靜地，少女們開口發聲。用魔法將聲音擴散出去後，她們的聲音響徹天際。

「不久前，我們跟阿諾斯大人的母親聊天。」

「聽到了許多事情。」

「阿諾斯大人轉生之後的事。」

「阿諾斯大人最愛吃的食物。」

「阿諾斯大人最重要的事物。」

「我們充分地理解，阿諾斯大人是怎麼樣看待這個和平的魔法時代的。」

「我們將人稱暴虐的魔王大人真正的模樣，放進這首曲子裡歌唱。」

「請各位聆聽，魔王讚美歌第五號『和平』。」

本來是阿諾斯大人啦啦隊歌合唱曲，但這樣有點不夠體面，所以在正式場合會改名為魔王讚美歌。

不過，歌曲的本質並沒有變。

管弦樂團在城內演奏的伴奏，經由魔法在密德海斯各地響起。優雅愉快、讓人雀躍的前奏結束，聖歌隊的少女們倏地吸了口氣。

然後開始歌唱——

「——這隻右手不需要劍——」

沉靜穩重的優美曲調。

「——這隻左手不需要盾——」

倏地深入聽眾心中。

「——來吧，脫掉膽小的鎧甲，即使無法施展魔法，就算這個名字已被過去奪走，我就只是——」

打動人心的這種曲調——

「作為自己一個人，胸懷著愛——」

擄獲了在場全員的心，然後——

「毫不掩飾著♪這副身軀，以最原始的♪」

「「以最原始的♪」」

「以最原始的♪」

「「以最原始的♪」」

「模！樣！前去與你相會～♪」

「「「荃裸圈囉圈囉，荃裸圈囉♪」」」

「「「荃裸圈囉圈囉，荃裸圈囉♪」」」

突然轉調。

就像打拍子似的，加入荃裸圈囉圈囉的神祕擬聲。這是在古代魔法語中，有著「讓心靈重疊，合而為一吧」這種象徵和平的意思。

「即使這副身軀沒有劍♪」

「以最原始的模樣就夠啦♪」

「貫！徹！愛！情！將你砍倒唷——♪不帶著劍——♪」

「「「以最～原始的♪」」」

「「「以最原始的♪」」」

「「「荃裸圈囉圈囉♪」」」

「「「荃裸圈囉♪」」」

「魔王！的魔劍～～～♪♪♪」

衝擊襲向迪魯海德。

不過，民眾還是勉強地，儘管很勉強地維持著與嚴肅典禮相稱的凝重表情。

然而，副歌就在這時毫不留情地展開追擊。

「貫徹下去的～是愛～♪被砍倒的人～是你～♪讓手～牽著～手～～將你我～連結起來的～話♪」

「兩個人的愛～♪」

「「「以最～原始的♪」」」

「「「以最原始的♪」」」

「「「荃裸圈囉圈囉♪」」」

「「「荃裸圈囉♪」」」

「無限增加——♪」

有人困惑，有人投以嚴厲的眼神，有人用力捏了捏自己的膝蓋，還有人茫然出神。

反應雖然五花八門，但要用一句話表達全員的話就是——

全被擊沉了。

我忍不住咯哈哈地啞然失笑。還是一樣瞧不起人，真是悠哉的歌曲啊。

果然，和平就是要這樣才行。

不過，大家看起來都還很緊張。這邊必須由我這個魔王率先做給大家看才行。

我高舉雙手，就像要指點大家享受這首歌的方法一樣，配合歌曲的間奏，節奏感十足但泰然地開口唱道：

「荃裸圈囉圈囉♪荃裸圈囉♪」

聽眾們就像下巴脫臼似的張大嘴巴，一雙眼睛睜大到不能再睜大。

我繼續唱下去，丹田比方才還要用力。

「荃裸圈囉圈囉♪荃裸圈囉♪」

魔王的右臂宛如在展現他的忠誠心，辛一面露出凌厲的眼神，一面立刻跟著唱下去。

「荃裸圈囉圈囉♪荃裸圈囉♪」

接著蕾諾與雷伊，還有米莎也跟著唱了出來。

看到謁見臺上的樣子，梅魯黑斯與艾維斯等七魔皇老們也動了起來。他們全都露出看起來比跟亞傑希翁開戰時還要緊張的表情。大概是因為今後所要挑戰的是和平吧。

「「「荃裸圈囉圈囉♪荃裸圈囉♪」」」

然後，這次換成貴賓席的魔皇們，也一齊「荃裸圈囉圈囉」地大聲唱道。

不久後，一個人、兩個人，聽眾們也開始唱起這句話。

接著——

「——假如你不放開劍——♪」

「——假如你手持盾牌——♪」

第二節開始了。

以跟方才完全不同的意思，打開聽眾們的心扉。

「——那我就奪走這兩樣東西，讓你得以脫掉膽小的鎧甲。因為悲傷的名字已被過去抹消。我就只是——」

徒勞地打動人心的這種曲調——

「作為自己一個人，胸懷著愛——♪」

暴虐地奪走在場全員的心，然後——

「毫不掩飾著♪這副身軀，以最原始的♪」

「「「以最原始的♪」」」

「以最原始的♪」

「「「以最原始的♪」」」

「模！樣！前去與你相會～♪」

下一瞬間，這道聲音撼動著密德海斯。

「「「荃裸圈囉圈囉，荃裸圈囉♪」」」

「「「荃裸圈囉圈囉，荃裸圈囉♪」」」

聚集在場的所有人大合唱。在隨便就超過萬人以上的民眾們忘我高唱之中，魔王聖歌隊也沒有認輸，聲嘶力竭地唱著。

「貫徹下去的～是愛～♪被砍倒的人～是我～♪讓手～牽著～手～～將你我～連結起來～的話♪」

「兩個人的愛～♪」

「「「以最～原始的♪」」」

「「「以最原始的♪」」」

「「「荃裸圈囉圈囉♪」」」

「「「荃裸圈囉♪」」」

「合而為一——♪」

迪魯海德的統一才剛剛開始。

有思想不同的人，也有理想不同的人，也會有怎樣也無法相容的事吧。

儘管如此，我還是想讓大家先從快樂的事情開始體會。

一起唱著這首和平的歌。

為了作為魔王引導民眾，我就像要包容在場全員一樣敞開雙臂。

「荃裸圈囉圈囉♪」

只要我唱。

「「「荃裸圈囉♪」」」

迪魯海德的民眾就會立刻吶喊。

「荃裸圈囉圈囉♪」

就像在說，要跟著魔王一起唱一樣。

「「「荃裸圈囉♪」」」

荃裸圈囉圈囉，荃裸圈囉——

讓心靈重疊，合而為一吧。

這句話讓魔族變得團結一致。這會是開始的曲調。

無分皇族與混血，不再持起劍與盾。脫掉膽小的鎧甲，以最原始的姿態相會。每當聲音重疊，就有如我們將過去抱持的芥蒂拋開一般。

一點一滴，儘管真的是一點一滴，但魔族正逐漸達到真正的統一。

荃裸圈囉圈囉，荃裸圈囉。

荃裸圈囉圈囉，荃裸圈囉——

這種和平的曲調，一直在密德海斯上空響徹。

然後——

當典禮到一段落後，我先返回到德魯佐蓋多之中。

我來到王座之間，坐在王座上。一面聽著魔王聖歌隊以及民眾在遠方響起的歌聲，一面當場把手舉起。

我畫出魔法陣，將魔力輸送進去。

「辛苦了。」

米夏突然從王座背後冒了出來。

莎夏也在她身旁。

「總覺得那首歌，比預期中的還要被人接受，嚇死我了……」

莎夏露出打從心底疑惑不已的表情。

「唔，也就是說，人們就是有這麼不想要戰爭吧。」

「我是不否定人們不想要戰爭啦，但大家絕對是被什麼東西附身了吧？」

她斬釘截鐵地斷言。

「所以，妳們在這種地方做什麼？」

「等。」

米夏說道。

「等我？」

她點點頭。

「關於跟阿伯斯．迪魯黑比亞的戰鬥，我有些事想問你。瞧，就是關於那個的事，你剛剛正想用魔法設法處理掉的那個是什麼啊？」

「妳在說莎潔盧多納貝啊？」

我朝天花板送出魔力，使其變得透明，讓我們能看到天空。化為影子的「破滅太陽」就高掛在那裡。由於要弄成理滅劍得花上一點時間，所以目前還保持著原本的模樣。

話雖如此，這也馬上就要結束了。

「莎潔盧多納貝發光時，我們在外面。」

米夏說道。

「為什麼沒事？」

「阿諾斯當時在王座之間，到底是沒有餘裕保護我們所有人吧？而且，如果是那種規模的魔法，就算密德海斯內的魔族被通通殺光也不足為奇吧？」

魔法陣中冒出黑暗。

高掛天空的「破滅太陽」影子缺少了一部分；另一方面，位於魔法陣中心的影劍出現了一部分。

莎潔盧多納貝的身影漸漸消失，然後完全消滅。

在我面前，出現了一把影劍。

「這很簡單。莎潔盧多納貝並沒有將妳們視為敵人。只毀滅了必須毀滅的阿伯斯．迪魯黑比亞。」

「……唔～嗯，我就是搞不懂這點。為什麼會變成這樣？破壞神是阿諾斯的敵人吧？」

「要說的話，是我們曾經為敵。如果不讓阿貝魯猊攸殞落，就盡是些無法拯救的生命。

然而——」

我正要開口，就立刻沉默下來，將意識飛往記憶的深處。

「……為什麼會變成這樣……啊。」

「怎麼了？」

米夏一臉擔心地探頭看著我的臉。

「唔，這稍微有點出乎意料啊。」

我站起來，把手伸向影劍。在握住劍柄後，顯現出理滅劍貝努茲多諾亞。

「米夏，妳還記得回到兩千年前時，為了救助伊卡雷斯的理滅劍就擺在高塔裡嗎？」

她點點頭。

「沒有多少人能操控理滅劍。原本還在想到底會是誰，但答案說不定就在意外簡單的地方上。」

米夏直眨著眼。

「也就是說，基於我自己可能會施展『時間溯航』回到兩千年前，所以我在轉生之前就預先把理滅劍放在那裡也說不定。」

「也就是兩千年前的阿諾斯事前先發動了理滅劍？可是你不知道這件事吧？」

「說不定只是我想不起來。」

「……咦？」

「實際上關於阿貝魯猊攸的事，我就無法正確回想起來的樣子。」

我在理滅劍上畫起魔法陣，將它收進德魯佐蓋多裡。

「這次是我第一次轉生。原本以為一切都會很順利，豈知我連有事情遺忘了都沒能注意到啊。」

直到被莎夏問到，打算具體回答為止，我都完全沒注意到這件事。

我確實是讓破壞神阿貝魯猊攸作為德魯佐蓋多殞落在這塊土地上。畢竟破壞神的秩序對這個世界上的一切生命來說都是威脅。

但是我戰鬥的理由，恐怕並不只有這一點。

當時，在「破滅太陽」於天空閃耀的時候，我很確信它的光芒絕對不會傷害我、我的同伴，以及迪魯海德的魔族們。

我有用這雙魔眼（眼睛）窺看過莎潔盧多納貝的深淵，就像在證實我的確信般，它的光芒就只瞄準了虛假的魔王。

可是，為什麼？我無論如何都想不起那個理由。

「所以……？」

「哎，沒事，這並不是什麼重要的事吧。」

然而，就算是第一次嘗試，我也不認為我會讓「轉生」的魔法失敗。

但另一方面，我缺少一部分的記憶是無庸置疑的事實。

那麼，轉生到底是為什麼會不完全呢——？

後記

我非常喜歡故事的過去篇，能看到角色變成這樣的原委、角色之間的關係性、主角觀點無法得知的事情，還有以前曾有過這種事啊～的小發現等，充滿著許許多多的樂趣。

話雖如此，因為故事不會進展下去，所以有些人不太喜歡過去篇。我也看過讀者對配角的過去篇不怎麼感興趣的意見，還曾聽說過去篇很少會受到讀者歡迎。

不過第四章的過去篇是我無論如何都想寫的故事之一，所以我就想說，只要極力排除過去篇的壞處，就能勉強不被淘汰地讓讀者看下去了吧。像這樣苦惱之後，就變成了這種發展。希望不喜歡看過去篇的讀者們也能高興地看下去。

我們換個話題，來聊聊大精靈蕾諾吧。她在設定上，是背上長著六片結晶般的翅膀。在畫人設時，我就向しずまよしのり老師表示，雖然蕾諾的翅膀看起來是結晶，但可以的話，也希望能畫成像是精靈的翅膀；一面覺得這或許有點強人所難，一面試著提出這種要求。結果在馬上完成的人設稿上，老師畫的正是有如結晶般的精靈翅膀，讓我驚訝地讚嘆——職業插畫家果然很厲害。

蕾諾就像精靈之母大精靈的樣子，米莎就像虛假的魔王的樣子，辛就像魔王的右臂的樣子，不論哪一個角色都畫得超乎我印象得好，總是讓我非常感謝。

此外，這次也受到吉岡責任編輯非常大的關照。不僅是作品內容，還給了我炒熱作品氣勢的提案並加以實行，真的非常感謝。

在這次的第四章〈大精靈篇〉，與虛假的魔王阿伯斯．迪魯黑比亞有關的故事就此結束，下一集開始會展開新的故事。這個世界的魔族、人類與精靈的故事就到這邊為止，下次會是關於其他種族的故事。此外，我也有收到網路讀者的感想，說這是至今最有學園風格的一篇故事。各位讀者若是也能對下一集感興趣，那就沒有比這更令人高興的事了。

最後，我要由衷感謝閱讀本作的各位讀者。真的非常感謝你們。

為了能夠寫出讓各位看得高興的故事，下一集我也會努力改稿，所以還請多多指教。

二〇一九年二月二十五日　秋

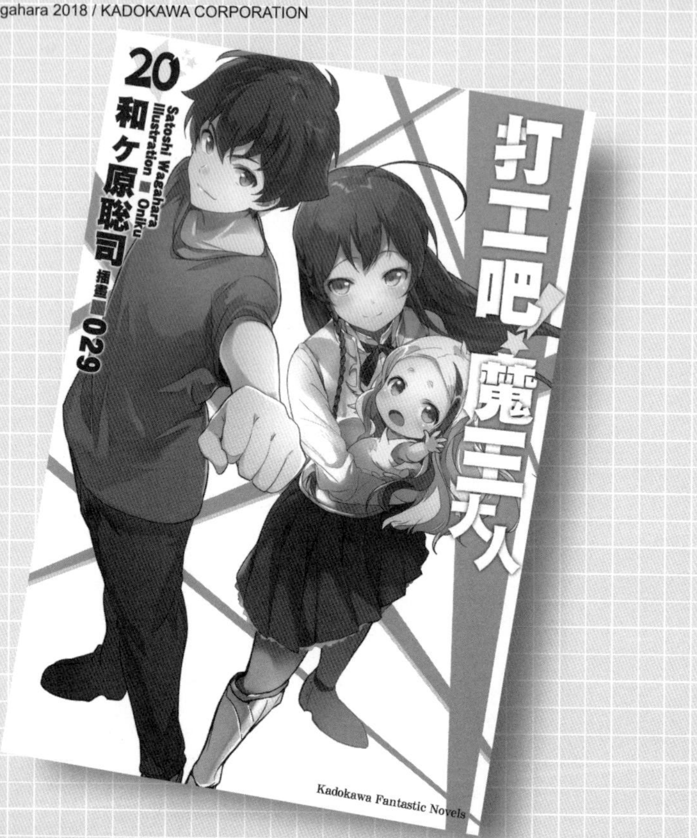

打工吧！魔王大人 1~20 待續

作者：和ヶ原聡司　插畫：029

魔王與勇者展開親子三人的同居生活!?
消息傳到異世界安特・伊蘇拉引起軒然大波！

阿拉斯・拉瑪斯也出現異常。為了拯救女兒，魔王說服了原本頑固拒絕的惠美，前往她位於永福町的家。在目睹了擺在玄關的室內拖鞋、大冰箱和獨立衛浴等遠勝三坪大魔王城的設備以後，魔王大受震撼，親子三人就這樣在惠美家展開同居生活……

各 **NT$200~240／HK$55~75**

這是妳與我的最後戰場，或是開創世界的聖戰 1~6 待續

作者：細音 啓　插畫：猫鍋蒼

女王暗殺未遂事件的混亂不斷擴大，危機接踵而來！
魔女布下的天羅地網即將大大敲響鐘塔上的掛鐘！

伊思卡一行人加緊腳步前往涅比利斯王宮，皇廳第一公主伊莉蒂雅則是以第三公主希絲蓓爾僱用帝國軍為護衛一事作為要脅，將伊思卡一行人招待到了名為別墅的鳥籠之中。愛麗絲擔心希絲蓓爾的安危也趕赴到別墅，三姊妹就此齊聚一堂……

各 **NT$220~240/HK$73~80**

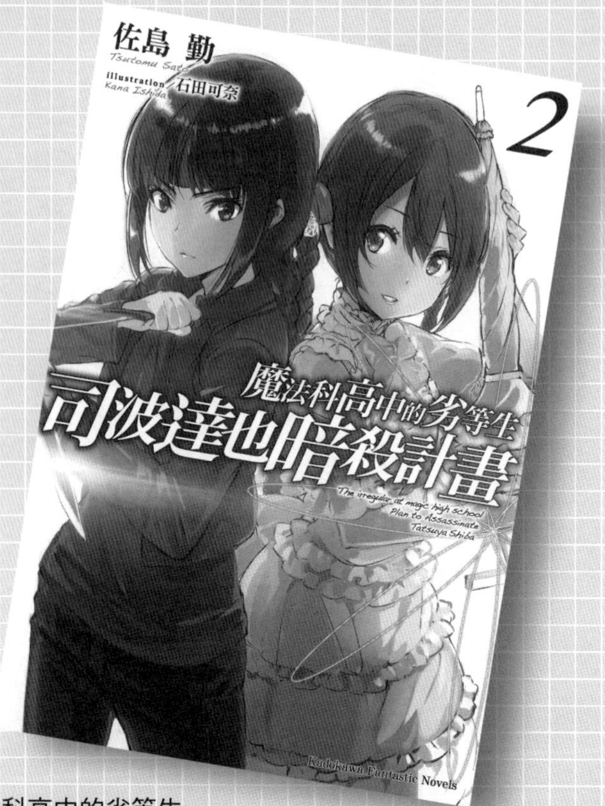

魔法科高中的劣等生
司波達也暗殺計畫 1~2 待續

作者：佐島 勤　插畫：石田可奈

讓榛有希關照，使用獨特「閃憶演算」的見習生，究竟是吊車尾魔法師，還是……？

榛有希敗給司波達也，成為黑羽文彌直屬暗殺者後約兩年。四葉家派遣暗殺者見習生少女櫻崎奈穗到有希身邊，同類互斥的兩人展開奇妙的共同生活。此時，決定了新的任務目標，是企圖暗殺司波達也的教團。奈穗為了展現能力，打算獨斷專行，結果是……!?

各 **NT$220/HK$73**

幽冥宮殿的死者之王 1 待續

作者：槻影　插畫：メロントマリ

不死者vs死靈魔術師vs終焉騎士團，
三方勢力展開前所未見的戰鬥！

少年恩德受病痛折磨而喪命，再次甦醒時發現自己因為邪惡死靈魔術師的力量，變成了最低階不死者。他為了贏得真正的自由，決心與死靈魔術師一戰，然而追殺黑暗眷屬直到天涯海角，為誅滅他們不惜賭上性命的終焉騎士團卻又成了他的障礙……！

NT$240/HK$80

國家圖書館出版品預行編目資料

魔王學院的不適任者：史上最強的魔王始祖,轉生就讀子孫們的學校. 4(下) / 秋作；薛智恆譯. -- 初版. -- 臺北市：臺灣角川, 2020.12
面； 公分. -- (Kadokawa fantastic novels)

譯自：魔王学院の不適合者：史上最強の魔王の始祖、転生して子孫たちの学校へ通う 4,(下)
ISBN 978-986-524-131-5(平裝)

861.57　　109016579

Kadokawa
Fantastic
Novels

魔王學院的不適任者～史上最強的魔王始祖，轉生就讀子孫們的學校～ 4〈下〉

（原著名：魔王学院の不適合者～史上最強の魔王の始祖、転生して子孫たちの学校へ通う～4〈下〉）

2020年12月21日　初版第1刷發行
2021年12月15日　初版第2刷發行

作　者：秋
插　畫：しずまよしのり
譯　者：薛智恆

發行人：岩崎剛人
總編輯：蔡佩芬
編　輯：彭曉凡
美術設計：吳佳昀
印　務：李明修（主任）、張加恩（主任）、張凱棋

發行所：台灣角川股份有限公司
地　址：104台北市中山區松江路223號3樓
電　話：（02）2515-3000
傳　真：（02）2515-0033
網　址：www.kadokawa.com.tw
劃撥帳戶：台灣角川股份有限公司
劃撥帳號：19487412
法律顧問：有澤法律事務所
製　版：尚騰印刷事業有限公司
ISBN：978-986-524-131-5